I0629369

# Snowridge Verwandeln

## Stonefire Drachen Universum
### Buch 2

## Jessie Donovan

Mythical Lake Press, LLC

# Impressum

*Snowridge Verwandeln*
Englisches Copyright © 2019 Laura Hoak-Kagey
Deutsches Copyright © 2025 Laura Hoak-Kagey
Deutsche Übersetzung von Anna Drago und Katrin Dolle
Mythical Lake Press, LLC
www.JessieDonovan.com

Cover-Art von Laura Hoak-Kagey von Mythical Lake Design

ISBN: 979-8891560642

**Die Stonefire Drachen und Lochguard Highland Drachen Serien sind miteinander verflochten. Da so viele Leser nach der Lesereihenfolge fragen, habe ich sie in dieses Buch aufgenommen. (Diese Liste gilt ab Juli 2025.)**

*Dem Drachen geopfert* (Stonefire Drachen #1)

*Den Drachen verführen* (Stonefire Drachen #2)

*Die Drachen offenbaren* (Stonefire Drachen #3)

*Den Drachen heilen* (Stonefire Drachen #4)

*Den Drachen wiedererwecken* (Stonefire Drachen #5)

*Das Dilemma des Drachen* (Lochguard Highland Drachen #1)

*Vom Drachen geliebt* (Stonefire Drachen #6)

*Der Drachenwächter* (Lochguard Highland Drachen #2)

*Dem Drachen ergeben* (Stonefire Drachen #7)

*Das Drachenherz* (Lochguard Highland Drachen #3)

*Vom Drachen geheilt* (Stonefire Drachen #8)

*Der Drachenkrieger* (Lochguard Highland Drachen #4)

*Dem Drachen helfen* (Stonefire Drachen #9)

*Den Drachen finden* (Stonefire Drachen #10)

*Vom Drachen ersehnt* (Stonefire Drachen #11)

*Die Drachenfamilie* (Lochguard Highland Drachen #5)

*Skyhunter gewinnen* (Stonefire Drachen Universum #1)

# Kapitel Eins

Rhydian Griffiths konnte nicht umhin, den kleinen Jungen an seinem Küchentisch anzulächeln, der so tat, als füttere er ein Stoffkaninchen mit Haferflocken.

In den vergangenen drei Monaten hatte sich Rhydian um den verwaisten Jungen namens Rian Maguire gekümmert. Obwohl das Ministerium für Drachenangelegenheiten die Angehörigen des Jungen schriftlich aufgefordert hatte, ihn zu beanspruchen, war noch niemand gekommen, um dies zu tun.

Es war durchaus möglich, dass Rian keine Familie mehr hatte. Oder zumindest keine Verwandten, die diese Verbindung zu ihm anerkennen wollten, da er halb Mensch und halb Drachenwandler war.

Schließlich hatten die meisten Menschen Angst,

waren misstrauisch oder sogar angewidert von dem Gedanken, ein solches Kind großzuziehen.

Rhydians Drache meldete sich zu Wort. *Wenn bis jetzt niemand einen Anspruch geltend gemacht hat, wird er es wahrscheinlich auch nicht tun. Wir sollten ihn offiziell adoptieren.*

Hätte jemand Rhydian drei Monate zuvor gesagt, dass er ein Kind adoptieren könnte, hätte er über die Absurdität gelacht.

Doch mit der Begeisterung des Jungen für Drachen und seiner oft verborgenen Traurigkeit hatte Rian Maguire sich einen Weg in Rhydians Herz gebahnt.

Er wollte den Jungen behalten und ihm beibringen, ein ehrenwerter Drachenmann zu sein.

Sein Drache grunzte. *Gut. Dann ist es also abgemacht. Du solltest es ihm sagen.*

Bevor Rhydian seinem Tier antworten konnte, legte Rian seinen Löffel ab und wischte dem Stoffkaninchen den Mund mit einer Serviette ab. „Gut gemacht, Mr. Cottontail. Rhydian sagt, wenn wir unseren Brei essen, werden wir groß und stark. Und wir können dann auch besser aufpassen." Der kleine Junge senkte seine Stimme. „Und wenn wir Glück haben, könnte es sogar meinen Drachen dazu bringen, bald mit mir zu reden."

Rhydian musste sich zusammenreißen, um ein Lächeln auf seinem Gesicht zu halten. Der Junge war vor fast vier Monaten von einer Splittergruppe der Drachenjäger entführt worden – einer der

schlimmsten Feinde aller Drachenwandler in Großbritannien und Irland – und niemand wusste, ob
die Bastarde an Rian experimentiert hatten oder
nicht. Einige der anderen Kinder, die zur gleichen
Zeit entführt worden waren, hatten Injektionen
bekommen, die ihre Drachenhälften durcheinandergebracht hatten, bis sie eine Zeit lang
geschwiegen hatten. Rian hatte jedoch nicht viel
von seiner Zeit in Gefangenschaft erzählt, außer
dass er gesehen hatte, wie seine Eltern ermordet
wurden. Und da Rhydian der Erwachsene war,
dem der Junge am meisten vertraute, hätte Rian,
wenn er es ihm nicht gesagt hatte, wahrscheinlich
niemandem erzählt.

Das daraus resultierende Trauma war schwer
genug für jemanden, der noch so klein war, aber
wenn Rian tatsächlich als Versuchskaninchen
benutzt worden war, dann war es möglich, dass der
Junge seinen Drachen für immer verloren hatte.

Das hieß, das innere Tier würde nie mit ihm
sprechen oder Rian erlauben, sich zu wandeln.

*Nein.* Rhydian würde das nicht zulassen. Sein
Chefarzt arbeitete mit den anderen britischen
Drachenärzten zusammen, um Heilmittel für die
verschiedenen Drogen zu finden, die ihre Feinde im
Laufe der Jahre zusammengebraut hatten.

Mit anderen Worten, Rhydian hatte Hoffnung.

Sein Drache seufzte. *Warum hat es einen kleinen
Jungen gebraucht, damit du wieder auf etwas hoffst?*

*Wovon sprichst du? Ich habe schon seit Jahren*

*Hoffnung. Sonst hätte ich nie versucht, die Führungsposition zu übernehmen.*

*Hoffnung für den Clan ist anders als Hoffnung für uns selbst. Du willst, dass Rian ganz ist. Nicht nur für ihn, sondern auch für uns, damit wir ihm beibringen können, wie man ein guter Drachenwandler ist.*

Einer der Nachteile einer zweiten Persönlichkeit, die man ständig im Kopf hat, war, dass ein Drachenwandler fast nie Geheimnisse für sich behalten konnte. Nun, es sei denn, er gab sich große Mühe. Rhydian antwortete, *Da wir nie eine Gefährtin haben werden, wird er unsere einzige Verantwortung und unsere Familie sein. Also will ich natürlich das Beste für ihn.*

Sein Tier hielt eine Sekunde inne – nie ein gutes Zeichen –, bevor es antwortete, *Dann hör auf zu zögern und beanspruche ihn als unseren Sohn. Reich die Unterlagen noch heute ein. Das wird den Jungen davon überzeugen, dass er wieder einen Ort hat, den er sein Zuhause nennen kann.*

Rian stand auf und kam zu Rhydian, weswegen er seinem Tier nicht antworten konnte. Der Junge hob sein Kuscheltier hoch und sagte: „Sag Mr. Cottontail, dass er groß und stark wird, Rhydian. Er hat seine ganzen Haferflocken aufgegessen, genau wie du gesagt hast."

Das Spielzeug war eine Art Therapie für den Jungen, und Rhydian hatte vor langer Zeit beschlossen, mitzuspielen, bis Rian etwas mehr geheilt war.

Er blickte auf das graue Kaninchen mit dem leicht verfilzten Fell. „Ich bin stolz auf dich, Mr. Cottontail. Aber wenn du meinen Drachen später sehen willst, dann musst du deine Schüssel auch noch ins Spülbecken stellen."

Rian quietschte und rannte zurück zu seiner benutzten Schüssel. Bevor Rhydian mehr als nur blinzeln konnte, hatte der Junge die Schüssel ins Spülbecken gestellt und war zurückgerannt. „Wann können wir deinen Drachen sehen? In zwei Minuten? Fünf? Jetzt sofort?"

Rhydian lächelte. „Nach der Schule. Du weißt, dass deine Lehrer es nicht mögen, wenn du den Unterricht verpasst, vor allem, weil du ein bisschen hinter den anderen Schülern bist."

Rian seufzte laut. „Aber Mathe macht keinen Spaß. Oder Schreiben. Oder Menschenkunde."

Rhydian war in den Monaten, seit Rian nach Snowridge gekommen war, vorsichtig gewesen, ihm etwas zu versprechen, das er nicht halten konnte. Da jedoch die drei Monate, in denen der Junge hätte beansprucht werden können, gestern abgelaufen waren, konnte er seine Entscheidung endlich zugeben. „Wenn du in Snowridge leben willst, musst du das alles lernen. Teil eines Clans zu sein bedeutet, dass du das Beste sein musst, was du sein kannst. Aber das kannst du erst tun, wenn du herausgefunden hast, worin du gut bist. Die Schule hilft dir, deine besonderen Fähigkeiten zu entdecken."

Rians Augen weiteten sich, und er hüpfte auf der Stelle. „Ich darf in Snowridge bleiben?"

Er zerzauste dem Jungen die Haare. „Von heute an bleibst du hier. Bei mir, wenn du willst."

„Das tue ich!" Rian schlang einen Arm um Rhydians Taille. „Du, ich und Mr. Cottontail werden unsere eigene Familie bilden. Und so werde ich nicht wieder allein sein."

Rhydians Herz verdrehte sich jedes Mal, wenn der Junge seine Eltern ansprach. Er wusste immer noch nicht, wie viel er vom Tod seiner Eltern gesehen hatte – Rians Vater war ein Drachen- wandler gewesen, den man hatte ausbluten lassen –, aber eines Tages würde er es herausfinden.

„Du bist nicht allein, Junge. Ich bin hier."

Rian umarmte ihn fester, und Rhydian legte dem Jungen eine Hand auf den Kopf.

Er hatte nie erwartet, Vater zu werden. Aber sich in den letzten drei Monaten um Rian zu kümmern war einer der besten Momente seines Lebens gewe- sen. Nun, das Beste, seit er vor all den Jahren seine Liebe verloren hatte.

Und obwohl er nicht stark genug gewesen war, um die Menschenfrau zu beanspruchen, die er damals geliebt hatte, würde er alles in seiner Macht Stehende tun, um den halbmenschlichen Jungen zu beschützen. Rian Maguire war jetzt seine Familie. Und wie jeder Drachenwandler wusste, war ein Elternteil, der sein Kind beschützte, wirklich entschlossen.

Delaney Murphy sah zu, wie das schwarze Taxi die gewundene Bergstraße hinunterfuhr. Erst als es außer Sichtweite war, drehte sie sich endlich auf den steilen Pfad zu, der sie zu Clan Snowridges Land führen sollte.

Der Weg zum entfernten Drachenwandler-Clan in Nordwales hatte drei Tage länger gedauert als erwartet.

Was bedeutete, dass sie einen Tag nach der Frist war, um ihren Neffen abzuholen.

Einige ihrer Freunde hatten versucht, sie davon abzubringen, weil er zum Teil Drachenwandler war. Es musste wohl nicht gesagt werden, dass die meisten dieser Leute nun nicht mehr ihre Freunde waren.

Rian war das einzige Kind ihrer verstorbenen Schwester und das einzige lebende Familienmitglied, was ihn zur einzigen Verbindung machte, die Delaney noch zu ihrer älteren Schwester Rosaleen hatte.

Als sie den Pfad betrat, versuchte sie ihr Bestes, nicht an ihre verstorbene Schwester zu denken. Die, die sie fast ein Jahrzehnt nicht gesehen hatte, seit Rosaleen mit einem Drachenmann durchgebrannt war, mit dem sie ihr Leben hatte verbringen wollen.

Im Laufe der Jahre hatte Delaney gelegentlich einen Brief von ihrer Schwester erhalten, in dem sie ihr ein Mini-Update über ihr Leben in meist vagen Worten gab. Egal, wie oft sie Rosaleen davon überzeugen wollte, sich persönlich zu treffen, ihre Schwester hatte es immer abgelehnt. Und da Rosaleens Briefe aus verschiedenen Gegenden im Osten Irlands kamen, war es nicht so, dass Delaney zum Ort des Stempels hätte fahren, Bilder ihrer Schwester zeigen und fragen können, ob sie jemand gesehen hätte.

Und selbst wenn sie Rosaleens Standort gekannt hätte, wäre es immer noch schwierig gewesen, eine Verbindung herzustellen. Ihre Schwester war illegal weggelaufen und mit einem Drachenwandler durchgebrannt. Auch wenn es Gerüchte gab, dass sich die Regeln in Irland änderten, sodass Menschen und Drachenwandler frei heiraten konnten, solange sie die Verbindung dem irischen Ministerium für Drachenangelegenheiten meldeten, war es noch nicht geschehen. Daher hatte Delaney länger als erwartet gebraucht, um zu beweisen, dass Rosaleen ihre Schwester war, und Rian Maguire daher ihr Neffe, zumal sowohl die irische als auch die britische MDA-Abteilung hatten zusammenarbeiten müssen.

Sie trat einen kleinen Stein über den Rand des Weges und dann noch einen. Allein die Erinnerung daran, wie viel Zeit sie mit DNA-Tests und Interviews verschwendet hatte, machte sie wütend. Und das Letzte, was sie wollte, war, dass sie die Beherrschung verlor, wenn sie endlich den walisischen Drachen-Clanführer traf.

Also fuhr sie fort, Steine zu treten, und jeder half, ihre Spannung etwas mehr zu lösen. Ein

Boxsack wäre besser gewesen, aber sie gab sich mit dem zufrieden, was sie zur Verfügung hatte.

Als sie das imposante Metalltor erreichte, auf dem das Wort Snowridge prangte, musste Delaney sich eine Sekunde Zeit nehmen, um zu Atem zu kommen. Zurückgezogen war nicht genug, um zu beschreiben, wie versteckt dieser Drachen-Clan war. Warum konnte ihr Neffe nicht beim Clan im Lake District sein? Stonefire war leicht zu finden, vor allem in diesen Tagen – mit all den Berichten und Interviews, die immer wieder im Fernsehen auftauchten.

Als sie einen letzten Atemzug nahm, richtete sie sich auf und rückte die Tasche über ihrer Schulter zurecht. Sie hatte so das Gefühl, dass die Drachen schon wussten, dass sie da war, aber sie klopfte dennoch an die Tür. Nach etwa fünfzehn Sekunden ertönte eine walisische männliche Stimme aus einer Art versteckter Gegensprechanlage. „Wer sind Sie, und was wollen Sie?"

Die Stimme klang zornig und etwas zurückhaltend. Typisch für ihr Glück wären alle Drachen in Wales mürrisch und/oder hassten Menschen. „Mein Name ist Delaney Murphy. Ich bin hier, um meinen Neffen Rian Maguire abzuholen."

Nach einer langen Pause fuhr die männliche Stimme fort: „Wenn das wahr wäre, hätte das MDA uns mitgeteilt, dass Sie kommen."

Ihr Temperament steigerte sich ein wenig, aber irgendwie hielt sie ihren Ton ausgeglichen und verschleierte ihren Zorn. „Ich habe alle Papiere eingereicht und habe sogar meine Dokumente hier bei mir. Können Sie mich nicht wenigstens reinlassen, während Sie sie überprüfen und bei Bedarf das MDA kontaktieren? Es ist nicht so, dass ich einfach in ein Hotel gehen und darauf warten kann, dass Sie das tun."

„Warten Sie."

Sie biss sich in die Wange, um nicht auszusprechen, was ihr in den Sinn kam.

Einfach verdammt toll! Ihr armer, verwaister Neffe lebte bei Fremden – auch noch Drachen-Fremden – und das Einzige, was ihr im Weg stand, ihn zu holen und ihm zu sagen, dass alles von nun an besser werden würde, war ein verdammter bürokratischer Fehler.

Während sie wartete, ging Delaney vor dem Tor auf und ab. Sie sollte ihre Energie sparen angesichts der Höhe und der Kälte in den Bergen von Snowdonia. Aber die Bewegung half ihr, sich zu konzentrieren und sie davon abzuhalten, etwas zu sagen, das sie nicht sagen sollte.

Vielleicht sollte sie in Zukunft ein Sprungseil oder so mitbringen, nur für den Fall, dass sie die Ablenkung brauchte. Das hatte ihr in ihren jüngeren Tagen, als sie Boxerin gewesen war, immer geholfen, sich zu konzentrieren.

Dieselbe Stimme meldete sich schließlich ein paar Minuten später. „Sie können reinkommen, vorausgesetzt, Sie bleiben bei Ihrer Begleitung. Er bringt Sie an einen sicheren Ort, wo Sie warten können, bis wir ein Urteil haben."

Die Tore öffneten sich knarrend und enthüllten eine Frau mit braunem und einen Mann mit dunklem Haar, der direkt neben ihr stand, seine Arme über der Brust verschränkt. Obwohl sie Mäntel trugen, die ihre Arme bedeckten und etwaige Tattoos – erwachsene Drachenwandler hatten immer Tattoos an einem ihrer Oberarme –, sagte ihr schon ihre Größe, dass sie Drachen waren. Und wahrscheinlich auch Sicherheitskräfte, nach ihren „Mit uns ist nicht zu spaßen"-Blicken zu urteilen.

Die Frau sprach als Erste. „Kommen Sie ruhig mit uns, und heben Sie sich Ihre Fragen für später auf. Wir müssen Ihre Geschichte erst einmal überprüfen."

Delaney hatte keine andere Wahl, als dem Befehl zu folgen. Als sie zwischen den beiden großen Individuen ging, hatte sie kaum Zeit, die große offene Fläche hinter dem Tor zu bemerken, bevor sie durch eine Tür an der Seite des Berges gingen.

Sie hatte gelesen, dass die walisischen Drachen in einer Reihe von höhlenartigen Räumen lebten, aber als sie durch die Tür gingen, blieb ihr der Mund offenstehen.

Anstelle von Stein waren die Wände mit dekorativen Wandteppichen bedeckt. Jede Seite erzählte eine andere Geschichte. Auf einer schien es um einen Drachen zu gehen, der eine goldene Halskette besaß und dann verlor. Die andere Seite war unklarer, hatte was mit Drachen in Wales zu tun, wenn die Berge etwas zu bedeuten hatten.

Sie hatte fast vergessen, dass sie zwei Begleiter hatte, als sie vor einer alten, massiven Holztür anhielten. Die Drachenwandlerin sprach erneut. „Sie warten hier drin."

Sie öffneten die Tür und schoben sie hinein, bevor sie auch nur einen Pieps von sich geben konnte. Als die Tür zuschlug, hallte das Geräusch im kleinen Raum wider.

Obwohl es Lichter und ein kleines Fenster gab, war alles im Zimmer funktional – ein einfacher Tisch, ein Stuhl und ein Stapel Decken auf dem Boden mit einem Kissen. Es gab auch eine kleine Toilette und ein Waschbecken an der Rückwand.

Mit anderen Worten, ihr Wartezimmer war eine Gefängniszelle.

Das MDA hatte sie gewarnt, dass die walisischen Drachen Menschen misstrauten, aber sie ins Gefängnis zu werfen, war verdammt lächerlich. Wie konnte eine einzelne Frau eine Bedrohung für jemanden sein – oder besser gesagt, für einen ganzen Clan von Leuten –, der sich in einen verdammten Drachen verwandeln konnte?

Allerdings würde es ihr nicht helfen, vor Zorn zu kochen und einen leeren Raum zu verfluchen. Nein, sie würde ihre Energie sparen und es dann an dem Clanführer auslassen, sobald sie ihre Geschichte mit dem MDA bestätigt hatten. Die englischen und schottischen Drachenclans sprachen ständig darüber, dass Menschen und Drachen einander besser verstehen müssten. Snowridge hatte diese Nachricht wohl nicht erhalten, und vielleicht brauchten sie die Erinnerung. Zumal sie erst kürzlich Verbündete mit den anderen britischen Drachen-clans geworden waren und diese Beziehung wahr-scheinlich nicht ruinieren wollten, wenn sie es verhindern konnten.

Delaney setzte sich auf den Deckenstapel, lehnte sich an die Wand und nahm den letzten Brief von ihrer Schwester heraus. Sie kannte die Worte auswendig, aber wenn sie Rosaleens Stimme ein letztes Mal in ihrem Kopf hörte, würde ihr das den Mut geben, tapfer zu sein und sich dem Anführer des Drachen-Clans zu stellen.

Schon, ihr hatte noch nie der Mut gefehlt. Aber einem menschlichen Gegner in einem Boxring gegenüberzustehen, war eine ganz andere Sache, als einem Mann gegenüberzutreten, der sich in eine mythische Kreatur verwandeln und sie mit seinen Zähnen auseinanderreißen konnte.

Als sie das gefaltete Papier öffnete, las sie die verzweifelten Worte ihrer Schwester ein letztes Mal, um ihr den zusätzlichen Mut zu geben, den sie brauchte.

# Kapitel Zwei

Rhydian starrte auf den Computerbildschirm vor sich und überlegte, was zu tun sei.

Eine Menschenfrau war in Snowridge aufgetaucht und behauptete, Rians Tante zu sein. Eine kleine Nachforschung durch einen seiner Beschützer hatte ergeben, dass sie tatsächlich, wie behauptet, Papiere beim MDA eingereicht hatte, um Rian als ihren Verwandten zu beanspruchen.

Rational wusste er, dass sie Rians Familie war, und er sollte ihr den kleinen Jungen übergeben.

Und doch ließ ihn der Gedanke, Rian wegzuschicken, zögern, nachdem er ihm gesagt hatte, er könne bleiben.

Sein Drache meldete sich zu Wort. *Am einfachsten wäre es, sie weg- und den Berg wieder hinunterzuschicken. Schließlich hat sie die Frist überschritten.*

*Um einen Tag. Und wenn man bedenkt, wie schwierig es ist, Snowridge zu finden, kann ich verstehen, warum.*

*Sag mir jetzt aber nicht, dass du ihr Rian geben wirst. Er ist unser Sohn außer dem Namen nach. Er sollte bleiben.*

Er fuhr sich mit einer Hand durchs Haar. *Ich möchte, dass er hierbleibt. Aber ich sollte der Frau eine Chance geben.*

*Ich sage, kämpfe um das Sorgerecht. Vor allem, da sie ein Mensch ist und wahrscheinlich nicht versteht, dass Rian zu beanspruchen bedeutet, dass sie dauerhaft mit einem Drachenwandler-Clan leben muss.*

Dieses Detail war im Kleingedruckten des Vertrags vergraben worden, den der Mensch – Delaney Murphy – unterzeichnet hatte. Vielleicht hatte sie die Klausel gesehen, aber er bezweifelte es sehr, so winzig wie der Text gewesen war. *Und wenn ihr das egal ist? Was dann?*

Sein Drache schnaubte, bevor er murmelte: *Dann könnte sie wohl hierbleiben.*

*Nun, Snowridge ist stabiler als der Clan in der Nähe von Dublin in Irland, wo sie herkommt, oder die meisten irischen Clans, um ehrlich zu sein.*

Viele der Clans in Irland waren dabei, neue Clanführer auszuwählen. Noch dazu wurden sie ständig vom irischen MDA kontrolliert und überwacht. Nicht, dass Rhydian der menschlichen Aufsichtsbehörde einen Vorwurf hätte machen können. Schließlich waren zwei der irischen

Drachenwandler-Führer darauf versessen gewesen, die Anführerin Teagan O'Shea zu töten, und waren nun selbst tot. Das MDA musste friedliche Übergänge und gutes Verhalten für PR-Zwecke sicherstellen, um jede Art von Aufstand oder Aufschrei der menschlichen Bevölkerung zu vermeiden.

Sein Drache grunzte. *Wir wissen nicht, ob der Mensch überhaupt mutig genug ist, um für irgendeine Zeit in Snowridge zu bleiben, geschweige denn irgendwo anders. Vielleicht sollten wir sie für eine Probezeit* zum Bleiben *einladen, und nachdem sie sieht, wie misstrauisch die meisten des Clans Menschen gegenüber sind, wird sie gehen.*

*Aber sie könnte mit Rian gehen, wenn das MDA unseren Adoptionsanspruch außer Kraft setzt und ihr hilft, woanders unterzukommen. Und so sehr ich lerne, Stonefire zu vertrauen, ich wette, sie würden sie und den Jungen nehmen, wenn man sie fragte.*

*Genau genommen, nein, sie könnte ihn nicht nehmen. Sie hat die Frist verpasst. Und wir haben Adoptionspapiere eingereicht, eine Stunde, bevor der Mensch aufgetaucht ist. Angesichts der Tatsache,* dass *Rian zur Hälfte ein Drachenwandler ist, wird das MDA wahrscheinlich zu unseren Gunsten entscheiden.*

Er setzte sich in seinem Stuhl zurück. Der Vorschlag seines Drachen, die Frau rauszuwerfen und Rian zu behalten, wäre am einfachsten, aber das Auftauchen der Menschenfrau brachte ein anderes Problem mit sich, das er angehen wollte – die Art und Weise zu ändern, wie sein Clan Menschen betrachtete und ihnen gegenüber handelte.

Snowridges Bevölkerung hatte in den letzten Jahrzehnten unter der Abweisung menschlicher Gefährten gelitten. Drachenwandler-Nachkommen waren meist männlich, und nicht alle Frauen wollten Mütter sein. Menschen hatten die Lücke in der Vergangenheit geschlossen, und Rhydian wusste, dass sie es wieder tun mussten, wenn sein Clan langfristig überleben sollte.

Delaney Murphy konnte der perfekte Weg sein, Menschen seinem Clan vorzustellen und zu sehen, wie die Mitglieder von Snowridge reagierten. Ja, ein langsames, kontrolliertes Experiment. Schließlich wäre es einfach genug, einen einzelnen Menschen zu beschützen. Die Alternative wäre, sich beim MDA für potenzielle menschliche Gefährten zu bewerben, was bedeutete, der neuen MDA-Politik zu folgen, die eine Gruppe von Frauen auf einmal schickte, anstatt eine nach der anderen, wie in den vergangenen Jahren.

Und die Sicherheit einer Gruppe zu gewährleisten, wäre viel mehr Arbeit.

Rhydian stand auf. *Ich rede mit der Menschenfrau und beurteile ihren Charakter. Wenn sie stark genug ist, könnte sie genau das sein, was ich jetzt brauche.*

*Aber du gibst Rian nicht auf, oder?*

*Nein, er bleibt hier, und es liegt an Miss Murphy, ob sie bei ihm bleibt.*

Vielleicht würden manche Rhydian für egoistisch oder gar gefühllos halten, weil er Rian in
Snowridge behalten wollte. Doch mehr, als dass er
Rian als seinen Sohn erziehen und ihm Stabilität
geben wollte, bestand die Möglichkeit, dass Rian
keinen inneren Drachen mehr hatte und sein Tier
später auftauchen konnte als die meisten anderen
Drachenwandler. Und ein untrainierter Drachen-
junge, der unter Menschen lebte, würde Chaos
bedeuten.

Und möglicherweise Tod.

Nein, Rhydian wollte das nicht riskieren. Das
Beste für den Jungen war, in Snowridge zu bleiben
und ihm nicht ein weiteres Zuhause und eine
Familie zu entreißen. Die Frage, ob er die Vormund-
schaft mit dem Menschen teilen würde, könnte
später entschieden werden, wenn sie die Musterung
bestanden hatte.

Vorerst, als er sich auf den Weg zur Zelle machte,
in der Delaney festgehalten wurde, entfernte
Rhydian jeden Ausdruck aus seinem Gesicht. Er
musste vernünftig sein für sein erstes Treffen mit der
Menschenfrau, und vielleicht sogar ein bisschen
einschüchternd.

Er würde dem Menschen eine Chance geben,
aber nur zu seinen Bedingungen.

Delaney war kaum eingeschlafen, bevor sich die Tür zu ihrer Zelle öffnete und die Lichter wieder angingen.

Fluchend setzte sie sich auf und blinzelte. Sie hatte den Überblick verloren, wie lange sie im Raum gewesen war, und wusste nur, dass es draußen dunkel war.

Ihre Augen passten sich schließlich an, und sie sah zu dem Besucher auf.

Der Mann war groß, mit dunklen Haaren und blauen Augen. Vielleicht wäre so mancher von den drei Narben auf seiner Wange eingeschüchtert gewesen, aber Delaney hatte nach Snowridges Clanführer recherchiert, bevor sie hergekommen war.

Rhydian Griffiths mochte größer, stärker und älter sein, aber auf keinen Fall würde sie Angst zeigen. Es ging nur darum, ihren Neffen zu holen und das unbeantwortete Flehen im Brief ihrer Schwester zu erfüllen.

Sie stand langsam auf und ließ sich Zeit, um dem Drachenmann zu verstehen zu geben, dass sie keine Angst vor ihm hatte – eine Leistung, die sie in ihrer früheren Boxkarriere perfektioniert hatte. Zu ihrer vollen Größe aufgerichtet war sie immer noch einen Kopf kleiner als Rhydian.

Als er schließlich sprach, ließ seine Stimme sie erbeben. „Delaney Murphy, die Verzögerung tut mir leid."

Sie könnte höflich sein, aber nach allem, was sie über Drachenwandler gelesen hatte, schätzten sie

Stärke und Ehrlichkeit mehr als Formalitäten und um den heißen Brei herumzureden. Also hob sie eine Augenbraue und antwortete: „Da bin ich mir nicht so sicher." Er blinzelte, und sie fuhr fort, bevor er ein Wort sagen konnte. „Wenn Ihnen mein Wohlbefinden wirklich wichtig gewesen wäre, hätten Sie mich an einen wärmeren Ort gebracht. Und vielleicht mit einem Bett oder Sofa anstelle eines Haufens Decken auf einem harten Steinboden."

Rhydian sah sich eine Sekunde im Raum um, bevor er den Blick wieder ihr zuwandte. „Wir haben diesen Raum seit Jahren nicht mehr genutzt. Wie Sie zwischenzeitlich wissen, sind wir in einem abgelegenen Teil von Wales. Für gewöhnlich muss ich keine Gefangenen unterbringen."

Delaney hatte keine Ahnung, warum sie eine so große Bedrohung sein sollte, dass sie Zeit im Hotel „Gefängnis" verdient hatte, aber sie konzentrierte sich auf das, was wichtiger war. „Ich habe keinen Grund, Sie länger als nötig zu belästigen. Wenn Sie mir heute Nacht ein richtiges Zimmer zum Schlafen geben, kann ich Rian mitnehmen und bin morgen früh weg."

„Nein."

Sie runzelte die Stirn über die Endgültigkeit in seinem Ton. „Was meinen Sie mit ‚nein'? Alle Papiere sollten in Ordnung sein. Wenn Ihre Leute das nicht feststellen können, kann ich die MDA-Kontaktperson anrufen und es Ihnen beweisen."

Er schüttelte den Kopf. „Das ist es nicht. Wir

haben Ihre Papiere bestätigt. Was jedoch Ihren Wunsch nach sofortiger Abreise angeht, schätze ich, dass Sie das Kleingedruckte des Vertrags, den Sie unterzeichnet haben, nicht gelesen haben."

Sie ballte die Finger zur Faust. Nach allem gab es vielleicht noch ein weiteres verdammtes Hindernis zu überwinden! „Welches Kleinge- druckte? Ich habe jedes Wort in diesen Dokumenten gelesen, also sagen Sie mir einfach ganz klar, was Sie meinen."

Der Drachenmann schmunzelte, und Delaney musste sich zusammenreißen, um nicht zu ihm zu gehen und ihn zu schlagen. Den Drachen-Clan- führer zu schlagen, war definitiv nichts, was sie tun sollte.

Außerdem gehörte dieses Verhalten in ihr altes Leben, das sie wegen einer Verletzung aufgegeben hatte. Die neue Delaney Murphy kämpfte gegen niemanden, es sei denn in Notwehr.

Sie räusperte sich und versuchte, ihre Stimme gleichmäßiger und höflicher klingen zu lassen. „Bitte erzählen Sie mir von dem Kleingedruckten."

Rhydian zuckte mit den Schultern. „Die Schrift ist klein, vielleicht zu klein für menschliche Augen, es sei denn, man zoomt heran. Ich glaube, das MDA macht das absichtlich." Sie öffnete den Mund, um noch einmal zu fragen, aber Rhydian hob eine Hand und fuhr fort. „Darin steht, dass Rian bei einem Drachen-Clan leben muss. Es gibt jedem Hüter des Jungen die Möglichkeit, bei ihm in jedem Clan

25

innerhalb Großbritanniens oder Irlands zu leben, aber Rian kann nicht unter Menschen leben. Er ist zur Hälfte ein Drachenwandler. Es ist zu gefährlich."

*Verdammt!* Rian in ihr Haus in der Nähe von Dublin zu bringen, war keine Option, und sie konnte auch nicht den Drachenclan in der Nähe der Stadt um Hilfe bitten, da sie Menschen weder mochten noch auch nur tolerierten. Wenn sie Rian behalten wollte, müsste sie woanders leben.

Und nicht einfach irgendwo, sondern im Land eines Drachen-Clans! Vielleicht nicht für den Rest ihres Lebens, aber zumindest, bis Rian das Erwachsenenalter erreicht hatte.

Vielleicht hätten manche das als einen Dealbreaker gesehen und wären abgehauen. Delaney hatte jedoch kaum etwas, das sie in Carrickmines hielt. Ihren Job als Grafikdesignerin konnte sie überall erledigen, und sie durfte ihre Schwester nicht im Stich lassen.

Trotzdem musste es doch wohl nicht in diesen verdammt kalten Bergen in Wales sein. Vielleicht sollte sie den walisischen Anführer daran erinnern und sehen, ob er ihr gegenüber dann netter war.

Daher straffte sie ihre Schultern ein wenig weiter und fragte: „Es muss aber nicht dieser Clan sein, oder? Sie sagten, es kann jeder Clan in Großbritannien oder Irland sein. Und wenn das der Fall ist, bin ich nicht sicher, ob ich riskieren will, in diese Zelle geworfen zu werden, sobald ich jemanden hier verärgere. Und glauben Sie mir, das wird wahrscheinlich oft passieren."

Er neigte den Kopf. „Sie verärgern? Wie?"

*Großartig!* Damit hatte sie auf einige ihrer Fehler hingewiesen, alles innerhalb von Minuten, nachdem sie ihn getroffen hatte. Ihre Schwester war die viel Taktvollere von ihnen gewesen. Und unter solchen Umständen wünschte sich Delaney, sie könnte mehr wie Rosaleen sein.

Rhydian blieb still und wartete auf eine Antwort. Da sie nirgendwo hin konnte, entschied Delaney, dass Offenheit wahrscheinlich das Beste sei. „Ich neige dazu, die Wahrheit zu sagen. Ein bisschen zu viel, laut anderen. Und da die meisten Leute das nicht hören wollen, sind sie aufgebracht oder stürmen davon oder melden mich der Personalabteilung."

„Ich bevorzuge die Wahrheit", sagte Rhydian.

Seine Augen blitzten zu Schlitzen und zurück, und Delaney beugte sich vor. Hatte sein Drache gerade mit ihm gesprochen? Ihre früheren Nachforschungen hatten ergeben, dass die Pupillen aufblitzten, wenn das passierte. „Was sagt Ihr Drache?"

Er hob die Brauen. „Sie haben also über uns gelesen, wie ich sehe. Die meisten Menschen zucken zurück oder werden ohnmächtig, wenn sie sehen, wie sich unsere Pupillen verändern."

Noch mehr von der Wahrheit rutschte ihr heraus. „Ich war früher Profiboxerin. Wenn ich Blut und sogar ein paar verlorene Zähne auf dem Boden ertragen kann, kann ich auch mit blitzenden Augen umgehen."

Rhydian trat einen Schritt näher. „Boxerin, sagen Sie?"

Die meisten Männer suchten schnell das Weite oder wurden vorsichtig, wenn sie erwähnte, dass sie Boxerin war. Aber nicht Rhydian Griffiths. Er war anders.

Aber das war er natürlich, nicht wahr? Er war ein Drachenmann.

Nicht, dass sie wegen seiner Reaktion ihre Meinung ändern würde, Rian mitzunehmen und zu gehen. „Ja. Seien Sie also gewarnt, wenn Sie oder ein anderer Ihres Clans etwas versuchen, verteidige ich mich. Dass Sie in einem Berg leben, ist definitiv zu meinem Vorteil. Kein vernünftiger Drache würde sich umgeben von massivem Gestein wandeln."

Rhydian starrte sie an, seine Augen blitzten, und er blieb still.

Aber sie wich nicht zurück. Selbstvertrauen war eines der wenigen Dinge, die sie im Moment hatte, also stand sie aufrecht und wartete darauf, wie der Drachenführer reagieren würde.

Delaney Murphy war nicht das, was Rhydian erwartet hatte, das war sicher.

Von allen Frauen, die Rians Tante hätten sein

können, war die fragliche eine verdammte ehemalige Boxerin!

Sein Drache schnaubte. *Ich schätze, sie wird sich nicht leicht einschüchtern lassen.*

*Ich dachte, du wolltest sie erschrecken, damit sie so schnell wie möglich die Flucht ergreift.*

*Vielleicht. Aber sie ist stark, wild und schön. Ich will sie.*

Rhydian tat sein Bestes, um sich sein Unbehagen nicht ansehen zu lassen. *Das ist ein Scherz, richtig?*

*Nein, umwirb sie ein bisschen, dann lässt sie uns sie vielleicht küssen.*

Das Verhalten seines Drachen ließ die Alarmglocken schrillen. *Das Schicksal wäre nicht absurd genug, um diesen Menschen zu unserer wahren Gefährtin zu machen, oder?*

*Warum nicht? Tritt ein wenig näher. Ich will sie riechen, damit wir später von ihr träumen können.*

Die meisten Drachenwandler würden sich freuen, ihre möglicherweise wahre Gefährtin zu finden.

Aber für Rhydian war es eine Unannehmlichkeit. Er hatte zu viel für den Clan zu tun. Ganz zu schweigen davon, dass das letzte Mal, als er mit einer Menschenfrau zusammen gewesen war, es damit geendet hatte, dass sie aus Wales vertrieben wurde und seine Onkel ihn daran erinnert hatten, dass er sich von Menschen fernhalten musste. Eine Erinnerung, die zu den drei bleibenden Narben auf seiner Wange geführt hatte.

Sein Drache meldete sich zu Wort. *Leugne es, so viel du willst, aber du findest auch, dass Delaney schön ist, mit ihren langen, dunklen Haaren und den dunklen Augen. Und ihre Stärke, sowohl körperlich als auch in Bezug auf ihre Persönlichkeit, ist das Gegenteil von Liliwen.*

Liliwen war eine kleinere, kurvigere Frau gewesen, die zu gutherzig gewesen war, um mit Snowridges Feindseligkeit gegenüber Menschen umzugehen. Das hatte er schon von ihrem ersten Zufallstreffen an gewusst, aber damals war er jung gewesen und hatte gedacht, er könnte die Welt verändern.

Aber die Welt war viel schwieriger zu verändern, als die meisten Leute glaubten.

Rhydian antwortete seinem Tier, *Es wäre leicht, eines der Clanmitglieder eine menschliche Gefährtin nehmen zu lassen. Aber ich? Das wird eine Rebellion geben.* Wenn *sie überhaupt einen Drachengefährten will.*

*Warum nicht? Wir sind ein ziemlich guter Fang.*

Er musste sich zu lang im Gespräch mit seinem Drachen verlaufen haben, denn Delaney kam näher und wedelte mit der Hand vor seinem Gesicht. „Verzeih, dass ich dich unterbreche, aber vielleicht könntest du mir sagen, was jetzt passieren wird? Denn wenn du mich hier wieder einsperren willst, werde ich mich wehren, gewinnen und gehen."

Sein Drache schnaubte. *Sie hat definitiv keine Angst vor uns.*

Rhydian ignorierte sein Tier. „Arroganz mag in Ihren Boxtagen funktioniert haben, aber Drachenwandler sind körperlich stärker als Menschen."

Delaney wandte sich teilweise ab, bevor sie zurückzuckte und sich wie ein Blitz auf ihn zubewegte. Sie versuchte, ihm in die Seite zu schlagen, aber Rhydian packte ihr Handgelenk und verdrehte ihr den Arm hinter den Rücken.

Eine Sekunde lang konnte er nur auf ihre vorgestreckte Brust starren, das Heben und Senken ihrer Brüste beobachten und sich an der Hitze ihres Körpers erfreuen.

Auch wenn es absurd war, schwor er, dass sie nach Sommer und Sonnenschein roch.

Sein Drache summte. *Sie ist so nahe. Neige ihren Kopf ein wenig und beuge dich vor, vielleicht lässt sie uns sie küssen.*

*Ich werde sie nicht belästigen.*

Fast, um seinem Drachen zu trotzen, ließ Rhydian die Menschenfrau los und lehnte sich an den Türrahmen. „Drachenwandler sind immer schneller, ganz zu schweigen davon, dass wir besser hören. Vielleicht fällt dir eines Tages eine Strategie ein, um gegen mich zu gewinnen, aber heute ist nicht dieser Tag, Delaney Murphy."

„Aber Sie denken, ich könnte es, was gerade meine Meinung über Sie verbessert hat."

Ihre Worte hätten sein Herz nicht schneller schlagen lassen sollen, aber sie taten es.

Rhydian könnte wirklich in Schwierigkeiten geraten, wenn er zu viel mit dieser Frau rumhing.

Sein Drache lachte nur, was nicht hilfreich war.

Er zuckte die Schultern. „Die Tatsache, dass Sie es so nah geschafft haben, beweist, dass Sie etwas Geschick besitzen." Sie kniff die Augen zusammen, aber er kam ihr zuvor. „Möchten Sie jedoch Zeit damit verschwenden, darüber zu diskutieren, wie großartig Sie sind, oder wollen Sie über Rian sprechen?"

Ihr Körper entspannte sich ein wenig. „Wann kann ich ihn sehen?"

„Hat er Sie jemals getroffen? Weil ich mich seit drei Monaten um ihn kümmere und er nie erwähnt hat, dass er eine Tante hat."

Der Schmerz blitzte durch Delaneys Blick, war aber verschwunden, bevor Rhydian blinzeln konnte. „Meine Schwester wollte nicht riskieren, dass ich durch die Assoziation Ärger bekomme, also hat sie mich Rian nie treffen lassen. Aber er ist die einzige Familie, die ich noch habe." Sie richtete sich wieder auf. „Und deshalb werde ich mich um ihn kümmern, egal ob es bedeutet, mit einem Drachen-Clan zu leben oder nicht."

Für den Bruchteil einer Sekunde hatte Rhydian Mitleid. Die einzige Familie, die er noch hatte, waren ein Cousin und eine Cousine zweiten Grades, und jetzt Rian.

Sein Tier meldete sich zu Wort. *Sie könnte auch unsere Familie sein.*

*Hör auf. Darüber werde ich jetzt nicht sprechen.*

„Rians Leben war in letzter Zeit chaotisch, mit all dem, was seinen Eltern und danach passiert ist, also muss ich ihn darauf vorbereiten, Sie zu treffen." Er machte einen Schritt zurück und deutete den Flur hinunter. „Aber ich zeige Ihnen ein anständiges Quartier, wo Sie die Nacht verbringen können. Sie werden aber in der Nähe meiner Sicherheitskräfte sein, also rate ich davon ab, umherzuwandern."

Delaney schnaubte. „Abraten? Sie können mir einfach direkt sagen, dass ich in meinem Zimmer bleiben soll. Ich dachte, Drachenwandler wären direkter als Menschen. Zumindest habe ich das gelesen."

Ihre Antwort faszinierte ihn. Und rührte etwas auf, das er schon lange nicht mehr hatte tun wollen – sie anstupsen und necken. „Was Sie gelesen haben und was die Realität ist, sind zwei verschiedene Dinge. Oder sollte ich Sie fragen, ob Kobolde echt sind? Oder vielleicht, ob Sie einen Topf Gold am Ende des Regenbogens gefunden haben?‘"

Sie grunzte, und Rhydian lächelte fast über das Geräusch. „Das heißt, Sie sind nebenbei Bergmann oder Schafzüchter, oder? Wie alle Waliser."

Er schmunzelte. „Ich denke, das ist immer noch besser, als ein kartoffelfressender Saufkopp von einem Goldjäger zu sein."

Sie winkte das mit einer Hand ab. „Wenn Sie meinen. Wenigstens wäre ich reich, hätte einen Teller Chips und eine gute Zeit."

Rhydian lachte. Die Frau war clever. „Ich stimme zwar zu, dass ich dieses Szenario mag, aber die Waliser haben Sie in einer Sache geschlagen, Delaney. Sie haben die beste Flagge der Welt."

Delaney verdrehte die Augen. „Ja, da ist ein verdammter Drache auf der walisischen Flagge. Aber wenn Sie kein roter Drache sind, ist das ein kleiner Schlag, oder? Weil es bedeutet, dass nur rote Drachen verehrt werden."

Rhydian war ein schwarzer Drache, aber er wollte der Frau keinen Vorteil verschaffen. „Sie werden einfach abwarten und sehen müssen, welche Farbe mein Drachen hat." Er deutete wieder mit der Hand. „Kommen Sie! Ich zeige Ihnen Ihre Räume."

Als sie an ihm vorbeiging, füllte ihr Duft nach Sommer und Sonnenschein seine Nase. Sein Tier knurrte. *Warum hast du vorgeschlagen, das Zimmer zu verlassen? Wir hätten sie hierbehalten können, mit ihr reden, und vielleicht hätte sie sich von uns küssen lassen.*

*Nein, Drache. Ob du glaubst, dass sie unsere wahre Gefährtin ist oder nicht, ist mir egal. Wir können es uns nicht leisten, den Clan zu stören, indem wir eine menschliche Gefährtin nehmen. Wenn sie einen in einem anderen Mann finden will, dann soll es so sein. Wir müssen Rian aufziehen, und das ist alles, was zählt.*

*Lügner! Du weißt, dass du sie auch willst.*

Mit mehr als dreißig Jahren Erfahrung wusste

Rhydian, wie er einige seiner Gedanken privat halten konnte.

Auf keinen Fall würde er seinen Drachen wissen lassen, dass er Delaney gerne wieder halten würde, wenn sie nackt war, und dann würde er sie langsam quälen, bevor er sie vorbeugte und sie von hinten nahm.

Etwas an ihrer Entschlossenheit und ihrem Trotz regte sein Verlangen an. Das er niemals ausleben könnte.

Also musste er sich so weit wie möglich von Delaney Murphy fernhalten und durfte nie wieder mit ihr allein sein.

Was natürlich schwierig sein würde, wenn man bedachte, dass sie Rians Tante war. Aber wenn der Junge in der Nähe war, war Rhydian sicher, dass er die Frau vergessen und sich nur auf Rians Wohlergehen konzentrieren könnte.

Er sagte zu der Frau: „Wenn Sie mich wissen lassen, was Sie essen, können wir auf dem Weg zu Ihrer Unterkunft noch ein paar Lebensmittel besorgen."

„Es gibt also einen Supermarkt im Berg?"

Er sagte trocken: „Ja, wir haben sogar Strom. Und diese seltsamen Geräte, die Telefone genannt werden."

Sie verdrehte die Augen – das schien sie oft zu tun. „Ich bin nicht dumm. Über uns sind Lichter, also haben Sie natürlich Strom. Obwohl es keinen mobilen Service gibt. Ich konnte keinen Empfang in diesem Raum bekommen."

„Sie werden später über unseren Service informiert werden." Er hielt inne. „Vorausgesetzt natürlich, Sie wollen bleiben."

Delaney sah ihm in die Augen. „Was soll das denn heißen?"

„Das soll heißen, dass Sie auf Probe hier sind, Delaney. Ob Sie bleiben oder nicht, hängt davon ab, wie Sie dich verhalten.""

Sie seufzte dramatisch. „Bitte sagen Sie mir nicht, dass das bedeutet, ich werde einer Reihe von Tests unterzogen."

Sein Drache meldete sich. *Das ist eine gute Idee. Viele Einzeltests. Ja, das gefällt mir.*

Er würdigte sein Tier keiner Antwort. „Nicht schlimmer als das, was den Drachen vom Ministerium für Drachenangelegenheiten zugemutet wird. So gerne ich auch glauben möchte, dass dieselbe DNA wie Rians Sie zu einem unschuldigen Menschen macht, der mir oder meinem Clan niemals schaden würde, kann ich es nicht. Wie Sie sehr wohl wissen, nach dem, was mit Ihrer Schwester und ihrem Gefährten passiert ist, müssen Drachenwandler – und die mit ihnen in Verbindung stehen – vorsichtig sein."

Delaney verstummte, und Rhydian war zufrieden, nicht weiter reden zu müssen.

Denn wenn sie mehr über sich selbst erzählte,

könnte er versucht sein, wieder nach mehr zu fragen. Und das würde zu dem führen, was seinen Clan höchstwahrscheinlich spalten würde – dass Rhydian wieder einen Menschen als seinen eigenen haben wollte.

# Kapitel Drei

Delaney hatte in der Nacht zuvor nicht mehr als ein paar Minuten schlafen können, also war sie angezogen und ging auf und ab, während sie auf die Ankunft ihrer Eskorte wartete.

Um ehrlich zu sein, es war wahrscheinlich besser, dass sie nicht geschlafen hatte. Es war schon schwer genug, den Drachenanführer aus dem Kopf zu halten, wenn sie wach war. Wer wusste, was passiert wäre, wenn sie geschlafen hätte.

Und wenn man bedachte, dass seine starke, feste Hand, die sie leicht zurückgehalten hatte, und seine Hitze an ihrem Rücken Lust in ihr geweckt hatten, sich zu entspannen und sich an ihn zu schmiegen, wollte sie nicht, dass nackte Träume von Rhydian Griffiths sie zu etwas verführten, das sie nicht haben konnte.

Rian war ihre Priorität. Sie würde dem Wunsch ihrer Schwester nachkommen, sich um ihn zu kümmern, als wäre er ihr eigener Sohn. Und obwohl Delaney nicht viel über das Elternsein wusste, wusste sie doch zumindest, dass die Bedürfnisse eines Kindes an erster Stelle standen.

Selbst ein One-Night-Stand würde die Dinge übermäßig verkomplizieren, besonders wenn Rian irgendeine Art Bindung zu Rhydian aufgebaut hatte. Und wenn man bedachte, dass der walisische Anführer sich seit drei Monaten um den Jungen gekümmert hatte, war es möglich, dass er Rhydian bereits als Vaterfigur sah.

Mit anderen Worten, Rhydian Griffiths war tabu.

Es war ja auch nicht so, als wäre er unter den Drachenwandlern einzigartig. Alle Sicherheitskräfte, die sie Beschützer nannten, hätten wahrscheinlich dasselbe tun und ihren Schlag abwehren können, was nur wenige menschliche Männer hinbekamen, wenn sie nicht gut ausgebildet waren. Und sie hatte sich immer nach einem Mann gesehnt, der sich nicht vor ihrer Stärke oder ihrem Können scheute.

Rhydian war stark, ja, aber er war ihre erste echte Interaktion mit einem Drachenwandler gewesen, mehr nicht.

Ein Klopfen an der Tür ließ sie zusammenzucken. Sie atmete tief durch, ging hin und öffnete.

Enttäuschung flackerte kurz auf, als es nicht

Rhydian war, den sie davor fand, sondern die dunkelhaarige Frau vom Vortag. Die Frau war eine der beiden Personen gewesen, die sie in den Berg begleitet hatten.

Die Drachenfrau deutete mit dem Kopf Richtung Korridor. „Folgen Sie mir."

Von Natur aus war Delaney niemand, der einfach so folgte. Als Boxerin hatte sie immer nach der besten Öffnung gesucht, der perfekten Möglichkeit, ihren Gegner zu treffen und zu stürzen. Sie war es gewohnt, anzugreifen und die Kontrolle zu übernehmen.

Aber um Rians willen würde sie Befehle befolgen müssen, wer wusste schon, wie lange. Das Schwierige wäre, keinen Fehler zu machen, der ihre Chance gefährden könnte, in Snowridge zu bleiben und sich um Rian zu kümmern. Auch wenn sie Rhydian an ihre Wahl erinnern konnte, in einem anderen Drachen-Clan zu leben, wollte sie Rian nicht unnötig bewegen. Sie musste Snowridge ihm zuliebe eine Chance geben.

Also musste sie jeglichem Ärger aus dem Weg gehen, wie demjenigen, der daraus resultieren konnte, dass sie mit dem Clanführer schlief. Aye, sie hatte es mit Rhydian in der Nacht zuvor ein bisschen versaut, vielleicht hatte sie ihn mit ihrer Ehrlichkeit ermutigt und mit ihrem rasenden Herzen, als er sie an seinem Körper festgehalten hatte. Delaney musste nur sicherstellen, dass etwas Ähnliches nicht wieder passierte.

Sie konzentrierte sich auf ihre Umgebung, um ihren Kopf von Rhydian Griffiths freizubekommen, und bemerkte, dass, ähnlich wie die anderen Korridore, die sie in Snowridge gesehen hatte, auch diese mit Wandteppichen behangen waren. Vielleicht konnte sie die Geschichten dahinter herausfinden und sie Rian erzählen. Immerhin sollten Kinder Geschichten doch mögen, oder nicht?

Delaney wollte nicht weiter darüber nachdenken, wie viel mehr sie als Elternteil lernen musste, und verdrängte alle Zweifel aus ihrem Kopf. Wenn Rian sie zum ersten Mal sah, wäre das nicht einfach, vor allem, weil Delaney ihrer Schwester sehr ähnlich sah. Und sie musste sich auf die Reaktion des Jungen vorbereiten, falls es eine Art schmerzhafte Erinnerung auslösen sollte.

Und selbst wenn, würde sie einen Weg finden, ihm zu helfen. Das musste sie, sowohl für ihre Schwester als auch ihrem Neffen zuliebe.

Die Drachenfrau blieb schließlich vor einer Tür stehen, die sich etwas von allen anderen abhob. Sie klopfte an, und Rhydian öffnete die Tür. Er nickte der Drachenwandlerin zu. „Danke, Carys. Ich übernehme von hier an."

Die Frau namens Carys rührte sich nicht. „Bist du dir sicher, Rhydian? Ich würde mich besser fühlen, wenn du mich wenigstens an der Tür Wache stehen ließest."

„Wren ist ein paar Türen weiter, bereit zu helfen,

wenn ich rufe. Du musst an dem Projekt arbeiten, das ich dir gegeben habe."

Delaney erwartete, dass Carys protestierte, da, soweit sie gelesen hatte, Beschützer das Leben ihrer Anführer schützen sollten, aber die Drachenfrau nickte nur. „Natürlich."

Damit ging sie. Rhydians blauäugiger Blick traf endlich ihren.

Und verdammt, seine stechenden Augen ließen ihr Inneres hüpfen. Kein Mann sollte so sexy sein wie dieser.

Seine tiefe Stimme rollte über sie. „Kommen Sie rein, Rian ist vorerst in seinem Zimmer. Ich hole ihn, sobald wir ein paar Grundregeln aufgestellt haben."

Bei der Erwähnung ihres Neffen verschwanden die Hitze und das merkwürdige Gefühl. Das wäre ihre erste Chance, Rian Vorrang vor allem anderen einzuräumen. „Dann lassen Sie uns anfangen. Ich will keine Zeit mehr verschwenden, bevor ich ihn treffe."

Rhydian trat zur Seite, und sie ging in seine Räume.

Wenn man bedachte, dass sie in einem Berg waren, war es viel gemütlicher und wärmer, als sie erwartet hatte. Die Wände waren mit Holzpaneelen geschmückt, in die Drachen, Blumen und Tiere geschnitzt waren, die sie sich in der kurzen Zeit nicht genau ansehen konnte. Alle Möbel waren in dunklen Farben gehalten und einige alte Schwerter und

Schilde hingen über einem Kamin. „Das hier ist definitiv das Zuhause eines alleinstehenden Mannes."

„Eigentlich ist dies das Quartier des Clanführers."

Sie hob eine Braue. „Und waren sie alle Männer?"

Rhydian grunzte. „Ja, obwohl ich nicht glaube, dass das für immer der Fall sein wird."

Sein Kommentar weckte ihre Neugier, und sie konnte nicht anders, als herauszuplatzen: „Irland hat eine Drachenclanführerin. Macht sich Wales bereit, der nächste Clan zu sein, der eine hat?"

„Auch wenn ich denke, dass es eines Tages passieren wird, hoffe ich doch, dass es nicht so bald passiert. Ich habe zu viel zu tun, bevor ich meine Führungsposition aufgebe."

Sie sollte unbedingt seine Bemerkung ignorieren und nach Rian fragen. Aber Delaney hatte keine Ahnung, ob sie jemals wieder allein mit dem Clanführer wäre, ohne dass Rian dabei war, also fragte sie: „Was zum Beispiel?"

Er musterte sie mit vorsichtigen Augen, als ob er, wenn er nur genau genug schaute, in ihr Gehirn sehen könnte.

Seine Pupillen blitzten zu Schlitzen und wieder zurück, bevor er schließlich antwortete: „Zum einen bringe ich meinen Clan dazu, Menschen nicht mehr zu hassen. Sie sind meine beste Chance, das zu tun, Delaney. Denken Sie daran."

Während sie einander anstarrten, hatte sie das Gefühl, nicht von der Stelle weichen zu können. Dieser Mann hatte etwas an sich, als ob seine stille Macht tiefere Geheimnisse enthielt, die sie zu ihm hinzogen.

Dann schossen Rhydians Augen zu ihren Lippen, und ihr Herz schlug schneller.

Als sein Blick zu ihrem zurückkehrte, war sie versucht, den kurzen Abstand zwischen ihnen zu überwinden, damit sie die Hitze des starken, mächtigen Drachenmanns wieder spüren konnte.

Noch nie in ihrem Leben hatte sie eine solche Anziehung zu jemandem gefühlt. Vielleicht hatten Drachenwandler eine Art Magie, die sie gegen Menschen anwenden konnten.

Obwohl ein menschlicher Liebestrank ein bisschen zu viel schien.

Ein kleiner Junge rannte durch den Raum und hielt direkt vor ihr an. Delaney blickte sofort auf einen kleinen Jungen hinunter, der die Augen ihrer Schwester hatte.

Die auch ihre Augen waren.

Rian war rausgekommen, bevor sie Zeit gehabt hatte, sich vorzubereiten, und Tränen stachen in ihren Augen, als sie sich vorstellte, wie ihre Schwester mit dem kleinen Jungen vor ihr lachte.

Ihr Neffe fragte: „Wer bist du? Du bist zu klein, um meine Mum zu sein, und deine Haarfarbe ist anders, aber du siehst genauso aus wie sie." Rian sah zu Rhydian. „Wer ist sie, Rhydian?"

Rhydian legte gelassen eine Hand auf die Schulter des Jungen. Die vertraute Geste schickte einen kleinen Faden der Eifersucht durch Delaney. Sie hatte recht gehabt, Rian hatte sich schon an den Clanführer gebunden.

Sie wartete nicht auf Rhydians Antwort, sondern sprach selbst. „Mein Name ist Delaney Murphy. Deine Mutter war meine Schwester, was mich zu deiner Tante macht."

Rians Brauen zogen sich zusammen. „Tante? Ich dachte, ich habe keine Familie. Mum und Dad haben immer gesagt, es gibt nur uns drei."

Ihr Herz zog sich zusammen. Rosaleen hatte ihr das nicht gesagt, und obwohl sie tot war und sie nichts gegen die Vergangenheit tun konnte, tat es immer noch weh.

Rhydian räusperte sich. „Manchmal erzählen Erwachsene kleine Lügen, um andere zu beschützen."

Rian antwortete: „Aber ich dachte, alle Lügen sind schlecht! Du schimpfst immer, wenn ich dich anlüge, Rhydian."

„Weil deine Lügen niemanden außer dich selbst beschützen. Und normalerweise willst du damit etwas Schlimmes verbergen, wie dass du einen extra Keks stibitzt oder keine Hausaufgaben gemacht hast."

Rian neigte den Kopf. „Wo ist der Unterschied?"

„Der Unterschied ist, dass deine Mum und dein Dad nicht wollten, dass deine Tante Ärger bekommt.

Ich habe dir ja schon einmal erklärt, dass es in Irland gegen das Gesetz verstößt, wenn sich ein Mensch einen Drachenwandler paart. Und damit deine Tante Delaney in Sicherheit war, haben sie dir nichts von ihr erzählt."

Rian sah sie an. „Warum? Ich würde ihr nicht wehtun."

Rhydian grunzte und erregte wieder die Aufmerksamkeit des Jungen. „Vielleicht nicht absichtlich, aber manchmal, besonders wenn wir jung sind, erzählen wir Geheimnisse, die wir nicht weitergeben sollten."

Rian sah Delaney wieder an und studierte ihr Gesicht.

Er sah ihrer Schwester Rosaleen so ähnlich, dass es weh tat – dieselbe Nase, dasselbe dunkelbraune Haar, dieselben dunkelbraunen Augen.

Während ihre Schwester durch Rian weiterlebte, schmerzte es Delaney dennoch, den Jungen anzuschauen. Vom Tod ihrer Schwester zu hören und sich persönlich mit ihrem Sohn zu treffen, im Wissen, dass keiner von ihnen Rosaleen je wiedersehen würde, machte das alles so real.

Die Tränen, die sie zurückgehalten hatte, würden fallen. Delaney hatte so lange ihren Schmerz und den Verrat durch die Taten ihrer Schwester versteckt. Warum es jetzt auf einmal herausrauschen musste, wusste sie nicht. Eines war jedoch sicher: Sie stand kurz vor dem Zusammenbruch und wollte es nicht vor Rian tun.

Was bedeutete, dass sie irgendwohin fliehen musste, um dem Jungen die Verwirrung zu ersparen.

Delaney war gerade gefasst genug, um Rhydian zu fragen: „Die Toilette?"

Er deutete zur Tür, und sie eilte darauf zu. Sobald sie die Tür schloss, glitt Delaney zu Boden und tat ihr Bestes, um das Schluchzen zu dämpfen, das hervorkam.

Rhydian starrte auf die Toilettentür und konnte Delaney weinen hören.

Sein Drache meldete sich zu Wort. *Wir sollten nach ihr sehen.*

Er wollte das, aber er konnte Rian nicht allein lassen. Vor allem, nachdem er ihn einer Frau vorgestellt hatte, die seiner Mutter so ähnlich sah.

Rian zog an seinem Oberteil. „Was ist los? Ich höre sie weinen."

Ein Mensch hätte Delaneys gedämpftes Schluchzen nicht hören können, aber Rian war zur Hälfte Drachenwandler. „Sie vermisst nur ihre Schwester, Junge. Ganz so, wie du deine Mum vermisst."

Er scharrte mit den Füßen. „Wenn ich traurig bin, nimmst du mich immer mit raus und zeigst mir deine Drachengestalt. Vielleicht solltest du das auch bei ihr versuchen. Ich bin sicher, Tante Laney würde alles andere vergessen, wenn du deine Flügel ausbreitest."

Er lächelte über die Verkürzung von Delaneys Namen. „Ich weiß nicht, ob das funktionieren würde, aber wenn du sie fragen willst, ob sie meine Drachengestalt sehen möchte, kannst du das gerne tun."

Rian nickte. „Okay. Warte hier."

Als der Junge zur Toilettentür eilte, meldete Rhydians Tier sich zu Wort. *Ich hätte nicht gedacht, dass du ihr so bald unseren Drachen zeigen würdest, wenn überhaupt.*

*Sie weiß bereits, dass ich ein Drachenwandler bin, also ist es keine große Überraschung.*

*Du warst nie so locker, wenn es ums Wandeln ging.*

*Sie hat Schmerzen. Nicht einmal ich werde ein Bastard sein und versuchen, sie wegzustoßen oder sie noch mehr zu verletzen, wenn sie weint.*

*Gut, gut. Das gibt mir mehr Zeit, dich zu überzeugen, dass wir sie küssen sollten.*

*Halt die Klappe, Drache. Sie weint um ihre tote Schwester. Jetzt ist nicht die Zeit, daran zu denken, sie zu küssen.*

Sein Tier schnaubte. *Ich werde nicht aufhören, daran zu denken, bis du es tust. Ich will sie. Sie wird die kalten, dunklen Winter so viel heller machen. Und wärmer. Warum willst du die Frau nicht an unserer Seite haben?*

Rian eilte herbei, und Rhydian konzentrierte sich

48

auf den Jungen, als der sagte: „Ich habe sie über-zeugt. Lass uns deinen Drachen sehen, Rhydian! Oh, warte! Ich will zuerst Mr. Cottontail holen. Er will deinen Drachen auch sehen."

Der Junge eilte hinaus. Eine Sekunde später öffnete Delaney die Tür. Sie weinte zwar nicht, aber ihre Augen waren immer noch gerötet und geschwollen.

Sein Drache knurrte. *Sie sollte niemals weinen.*

Obwohl er zustimmte, wollte er sein Tier nicht ermutigen. Also ging er zu Delaney. „Wir müssen das nicht tun, wenn du nicht willst. Es ist nur, dass Rian immer bessere Laune bekommt, wenn er meinen Drachen sieht."

Sie schniefte und zwang sich zu einem Lächeln. „Nein, das ist in Ordnung. Ich habe noch nie einen Drachen aus nächster Nähe gesehen, und wenn ich nicht nur die Tante eines Drachen sein, sondern auch in einem Drachenclan leben will, sollte ich mich am besten an die Vorstellung gewöhnen."

*Ja, ja, das wird sie. Und vielleicht kann ich sie in unserer Drachengestalt gewinnen, da du die Entschei-dung ja so in die Länge ziehst.*

Delaney sah ihm in die Augen. „Ist es unhöflich zu fragen, was dein Drache gerade gesagt hat?"

Er beschloss, ehrlich zu sein. Schließlich war es besser für sie, ihm Fragen zu stellen, als einen älteren Drachenmann zu beleidigen, der dachte, dass Menschen von einem Berg gestoßen werden sollten dafür, dass sie unhöflich waren. „Normalerweise fragen wir nicht, es sei denn, wir kennen die Person gut. Unsere inneren Drachen sind weniger taktvoll und oft brutal ehrlich. In den meisten Fällen sind ihre Worte peinlich.

Sein Tier knurrte. *Es ist nicht peinlich, wenn es die Wahrheit ist. Ich werde nie verstehen, wie die menschliche Hälfte funktioniert.*

*Nun, wenn du es in vierzig Jahren noch nicht herausgefunden hast, wirst du es wahrscheinlich nie tun.*

Mit einem Schnauben drehte sein Drache sich um und ignorierte ihn.

Rhydian wusste, dass er seinem Tier ein wenig Honig um den Bart schmieren musste, um zu wandeln, aber er schwelgte in der kurzen Zeit der Stille.

Da Delaney ihn anstarrte und ihre Augenbrauen fragend gehoben hatte, sagte er: „Nur eine kleine Meinungsverschiedenheit. Das passiert oft zwischen der menschlichen und der Drachenhälfte."

Rian kam mit seinem Kuschelkaninchen in den Raum gerannt und kommentierte: „Und ich glaube, dass das großartig sein wird. Wie ständig einen Freund bei sich haben." Bevor Delaney Fragen stellen konnte, hielt Rian sein Spielzeug hoch. „Sag Hallo zu Mr. Cottontail. Er ist mein bester Freund."

„Cottontail?" Delaney berührte die Knopfnase. „Ich hatte auch ein Stoffkaninchen namens Mr. Cottontail, als ich ein Kind war."

„Wirklich? Mum hat den Namen vorgeschlagen.

Sie sagte, er sei etwas Besonderes, und dass er immer mein Freund sein würde, egal was passiert."

Delaney nickte. „Das Gleiche bei mir."

Rhydian spürte, dass es dort eine Geschichte gab, aber er sah auch, dass Delaney bald wieder weinen würde. Da der Gedanke an ihr Schluchzen sowohl Mensch als auch Tier zum Knurren brachte, führte er sie zur Tür. „Kommt. Ihr drei könnt zusehen, wie ich mich in einen Drachen verwandle."

Als sie den Flur hinuntergingen, plapperte Rian darüber, dass Mr. Cottontail sein Frühstück aß, damit er groß und stark werden konnte. Er brachte Delaney sogar zum Lachen.

Rhydian liebte die Fältchen in ihren Augenwinkeln. Sie war so verdammt schön, ohne es überhaupt zu versuchen.

Das Verhalten seines Drachen bedeutete wahrscheinlich, dass sie seine wahre Gefährtin war. Wenn er Delaney jemals küssen würde, bedeutete das, einen Gefährtenrausch auszulösen, der erst dann enden würde, wenn sie mit seinem Kind schwanger war.

Aber selbst wenn sein Clan das akzeptieren würde, war da noch die Sache mit Rian. Das Letzte, was Rhydian tun wollte, war, dem Jungen das Gefühl zu geben, verdrängt oder sogar durch ein neues Baby ersetzt zu werden.

Sein Drache drehte sich endlich wieder um. *Wir können mehr als ein Kind lieben.*

*Warum denke ich überhaupt darüber nach? Ich*

*darf nicht riskieren, dass der Clan ins Chaos versinkt, was mit Sicherheit passieren würde.*

*Vielleicht, vielleicht auch nicht. Stoß sie nur nicht weg und bereue es am Ende.*

Als Rian Delaneys Hand nahm – der Junge redete *immer noch* –, stellte der Anblick, wie die beiden so miteinander gingen, etwas mit seinem Inneren an.

Er sagte zu seinem Tier, *Vielleicht. Ich werde der Idee nicht den Rücken kehren, aber ich werde es auch nicht überstürzen.*

*Das ist besser als heute Morgen. Ich muss einfach noch härter daran arbeiten, dich davon zu überzeugen, der Sache eine Chance zu geben. Der Clan ist stärker und einheitlicher, als du denkst.*

Rhydian wollte es glauben, aber zu viele Clans hatten sich in letzter Zeit in Chaos aufgelöst – sowohl in Irland als auch in Südengland, selbst wenn es den Englischen jetzt besser ging –, und er wollte nicht, dass Snowridge als ein weiterer Name auf dieser Liste endete.

Aber die Vorstellung, dass Rian und Delaney bei ihm lebten, die drei einander liebten und ihr Bestes taten, um die Trauer der Vergangenheit zu verbannen, war etwas, das ihn reizte. So sehr, dass Rhydian darüber nachdachte, die Grenzen des Clans zu testen.

Er würde es jedoch langsam angehen. Vielleicht wäre ein Clan-Treffen, um Delaney vorzustellen, ein guter erster Schritt. Er müsste später mit seinen Beschützern reden und sehen, was sie dachten.

Sie gingen um die letzte Ecke und erreichten die Tür, die zum äußeren Landeplatz führte. All seine Planung und Beratung konnte warten. Für eine kurze Zeit konnte er einfach darin schwelgen, zu wandeln und seinen Drachen zum ersten Mal mit Delaney zu teilen.

# Kapitel Vier

D elaney hatte ihre Tränen fast ganz vergessen, als sie, Rian und Rhydian die Außenlandezone erreichten.

Ihr Neffe redete gern und war viel charmanter, als irgendein Siebenjähriger es sein sollte.

Obwohl sie das Plappern als das erkannte, was es war – eine Möglichkeit, seine Gefühle zu verbergen, oder ein Versuch, seine jüngste Vergangenheit zu vergessen.

Delaney hatte das auch getan, als sie nicht viel älter gewesen war als Rian. Das Boxen war nötig gewesen, um ihr zu helfen, mit der Trauer um den Tod ihres jüngeren Bruders fertig zu werden und ihre Gefühle zu klären. Während viele den Sport als nur zwei Leute betrachteten, die aufeinander eindroschen, war er so viel mehr. Die Strategie, die Taktik, die Entscheidungsfindung – all das erforderte viel Konzentration und Übung. Und zwar so viel, dass

Delaney nicht die Zeit gehabt hatte, über Belanglo-
sigkeiten zu schwatzen. Um die Beste zu sein, hatte
sie ihre Energie auf andere Dinge konzentrieren
müssen. Sie erkannte schließlich, dass sie, wenn sie
ihre Gefühle akzeptierte, sie so viel mehr im Ring
erreichte, als wenn sie versuchte, sie wegzusperren.

Das Gleiche im wirklichen Leben zu tun, war
schwieriger, seit sie gezwungen gewesen war, ihre
Boxkarriere aufzugeben. Deshalb war sie vorhin
wegen ihrer Schwester zusammengebrochen.

Rian blieb stehen und zog an ihrer Hand, was sie
aus ihren Gedanken riss. Er ließ sein Kuscheltier-
Kaninchen auf den Boden zeigen. „Wir müssen hierbleiben. Wenn wir näher gehen, könnten wir verletzt
werden. Richtig, Rhydian?"

Der Snowridge-Clanführer lächelte den Jungen
an, gute Laune und Fürsorge erfüllten seinen Blick.
„Aye, du hast recht."

Er zerzauste Rians Haare, und Delaney nahm
sich eine Sekunde Zeit, um den Drachenmann zu
mustern.

Er war viel netter, als sie es sich vorgestellt hatte,
besonders angesichts Snowridges Ruf als engge-
strickter Clan, der nicht gut mit Fremden
zurechtkam.

Und dennoch hatte er einen kleinen irischen
Jungen als seinen eigenen aufgenommen und nicht
mit der Wimper gezuckt, als er vorhin Delaneys
Mini-Zusammenbruch bemerkt hatte.

Ihr Blick fiel auf sein Kinn und dann auf die

Narben an seiner Wange. Sie brannte darauf, die Details der Geschichte hinter ihnen zu erfahren. Zweifellos hatten sie den Mann geformt, zu dem Rhydian geworden war.

Nicht, dass sie solche Dinge interessieren sollten. Wenn Rhydian jedoch in Rians Erziehung involviert bleiben sollte, dann hatte sie mit Sicherheit ein Recht, etwas über seine Vergangenheit zu erfahren.

Rhydian erwischte sie dabei, wie sie starrte, aber Delaney sah nicht weg. Schüchtern zu sein war nicht ihre Art, und sie würde jetzt nicht damit anfangen.

Der Drachenmann sah aus, als wollte er etwas sagen, aber stattdessen sah er Rian an. „Erinnerst du dich, was zu tun ist, wenn du vor Menschen wandelst?"

Rian schwang sein Kuschelkaninchen hin und her, bevor er nickte. „Aye, wir bitten sie, sich umzudrehen. Auf diese Weise werden sie nicht in Verlegenheit gebracht."

Sie musste unwillkürlich witzeln. „Was? Sie wandeln nicht, während Sie noch angezogen sind und so wild und mächtig dreinblicken?"

Rhydian zuckte mit den Schultern. „Das hier ist eines meiner Lieblingsoberteile. Also nein, ich werde es nicht zerstören, um Ihre Fantasie zu erfüllen."

Sie war versucht zu sagen, es sei keine Fantasie. Aber als das Bild von Rhydian, der sein Hemd herunterriss, um seine muskulöse Brust zu enthüllen, in ihrem Kopf aufblitzte, entschied sie, dass es das vielleicht doch sein könnte. Entschlossen, das

Gespräch in ein viel sichereres Gebiet zu verlagern, sagte sie: „Also ist dieses Hemd eine Art Schatz, oder? Es stimmt also, dass Drachen Schätze horten."

Rian fragte: „Was heißt horten?"

Rhydian wandte den Blick nicht von Delaney ab. „Es bedeutet, Dinge für immer zu behalten. Menschen erzählen gerne Geschichten darüber, dass wir nichts anderes tun, als Gold und andere Schätze zu sammeln und sie an geschützten Orten wie Gewölben oder in Bergen aufzubewahren. In der Regel sagen die Geschichten auch, dass wir alle möglichen verrückten Dinge tun, um diese Objekte zu beschützen, sodass wir ziemlich dumm dastehen, bevor wir schließlich getötet werden."

Rian beugte sich vor. „Tun wir das? Dinge behalten? Gibt es einen Raum voller Schätze?"

Einer von Rhydians Mundwinkeln zuckte hoch. „Nun, es gibt ein paar Schätze in den Archiven, aber diese Dinge sind ziemlich wertlos für jeden anderen. Und da Drachen handeln und für Dinge bezahlen müssen wie Menschen auch, ist es ziemlich unmöglich, Gold zu horten."

Delaney antwortete grinsend: „Und ich dachte, es wäre lustig, durch einen Raum voller Gold und Schätze zu schwimmen, wie es in einigen der Cartoons zu sehen ist. Ich vermute, das bedeutet, dass ich es von meiner Liste der Dinge streichen muss, die hier zu tun sind."

Rhydian hob eine Braue. „Es gibt vielleicht andere Geheimnisse hier oder auch nicht. Sie

müssen einfach lange genug bleiben, um herauszufinden, was sie sind."

Okay, diese Worte reizten ihre Neugier. *Was für
Geheimnisse hatte der Clan Snowridge?*

Rian öffnete den Mund – wahrscheinlich mit
einer weiteren Frage –, aber Rhydian kam ihm zuvor.
„Wenn du sehen willst, wie ich mich wandle, heißt es
jetzt oder nie, Junge. Ich habe heute noch ein paar
andere Dinge zu tun. Soll ich Fragen beantworten,
oder willst du meinen Drachen sehen?"

Obwohl Delaney wusste, dass Rhydian Clan-
führer mit einer Vielzahl von Aufgaben war, hatte sie
es fast vergessen. Mit seiner neckischen und lockeren
Art war er gar nicht so wie das, was die Gerüchte im
Internet über ihn und andere Drachenwandler-
Anführer sagten.

Bevor ihre Gedanken wieder den gefährlichen
Weg zurückgingen, und sie darüber nachdachte, wie
viel sexyer er war, als sie erwartet hatte, machte Rian
eine kreisende Bewegung mit seinem Finger und
sagte: „Dreh dich um, damit wir Rhydians Drachen
sehen können."

Es lag ihr auf der Zunge, Nein zu sagen. Wenn
sie bei Drachen leben wollte, musste sie sich an ihre
Art gewöhnen.

Obwohl sie insgeheim neugierig war, wie
Rhydian aussah, ohne einen Faden Kleidung. Seine
breiten Schultern und die schlanken Hüften ließen
einen saftigen Augenschmaus unter all diesen
Schichten vermuten.

Nicht, dass sie sich dafür interessieren sollte. Aber verdammt, es wäre eine Lüge gewesen zu sagen, dass sie es nicht tat.

Rian drehte sich um, sodass er sich von Rhydian abwandte. „Ich werde dir Gesellschaft leisten, Tante Laney. Komm. Je schneller du dich umdrehst, desto schneller wandelt er."

Delaney versuchte, nicht über Rians Versuch eines ernsthaften Tons zu lachen – und erst recht nicht zu weinen, weil er sie seine Tante nannte –, und stimmte ihm zu. Sie spitzte die Ohren nach jeglichem Geräusch und versuchte, aus den Augenwinkeln plötzliche Lichtblitze zu sehen. Es hatte nicht viele Informationen darüber gegeben, wie ein Drachenwandler wandelte, geschweige denn Videos. Wenn man bedachte, dass heutzutage jeder eine Kamera in seinem Handy hatte, war es erstaunlich, dass es keine gab. Das MDA musste seine Hand dabei im Spiel haben, sie aus dem Internet zu halten, um jegliche Paranoia oder Angst zu verhindern.

Nach ein paar lauten Geräuschen dröhnte ein halbes Brüllen in ihren Ohren. Sie drehte sich um, und ihr blieb der Mund offenstehen.

Der schwarze Drache war etwa viermal so groß wie sie, seine Schuppen dunkel, aber schillernd zugleich, und der schwache Sonnenschein ließ eine Vielzahl von Farben darauf tanzen.

Selbst in seiner Drachengestalt zeigten sich die Narben auf seiner Wange. Aber sie achtete kaum darauf, besonders, als Rhydian seine Flügel hinter sich hochhob und sie ausbreitete.

Die Sonne zeigte die Adern und Knochen seiner beeindruckenden Flügelspanne.

Er war mächtig, ja, aber auch schön. Sie fragte sich, wie jemand solche großartigen Kreaturen einfach für ihr Blut töten und es dann auf dem Schwarzmarkt verkaufen konnte.

Rian jubelte. „Siehst du? Ich sagte doch, er spreizt gern seine Flügel. Er will mich aber nicht mit in die Luft nehmen. Aber vielleicht eines Tages wird er es tun. Ich muss älter sein. Vielleicht nimmt er dich auch mit in den Himmel?"

Bei dem Gedanken, auf einem Drachen Tausende Meter hoch in der Luft zu fliegen, rauschte ihr Blut aus dem Gesicht.

Der Drache gab einen Luftstoß von sich, von dem sie schwor, dass es ein Schnauben war.

Sie räusperte sich und richtete sich etwas größer auf. „Ich kann nicht besonders gut mit Höhen umgehen. Aber wenn man bedenkt, dass ich keine Flügel habe, denke ich, dass das verständlich ist."

Der Drache schnaubte wieder, was die prächtige Kreatur irgendwie entzückend machte.

Nicht, dass Rhydian gerne als entzückend bezeichnet wurde, darauf wettete sie.

Rian nahm ihre Hand und zog daran. „Komm, Tante Laney. Du musst ihn streicheln. Er ist glatt und ein wenig weich und überhaupt nicht kalt, wie die Geschichten sagen."

Sie ging mit dem Jungen und runzelte die Stirn. „Welche Geschichten?"

„Die in der Schulbibliothek. Da gibt es haufenweise Kinderbücher. Aber die meisten von ihnen sind von Menschen geschrieben, also sind sie immer falsch. Ich habe nicht immer Schuppen auf dem Rücken. Oder meinen Füßen. Oder Hörner auf dem Kopf."

Irgendwo in ihrem Hinterkopf fragte sie sich, ob die Drachenwandler daran gedacht hatten, ihre eigenen Geschichten zu schreiben und zu veröffentlichen. Das hätte helfen können, die negativen Stereotype zu beseitigen, die herumgeisterten. Und mit Kindern zu beginnen, wäre ein guter erster Schritt.

Sie erreichten jedoch Rhydians Drachengestalt, und er tippte ihr sanft auf die Schulter und zerstreute ihre Gedanken über Bücher. Rian übersetzte Rhydians Bewegung. „Er will, dass du ihn berührst. Drachen lieben es, gestreichelt und gekratzt zu werden und so viele andere Dinge. Ich weiß nicht, warum sie Bäder in kalten Seen so gern mögen, aber das tun sie auch."

Sie berührte vorsichtig Rhydians Wange. Die warme, glatte Oberfläche überraschte sie trotz Rians Warnung.

Sanft streichelte sie seine Wange und lächelte, während der Drache die Augen schloss und summte. Er verhielt sich wie eine Katze oder ein Hund, der gut gekrault wurde.

Rian ergriff wieder das Wort. „Er ist glücklich. Versuch, ihn hinter seinem Ohr zu kratzen."

Sie fuhr mit den Fingern über Rhydians Schuppen und griff schließlich hinter seine Ohren. Sie erwartete mehr Schuppen dort zu finden, aber hinter dem Ohr war ein kleiner Hautfleck ohne Schuppen.

Sie fragte sich, welche anderen Geheimnisse Rhydians Drachengestalt verbarg.

Vorsichtig darauf bedacht, ihn nicht zu verletzen – hey, es war möglich, dass sie den Drachen verletzen konnte –, strich sie mit ihren Nägeln über die ledrige Haut. Das Summen des Drachen nahm weiter zu, das Geräusch erinnerte sie fast an das Schnurren einer lauten Katze.

Da Rhydian nicht reden konnte und sogar sie wusste, dass Drachen keine besonderen telepathischen Fähigkeiten hatten, fragte sie Rian: „Summen ist also eine gute Sache, richtig?"

„Ja. Aber er summt jetzt wirklich laut. Du musst besser im Kratzen und Streicheln sein als ich."

Der Drache öffnete seine Augen, die Pupillen geschlitzter als zuvor. Sie dachte laut: „Ich wünschte, du könntest mir sagen, was du gerade denkst."

Rian sagte: „Das kann er nicht, Dummerchen. Aber es gibt Drachensignale, jede Menge davon. Sobald ich wandeln kann, muss ich sie alle lernen." Rian spreizte seine Arme und ahmte das Fliegen nach. „Ich kann es nicht abwarten."

Delaney starrte immer noch in Rhydians Auge und schwor, dass sie dort Traurigkeit sah.

Sie achtete darauf, ihre Stimme leise zu halten, damit Rian sie nicht hören würde, und sagte: „Später musst du mir erzählen, warum du plötzlich traurig bist. Ich habe so das Gefühl, dass es mit Rian zu tun hat, und ich habe das Recht, es zu wissen."

Sie erwartete, dass Rhydian sich zurückzöge und irgendein ablehnendes Drachensignal von sich gäbe. Er nickte jedoch nur.

Dann brüllte er, und Rian eilte zurück. „Er will sich zurückwandeln, Tante Laney. Komm. Wir werden uns dorthin stellen, wo es sicher ist."

Sie protestierte fast, dass es nur ein paar Minuten waren, aber sie hielt den Mund. Rhydian hatte zweifellos viel zu tun, und wenn sie später allein mit ihm reden wollte, sollte sie ihn nicht von seinen Clanführerpflichten abhalten. Je eher er die erledigte, desto eher konnte sie ihn aufsuchen und ihn drängen, ein paar Dinge zu erklären.

Als sie an ihren ursprünglichen Ort zurückging und ihm wieder den Rücken zukehrte, fragte sie sich, was ein Clanführer den ganzen Tag tat.

Trotz ihrer Nachforschung gab es immer noch so viel, was sie nicht über Drachenwandler wusste.

Dann kam ihr eine Idee. „Rian, wenn du mit der Schule fertig bist, hilfst du mir dann, mehr über Snowridge zu erfahren?"

Rian schwang sein Spielzeugkaninchen hin und her. „Ich weiß nicht, ob ich helfen kann, aber ich versuche es. Ich kenne einige Kinder und die Lehrer und Ärzte. Aber ich weiß nicht, was in jedem Zimmer oder Stockwerk ist. Snowridge ist groß, aber ich darf nur auf zwei Stockwerken sein. Und auf dem Landeplatz, wenn ich bei Rhydian bin."

Allein schon die winzige Information über die vielen Stockwerke weckte ihr Interesse.

Selbst wenn fünf Sicherheitseskorten nötig waren, wollte Delaney einen Teil des Clans erkunden, während Rhydian arbeitete und Rian in der Schule war.

Sie wollte nicht glauben, dass das Schlimmste passieren könnte, aber sie musste sich vorbereiten, falls doch. Seit vor Jahren bei einem ihrer Kämpfe eine Riesenschlägerei in der Zuschauermenge ausgebrochen war, suchte Delaney immer nach Fluchtwegen, Verstecken und sogar mehreren Ausgängen. Es war eine Gewohnheit, die sie nie abgelegt hatte.

Rhydian würde ihr wahrscheinlich nie wehtun. Sie wusste jedoch nichts von den anderen.

Sie hasste es, skeptisch zu sein, aber Rian durfte sie nicht auch noch verlieren.

Und da gute Vorbereitung in der Vergangenheit immer ihren Allerwertesten gerettet hatte, wollte sie jetzt nicht darauf verzichten.

# Kapitel Fünf

Stunden später, nachdem er mit dem MDA alles über Delaneys Testphase in Snowridge abgeschlossen hatte und sich um die dringendsten Clanangelegenheiten kümmerte, saß Rhydian hinter seinem Schreibtisch und sah zwei seiner vertrauenswürdigsten Beschützer – Wren und Carys – stirnrunzelnd an. „Ihr denkt, eine Versammlung, in der ich den Menschen allen vorstelle, wäre zu gefährlich?"

Wren nickte. „Du hast noch nicht einmal Rian dem Clan als Ganzem vorgestellt. Tief im Inneren, weißt du, warum."

Sein Drache ergriff das Wort. *Warum du es aufgeschoben hast, die fragwürdigen Mitglieder des Clans auszumerzen, weiß ich nicht.*

*Unkooperative Clan-Mitglieder auszuschalten, ist im schottischen Clan nicht gut ausgegangen. Ich*

*würde gern glauben, dass wir aus diesem Fehler
gelernt haben.*

Der Clan Lochguard in den schottischen High-
lands hatte alle Mitglieder vertrieben, die ihren
jungen Clanführer Finlay Stewart nicht unterstütz-
ten. Kurz darauf hatten sich die verbannten
Mitglieder mit anderen Drachenfeinden zusammen-
getan und den Clan angegriffen. Gerüchten zufolge
planten einige der verärgerten Drachenwandler
etwas noch Schlimmeres für die Zukunft, obwohl
noch nichts passiert war.

Sein Tier grunzte. *Wenn wir uns nicht um die
Probleme in unseren eigenen Reihen kümmern, wird
das MDA vielleicht nie eine Gruppe Menschenfrauen
in unseren Clan schicken. Und wir brauchen ein
paar, die kommen und bleiben. Sonst stirbt der Clan
langsam aus, wenn es keinen Zufluss von neuem Blut
gibt.*

Ja, sicher würde es noch etwa hundert Jahre
dauern, bis der Genpool gefährlich klein wurde, aber
Clan Snowridge existierte schon mehr als tausend
Jahre. Rhydian wäre nicht derjenige, der Snowridges
Aussterben förderte. *Ich werde darüber nachdenken,
aber ich muss vorsichtig sein und darf nichts überstürzen.*

Rhydian kehrte zu der Unterredung mit den
Beschützern zurück. „Wir können bestimmte Clan-
Mitglieder nicht länger vor anderen schützen. Es
schafft nicht nur einen Spalt zwischen uns, es wird
bald explodieren und Leben gefährden. Wie nah

seid ihr dran, eure tiefgreifende Hintergrundüberprüfung sämtlicher Clanmitglieder abzuschließen?"

Carys antwortete: „Fast fertig. Ich werde dir die
Liste der potenziellen Kandidaten für die Höfe
innerhalb der nächsten zwei Wochen vorlegen."

Er nickte. Einige der Drachen würden eine Farm
am Rande von Snowridges Land bekommen. Auf
diese Weise konnten er und die Beschützer sie im
Auge behalten, ohne sie in der eigentlichen Festung
zu haben, was möglicherweise Ärger und Meinungs-
verschiedenheiten schüren würde.

Rhydian sah zu Wren. „Hast du wenigstens die
clanweite Bekanntmachung wegen Delaney rausge-
schickt?"

Der dunkelhaarige Mann nickte. „Aye, jeder
weiß, dass sie unter deinem Schutz steht. Obwohl
wir sehen müssen, ob das am Ende reicht, denn da
bin ich mir nicht sicher."

Wren war seit Jahren bei Rhydian und hatte
sogar die jüngste Entlassung bestimmter, illoyaler
Beschützer innerhalb von Snowridges Rängen übernommen. Er vertraute dem Mann und seiner
Ehrlichkeit. „Es muss reichen, vor allem wenn dein
Team seine Ohren offenhält. Und wenn nicht, wird
es uns die wahre Seite der betreffenden Clanmitglieder zeigen, und wir können uns um sie
kümmern." Er blickte zwischen den beiden hin und
her. „So oder so: Haltet mich auf dem Laufenden.
Wenn jemand auch nur eine verbale Drohung gegen
die Menschenfrau von sich gibt, will ich es wissen."

Wren und Carys sahen einander an, bevor sie zu ihm zurückblickten. Carys sprach zuerst. „Du beschützt sie mehr als andere Gäste, selbst wenn man bedenkt, dass sie ein Mensch ist. Gibt es da etwas, das wir wissen sollten?"

Sein Tier schnaubte. *Sag es ihnen einfach. So wird es nicht mehr solch eine Überraschung sein.*

*Sie könnten auch versuchen, es zu erzwingen. Sie haben beide schon seit einer Weile angedeutet, dass ich mir eine Gefährtin nehmen soll.*

*Wren hat dir letztes Jahr von seiner möglicherweise wahren Gefährtin erzählt. Und das war auch gut, denn sie hat ihn geküsst, bevor er sie warnen konnte. Glücklicherweise, weil er sich uns anvertraut hatte, war alles an Ort und Stelle, um jegliches Führungsvakuum innerhalb der Beschützer zu verhindern. Wir sollten dasselbe tun.*

Carys sagte: „Sie ist deine wahre Gefährtin, nicht wahr?"

Rhydian grunzte. „Vielleicht."

Wren seufzte. „Das macht die Dinge kompliziert."

„Ich habe nicht gesagt, dass ich sie beanspruchen werde, Wren."

Der andere Mann hob seine Augenbrauen. „Warum nicht? Das ist nicht wie beim letzten Mal, Rhydian. Du hast jetzt das Sagen."

Er und Wren waren nur wenige Jahre auseinander, und der andere Mann war alt genug, um alles gesehen zu haben, was mit Liliwen passiert war. „Ich habe das Sagen, ja. Aber das bringt seine eigenen Probleme mit sich. Im Moment ist es nur wichtig, sie und den Jungen zu beschützen. Ich hasse es, zu dramatisch zu sein, aber unsere Zukunft könnte davon abhängen. Schließlich, wenn Snowridge nicht damit umgehen kann, eine Menschenfrau und ein halbmenschliches Kind von außerhalb des Clans zu integrieren, dann haben wir keine Hoffnung, zukünftig menschliche Gefährtinnen willkommen zu heißen."

Carys' Handy piepte, und sie sah kurz drauf, bevor sie wieder seinem Blick begegnete. „Sieht aus, als wäre Stonefires oberster Beschützer hier."

Rhydian fragte sich, was der Beschützer von Stonefire wollte, da er Rhydian seinen Besuch nicht angekündigt hatte. „Du musst nicht so förmlich sein. Kai lebt vielleicht nicht hier, aber seine Mutter und seine Schwester schon. Er gehört in gewisser Weise zur Familie."

Sie grunzte. „Kann man sagen, aber er kann manchmal ein bisschen herrisch sein, obwohl das hier nicht sein Clan ist."

Wren warf ein: „Hör auf, Carys. Er hat uns vor nicht allzu langer Zeit geholfen, die Kinder aus den Händen dieser Drachenjäger zu retten. Das allein bringt ihm bei mir Bonuspunkte ein. Was stand noch in deiner Textnachricht? Ist seine Gefährtin auch mitgekommen?"

Carys schüttelte den Kopf. „Diesmal nicht. Kai will mit Rhydian allein reden."

Rhydians Drache wurde bei der Bemerkung munter. *Ich frage mich, warum. Er will fast nie allein mit uns sprechen.*

*Es gibt nur eine Möglichkeit, das herauszufinden.*

Er konzentrierte sich wieder auf die beiden Drachenwandler. „Bring ihn sofort her, Carys. Und Wren? Ich möchte, dass du Delaney und Rian im Auge behältst, wann immer möglich. Die Frau ist neugierig und mutiger, als sie sein sollte. Ich will nicht, dass sie Ärger macht und die Meinung des Clans über sie schon so früh ins Wanken gerät."

Wren stand auf, und Carys folgte seinem Beispiel. Der Mann antwortete: „Natürlich. Aber eine letzte Sache: Selbst, wenn du den Menschen nicht als deine Gefährtin nehmen willst, solltest du vielleicht trotzdem einen Plan aufstellen für den Fall, dass etwas passiert. Der Großteil des Clans respektiert dich, aber ich will kein Risiko eingehen."

Sein Drache strahlte. *Siehst du? Wren stimmt mir zu.*

Rhydian ignorierte sein Tier und wedelte abweisend mit der Hand. „Gut, gut, ich werde das tun, wenn du dich dadurch besser fühlst. Aber bring jetzt erst einmal Kai Sutherland hierher."

Die beiden gingen, und Rhydian lehnte sich zurück in seinen Stuhl. Es war ein solider Ratschlag, einen Notfallplan zu erstellen, was zu tun war, wenn der Gefährtenrausch einsetzte. Doch allein die Erwähnung des Rauschs ließ ihn an Delaney denken, nackt, verschwitzt, wie sie unter ihm stöhnte.

Die Vision wurde klarer, wie ihr langes dunkles Haar unter ihr ausgebreitet lag, während ihre Nägel sich in seinen Rücken gruben. Rhydian schwelgte in ihrer engen feuchten Pussy, die ihn packte, als er sie immer wieder beanspruchte und sie jedes Mal mit seinem Duft brandmarkte, wenn er kam.

Sein Tier summte. *Ja, ja! Sie sollte uns gehören. Denk dir einen Plan aus, und dann versuchen wir, sie zu gewinnen.*

Rhydians Entschlossenheit, der Frau zu widerstehen, schien stündlich nachzulassen.

Bevor er sich jedoch noch eine weitere Ausrede ausdenken konnte, warum es langsam oder gar nicht sein musste, klopfte es, und Kai Sutherland kam herein.

Die Gedanken an Delaney mussten warten. Rhydian musste herausfinden, warum Stonefires oberster Beschützer da war. Denn wenn Kai nur hier war, um seine Mutter und Schwester zu sehen, hätte er nach ihnen anstatt nach Rhydian gefragt.

Also deutete er auf den Stuhl und sagte: „Erzähl, warum du hier bist, Kai."

Während der Drachenmann es erklärte, gab Rhydian sein Bestes, aufrecht dazusitzen und nicht in sich zusammenzusacken. Seine minimale freie Zeit war im Begriff, verdammt viel kürzer zu werden.

Delaney betrat den Hauptwartebereich von Snowridges Schule, und jedes Augenpaar darin sah zu ihr.

Eira – die Beschützerin, die ihr für den Tag als Begleitung zugewiesen worden war – hatte sie gewarnt, dass es eine schlechte Idee wäre, so kurz nach ihrer Ankunft die Schule aufzusuchen. Vor allem, weil sie immer noch nicht wussten, wie der Großteil des Clans auf einen Menschen in ihrer Mitte reagieren würde.

Als Delaney jedoch gefragt hatte, ob es ihr verboten sei, zur Schule zu gehen, hatte Eira Nein gesagt. Rhydian hatte den Lehrern bereits mitgeteilt, dass sie Rians Tante war und in die Kommunikationsketten einbezogen werden sollte. Und während Rhydian das ultimative Mitspracherecht bei Entscheidungen bezüglich Rian hatte, hielt Delaney nichts davon ab, ihren Neffen zu sehen.

Und so nahm sie sich Zeit, die Gänge von ihren Zimmern zum Schulbereich zu laufen und dabei die Teppiche an den Wänden zu studieren. Es musste zwar viele Kilometer Tunnel im Berg geben, aber sie hatte noch keine blanken Wände gesehen. Die schiere Menge an Teppichen spiegelte Snowridges lange Geschichte wider.

Doch sobald sie den Hauptwartebereich der Schule betreten hatte, hatte Delaney all ihre Fragen und Gedanken über die Wandteppiche vergessen. Jeder würde sie begutachten, und sie wollte sich nicht von ihnen einschüchtern lassen.

Also lächelte sie nur und sah jedem einzelnen im Raum in die Augen. Sie hatte keine Ahnung, ob es sich um Eltern, Erziehungsberechtigte oder andere Familienangehörige handelte, aber nur diejenigen mit Genehmigung durften diesen Teil der Schule betreten.

Eine der Frauen mit blonden Haaren lächelte und eilte auf sie zu. Sie streckte eine Hand aus. „Du musst Delaney sein."

Der walisische Akzent der Frau bedeutete, dass sie schon ihr Leben lang zu Snowridge gehörte, oder zumindest kam sie irgendwo aus Wales. Delaney hatte keine Ahnung, ob die Drachen vielleicht außerhalb der Berge lebten. Das war in ihrer Recherche nicht angesprochen worden.

Langsam nahm sie die Hand der Frau und schüttelte sie. „Ja, das bin ich. Und Sie sind?"

Die ältere Frau – sie war wahrscheinlich in ihren Fünfzigern – ließ ihre Hand los und sagte: „Oh, entschuldige. Ich bin Lily Owen. Mein Gefährte ist Rhydians Cousin, also hören wir sofort jede Art von Clan-Neuigkeiten."

Eine andere Frau im Raum seufzte. „Wir haben heute Morgen alle dieselbe Nachricht erhalten, Lily. Hör auf, sie beeindrucken zu wollen."

Lily blickte über ihre Schulter zu der rothaarigen Frau, die das gesagt hatte. „Kein Grund, so abfällig zu sein, Nerys. Ich wollte sie nur wissen lassen, dass wir Rhydians Familie sind, also hat sie nichts von uns zu befürchten." Lily sah zurück zu Delaney. „Und die Gefährtin meines Sohnes ist auch ein Mensch. Also könnte sie dir vielleicht beim Eingewöhnen helfen. Schon, Jane lebt in Stonefire – mein Sohn ist dort der oberste Beschützer – aber sie kommt zu Besuch, wann immer sie kann. Daher habe ich eine Vorstellung davon, was du vielleicht wissen möchtest oder musst. Und wir sagen hier Du, ich hoffe, das ist in Ordnung?"

Lily schien ehrlich zu sein. Die Lachfältchen um ihre Augen und ihren Mund sagten, dass sie Humor hatte, das Leben genoss.

Obwohl Delaney niemandem in Snowridge vollkommen vertrauen würde, sagte ihr Bauch, dass diese Drachenfrau eine Verbündete werden könnte.

Und wenn sie unter den Drachen leben würde, um Rian großzuziehen, bräuchte sie Verbündete. Es war das Beste, mit dem Sammeln zu beginnen.

Delaney antwortete: „Danke, Lily. Im Moment versuche ich immer noch, alles zu verstehen. Wenn ich irgendwelche Fragen habe, komme ich darauf zurück.

Lily nickte. „Gut. Und ich werde dafür sorgen, dass Rhydian dir auch meine und Gareths Kontaktinformationen gibt. Wenn du irgendwas brauchst, ruf bitte an."

Sie lächelte. Lily erinnerte sie ein wenig an ihre eigene Mutter. „Das werde ich." Sie deutete zur Tür, durch die die Kinder kommen sollten. „Auf wen wartest du?"

„Meine Tochter Delia. Sie ist sechzehn und

manchmal ein Unruhestifter. Aber sie hat ein gutes Herz, und das ist, was zählt."

Die gleiche rothaarige Drachenfrau von vorhin – Nerys? –, meldete sich zu Wort. „Delia ist ein bisschen unüberlegt, aber sie hat mehr als nur ein gutes Herz. Sie hat meinen Neffen vor den Jäger-Bastarden gerettet. Wenn sie nicht zusammen mit den anderen sein Verschwinden untersucht hätte, hätten wir sie vielleicht nie gefunden."

Lily runzelte die Stirn und wandte sich der Drachenfrau zu. „Ja, aber dabei hätte sie fast ihren Drachen verloren. Es ist ein Wunder, dass sie alle noch ihre Drachen haben, wenn ich ehrlich bin."

Irgendwas an Lilys Worten ließ die Alarmglocken in Delaneys Kopf schrillen. Rian war eines der entführten Kinder gewesen; Eira hatte ihr etwas davon erzählt. War auch ihm etwas zugestoßen?

Bevor Delaney jedoch nach weiteren Details fragen konnte, kamen die jüngeren Kinder zuerst durch die Tür. Rian rannte direkt auf sie zu und hielt ein paar Zentimeter entfernt an. Sie sehnte sich danach, ihn in die Arme zu schließen, aber es war immer noch alles so neu zwischen ihnen. Stattdessen gab sie sich mit einem Lächeln zufrieden. „Hallo, Rian."

Er schmunzelte sie an. „Du bist gekommen, genau wie du gesagt hast! Gut. Dann können wir vielleicht in die Bibliothek gehen. Ich kann dir alle Bücher zeigen, die Drachen schlecht aussehen lassen. Ich würde ja gerne auf Entdeckungstour gehen, aber Rhydian sagte, wir dürfen nicht."

Lily warf ein: „Vielleicht ist es keine Entdeckungstour, aber ihr zwei solltet mit mir und Delia kommen. Ich hab frisch gebackene Kekse. Und wenn wir Glück haben, wird Gareth bald zu Hause sein und einige der Lieder singen, die du so magst, Rian. Ich bin sicher, deiner Tante werden sie auch gefallen."

Rian zerrte an Delaneys Oberteil. „Können wir? Mr. Owens singt gut und kennt ein paar lustige Lieder. Und sie sind viel besser als die Bücher. Die Lieder haben mir eine Menge über Drachen beigebracht, mehr als die Schule."

Lily schnalzte mit der Zunge. „Na, na, Rian, sag das nicht. Das meiste, worüber Gareth singt, sind Dinge, die du später lernen wirst."

Ein Mädchen im Teenageralter mit kurzen, braunen Haaren kam zu ihnen. „Dads Lieder *sind* besser, Mum. Ich bin älter, habe die Kurse besucht, die du meinst, und kann dir ehrlich sagen, dass Dads Musik uns viel mehr beibringt."

Die Teenagerin sah aus wie eine jüngere Version von Lily, obwohl ihre Haare braun und Lilys blond waren. Selbst ohne eine Vorstellung konnte niemand daran zweifeln, dass sie ihre Tochter war.

Lily legte eine Hand an den Rücken ihrer Tochter und drückte sanft. „Ich will nicht, dass du die Lehrer schlechtredest." Sie sah zurück zu Delaney. „Das ist meine Tochter, Delia. Und Delia, das ist Delaney Murphy."

Die Teenagerin neigte den Kopf und musterte Delaney. „Der neue Mensch. Schön, dich kennenzulernen. Ich kenne nur die Gefährtin meines Bruders – sie ist eine brillante Reporterin, was ich eines Tages auch sein möchte – und daher ist mein Wissen über Menschen begrenzt. Vielleicht kann ich dir ein paar Fragen für die Schülerzeitung stellen? Ich bin sicher, dass viele daran interessiert wären, mehr über dich zu erfahren."

Delaney blinzelte. „Ähm, aye?"

Delia nickte. „Und ich sollte dich auch aufnehmen, ein Video machen. Allein der Akzent wird meine Klassenkameraden interessieren. Ich war noch nie in Irland, obwohl es so nah ist. Du musst mir alles über die Orte erzählen, die ich besuchen sollte, damit ich, wenn ich älter bin, hinreisen kann."

Und bevor Delaney wusste, wie ihr geschah, wurde sie von Lily und Delia aus dem Raum getrieben, hörte sich eine Flut von Fragen an, die Delia sie nie beantworten ließ, und fragte sich, was gerade passiert war.

Eira hatte sie davor gewarnt, dass der Clan den meisten Menschen nicht vertraute oder sie nicht einmal mochte.

Und doch zerrten die Owens sie halb zu Tee und Keksen, damit sie sich walisische Drachenballaden anhören konnte.

Wenn diese Erfahrung zeigte, was es bedeutete,

Teil eines Drachen-Clans zu sein, dann wäre es vielleicht in Ordnung, bei ihnen zu leben. Schon, sie
vertraute nicht jedem blind und wusste, dass immer
noch Gefahren lauern könnten. Aber zum ersten
Mal, seit sie von Rians Existenz erfahren hatte,
dachte Delaney, dass ihr Leben vielleicht nicht so
isoliert in Snowridge wäre, wie sie erwartet hatte.

# Kapitel Sechs

Nach mehr Stunden, als er damit hatte verbringen wollen, hatte Rhydian endlich die Details ausgearbeitet, wie er Kai und Stonefire mit einer Razzia, einer Suche nach Drogen, die Drachen zum Schweigen brachten, unterstützen konnte.

Anscheinend hatten einige IT-Mitarbeiter in Stonefire die Seiten endlich gefunden und gehackt, die im Dark Web für das Produkt verwendet wurden. Und während Rhydian und Stonefire nur vermutet hatten, dass das Hauptgeschäft in Wales operierte, hatte Stonefire nun Beweise.

Und so schlossen sich die beiden Clans zusammen, um den Lieferanten eine Stunde nördlich von Cardiff abzufangen. Obwohl Stonefire mehr Beschützer und Unterstützer als Rhydian hatte, kannten seine Leute Wales viel besser als sie.

Vor allem Carys war eine erfahrene Trackerin. Sie würde sicherlich gebraucht werden.

Das Einzige, was ihm Unbehagen bereitete, war, dass Delaney nicht genug Schutz hatte, wenn etwas passierte, während seine Leute unten im Süden waren und den Angriff durchführten.

Sein Drache meldete sich zu Wort. *Das bedeutet nur, dass sie bei uns wohnen sollte, bis die Operation vorüber ist.*

*Richtig, denn das wäre ja auch gar nicht angespannt.*

*Das muss es nicht sein. Wenn Delaney uns sie küssen lässt, kann Rian bei den Owens bleiben. Sie würden sich um ihn kümmern.*

*Nein, es ist ein zu großes Risiko. Ein Kuss würde höchstwahrscheinlich den Gefährtenrausch auslösen, und solange einige meiner besten Beschützer unten in der Nähe von Cardiff sind, wird der Clan verwundbar sein.*

*Stonefire sagte, sie würden Unterstützung schicken, und vielleicht auch ein paar Beschützer aus Lochguard. Bram hat immer einen Plan parat.*

Bram Moore-Llewelyn war der Anführer des Stonefire-Clans, jemand, dem Rhydian eigentlich vertrauen wollte, diesen Punkt aber noch nicht ganz erreicht hatte. *Delaney übernachtet den Flur runter von uns. Das ist nahe genug, um sie zu beschützen und gleichzeitig der Versuchung zu entgehen.*

Sein Tier hielt inne, bevor es hinzufügte, *Ich denke, sie muss besser beschützt werden. Und viel-*

leicht gibt es eine andere Person, bei der sie bleiben könnte, ohne dass ich eifersüchtig werde – Gwen.

Gwendolen Price war einst Beschützerin in Ausbildung gewesen. Während ihres Pflichteinsatzes in der britischen Armee hatte sie sich jedoch in einen Menschen verliebt und war von ihm schwanger geworden. Der Menschenmann hatte sich kurz darauf während eines Kampfes zur Rettung Gwens geopfert. Die Armee hatte sie dann rausgeschmissen, als sie von ihrer Schwangerschaft erfuhren. Mensch-Drachen-Beziehungen waren vor fünf oder sechs Jahren viel verpönter gewesen als heute.

Rhydian seufzte. *Sie ist geschickt und hat ihr Selbstverteidigungstraining fortgesetzt, aber es ist riskant. Gwen kommt selten aus ihrer Wohnung, es sei denn, es geht um etwas, das mit ihrer Tochter zu tun hat.*

*Nun, Gwen hat ein halbmenschliches Kind, und Delaney will helfen, ihren halbmenschlichen Neffen aufzuziehen. Sie haben mehr gemeinsam, als du denkst. Außerdem vertrauen wir Gwen. Sie ist eine entfernte Cousine, mit der wir früher gespielt haben, als wir noch kleiner waren.*

Sein Tier hatte recht. Gwen war etwas jünger, und er hatte seinen Teil dazu beigetragen, sie zu necken, als sie noch Kinder waren.

Aber beim Gedanken an seine noch größere Großfamilie damals, bevor die Epidemie vor etwa fünfzehn Jahren die meisten getötet hatte, zog sich sein Herz zusammen. Es war nicht leicht, eine so große Familie auf ihn und Gareth reduziert zu sehen. Selbst Gwen – der er nie nahegestanden hatte, als sie älter wurden – hatte sich nach dem, was in der Armee geschehen war, ebenfalls distanziert.

Sein Drache sagte leise, *Es könnte uns auch helfen, wieder engeren Kontakt zu ihr aufzunehmen. Seit sie Dr. Allonby zur Therapie aufsucht, ist Gwen nicht mehr ganz so eine Einsiedlerin. Dies könnte der nächste Schritt sein, um wieder fast ganz zu sein.*

*Schön zu sehen, dass deine Fähigkeit, einem Schuldgefühle einzureden, mit dem Alter nur noch stärker geworden ist.*

*Ich rede dir keine Schuldgefühle ein. Es geht darum, die Fakten zu nehmen und die beste Lösung zu finden.*

Rhydians innerer Drache war schon immer sein Partner gewesen. Egal, wie nervig er manchmal sein konnte, Rhydian war immer noch dankbar für das Tier. Er antwortete: *Lass uns zuerst mit Gwen reden. Wir können Delaney befehlen, bei ihr zu bleiben, falls nötig. Aber ich werde es nicht tun, ohne dass Gwen dem Plan zustimmt.*

Sein Tier schnaubte. *Ich bin mir nicht sicher, ob es Delaney gefallen wird, herumkommandiert zu werden.*

*Vielleicht nicht. Aber ihre Sicherheit ist eine meiner obersten Prioritäten. Clanführer zu sein, steht immer an erster Stelle, selbst wenn es um potenziell wahre Gefährten geht. Ich lasse nicht zu, dass Rian noch jemanden verliert, der ihm nahesteht.*

*Wenn du meinst.*

Sein Drache drehte sich um und ließ sich für ein Nickerchen nieder.

Was für Rhydian in Ordnung war. Er hatte viel zu tun, und sein Tier konnte manchmal ziemlich gesprächig sein.

Und je länger er brauchte, um Gwen zu besuchen und mit ihr zu sprechen – sowie möglicherweise Details über Delaneys Aufenthalt mit ihr zu vereinbaren –, desto länger war er von Rian und der Menschenfrau getrennt.

Selbst wenn er Clanprioritäten hatte, auf die er sich konzentrieren sollte, hatte Delaney so ihre Art, ihn einige seiner Sorgen für eine kurze Zeit vergessen zu lassen.

Und er wollte unbedingt ein wenig Zeit mit ihr verbringen, bevor er in sein Projekt mit Bram und Stonefire eintauchte.

Also ging Rhydian schneller und eilte zu Gwendolen Price' Wohnung. Es war Zeit, sie um einen Gefallen zu bitten.

Als Gareth Owens sein letztes Lied beendete, klatschte Delaney wie alle anderen. Der Mann konnte singen! Nicht nur das, die Balladen, die er komponiert hatte, waren magisch und erzählten Geschichten von alten Drachen, sodass sie sich auf ihrem Platz nach vorn beugte, um sicherzustellen, dass sie jedes Wort mitbekam.

Als sie und die anderen im Raum aufhörten zu klatschen, fragte Delaney: „Hast du jemals darüber nachgedacht, diese Songs aufzunehmen und ins Internet zu stellen? Ich bin sicher, dass viele Leute daran interessiert wären, mehr von dir zu sehen und zu hören."

Gareth hatte immer ein Lächeln im Gesicht, und es veränderte sich nicht, als er sagte: „Nicht wirklich. Bis vor wenigen Jahren hätte das MDA rasch alle Drachen-bezogenen Videos oder Musik aus dem Internet gelöscht. Und auch wenn es jetzt ein bisschen anders ist, würde ich lieber nur für meine Familie singen."

Rian sprang auf. „Aber Mr. Owens, es ist so gut! Und ich habe ganz viel gelernt. Andere würden das auch tun, wenn sie es hörten!"

Gareth zuckte mit den Schultern. „Vielleicht. Wir haben diese Art von Ausrüstung aber sowieso nicht, also spielt es keine Rolle."

Delia hob eine Hand. „Nun, eigentlich doch."

Gareth sah seine Tochter stirnrunzelnd an. „Wovon sprichst du, Liebes?"

Delia überlegte eine Sekunde, bevor sie antwortete: „Kai hat mir kurz nach meiner Rettung ein Mikrofon, eine Kamera und andere Geräte gegeben. Ich glaube, er fühlte sich schuldig, weil er im Laufe der Jahre so viele Feiertage und Feierlichkeiten verpasst hatte, und so hat er mich ein wenig verwöhnt. Ich habe dir nichts von den Geschenken erzählt, weil ich wusste, du würdest denken, dass ich wieder Nachforschungen anstellen will."

Lily schnalzte mit der Zunge. „Du hast recht, ich mag die Versuchung nicht, die diese Ausrüstung für dich bedeutet."

Delia trat einen Schritt näher an ihre Mutter. „Aber, Mum, ich will sie nur hier benutzen. Es gibt viele interessante Dinge in Snowridge, Dinge, die wir aufzeichnen und vielleicht eines Tages verwenden sollten. Ganz zu schweigen davon, dass ich Kai versprochen habe, nicht wieder allein davon-zulaufen, wie ich es bei diesen Drachenjägern getan habe. Und es ist ja nicht so, als wollte ich ihn verär-gern, sonst schickt er noch jemanden, der jeden Tag und jede Sekunde über mich wacht."

„Das wäre vielleicht keine schlechte Sache, Delia", murmelte Lily.

Delia zuckte bei den Worten ihrer Mutter nicht mit den Wimpern. „Ich verspreche, nicht wieder wegzulaufen. Bitte glaub mir, Mum, und nimm mir die Ausrüstung nicht weg. Ich weiß noch nicht, ob ich Dokumentarfilme machen oder Reporterin werden will, aber etwas in der Richtung. Die Dinge, die Kai mir gegeben hat, würden mir helfen, viel zu lernen, bevor ich an meine Zukunft denke."

Als Mutter und Tochter einander anstarrten und eine Art nonverbales Gespräch führten, sah Delaney zur Küchentür. Das war eindeutig ein familiäres Problem, und sie sollte nicht hier sein.

Ein Klopfen an der Eingangstür hallte durchs Zimmer, bevor Delaney aufstehen konnte. Gareth sah stirnrunzelnd zur Tür und blickte dann zu seiner Gefährtin. „Erwartest du jemanden?"

Seine Gefährtin schüttelte den Kopf. „Nein, aber lassen wir denjenigen nicht warten."

Lily ging zur Tür und öffnete sie, und davor stand ein großer Mann mit blonden Haaren. Es dauerte eine Sekunde, aber Delaney erkannte ihn aus einem Interview, das sie mal gesehen hatte. „Sie sind Kai Sutherland!"

Der Mann sah sie mit einer gehobenen Augenbraue an. „Und Sie sind?"

Sie hatte so das Gefühl, dass er bereits wusste, wer sie war – Gerüchte besagten, dass der Drachenmann überall Verbindungen besaß, zu denen wahrscheinlich Snowridge gehörte – aber sie wischte es beiseite. Sie richtete sich auf und antwortete: „Ich bin Delaney Murphy, Rians Tante."

„Sind Sie das", murmelte er.

Rian rannte auf Kai zu. „Onkel Kai! Du bist wieder da! Ich dachte, du hast gesagt, du kämst lange nicht zurück. Ist Tante Jane auch hier? Sie hat immer die besten Spiele zu spielen."

Kai zerzauste dem Jungen die Haare. „Tut mir leid, diesmal bin nur ich hier. Und ich hätte auch nicht gedacht, dass ich so bald wieder herkäme. Aber ich musste mit Rhydian reden, und deswegen dachte ich, ich schaue mal vorbei und sag Hallo, bevor ich nach Hause fahre."

Kai blickte zu ihr, und Delaney vermutete, dass er gekommen war, um sicherzustellen, dass sie keine Bedrohung für seine Familie war.

Delaney hielt nichts davon, in Gesprächen subtil herumzutanzen, ging auf den großen Drachen-wandler zu und sagte: „Frag mich, was du willst. Deshalb bist du hier, aye?"

„Vielleicht."

Lily sprang rein. „Kai, sei nett. Delaney ist unser Gast."

„Aber wie viel weißt du von ihr, Mum?", fragte Kai.

Lily antwortete ihrem Sohn: „Genug. Wenn du sie verhören willst, solltest du vielleicht gehen."

Kai seufzte. „Du bist zu vertrauensselig, Mum."

„Und du bist zu misstrauisch. Rhydian würde sie nicht herumlaufen lassen, wenn er sie für eine Bedrohung für uns hielte."

Delaney war es leid, dass man über sie sprach, als wäre sie nicht da, und sagte: „Es ist ohnehin an der Zeit, dass Rian und ich gehen. Ich habe ihm versprochen, dass ich Essen mache, und es wird etwas Zeit dauern, bis ich alles in einer unbe-kannten Küche finde." Lily öffnete den Mund – wahrscheinlich, um sie zum Essen einzuladen –, aber Delaney kam ihr zuvor. „Danke für den Tee und die Kekse, Lily. Aber Rian und ich sollten wirk-lich gehen."

„Wenn du meinst, Liebes. Aber du bist jederzeit willkommen."

Kai grunzte, aber Delaney ignorierte ihn. „Komm, Rian. Du kannst mir beim Kochen helfen."

„Und Mr. Cottontail auch?"

Sie lächelte und vergaß ganz Kais misstrauische Natur. „Ja, Mr. Cottontail auch."

„Und Rhydian? Er muss essen. Wir könnten ihn überraschen."

„Wir werden sehen." Sie nahm die Hand des Jungen. „Danke nochmal, Lily, Gareth. Und schön, dich kennengelernt zu haben, Delia."

Ohne ein weiteres Wort ging Delaney, ihren Neffen im Schlepptau.

Obwohl sie wusste, dass Kai nur seinen Job gemacht und an diese Familie gedacht hatte, hatte die ganze Begegnung sie an ihre Situation erinnert. Ein winziger Prozentsatz von Snowridge hatte sie akzeptiert, aber es war nicht garantiert, dass die meisten das tun würden.

Als Rian jedoch versuchte, Gareths Lied zu singen, wobei er öfter seine eigenen Worte erfand, lächelte Delaney wieder. Sie könnte das alles um Rians willen ertragen. Schließlich musste er bei anderen Drachenwandlern sein, um seine Drachen-fähigkeiten zu erlernen und zu entwickeln.

Und vielleicht, nur vielleicht, hatte sie eine Idee, wie man einer großen Gruppe von Leuten beweisen konnte, dass sie kein zarter Mensch war, der durch ein Grollen oder eine leichte Bedrohung verschreckt werden konnte.

Natürlich bedeutete das, Rhydian ein wenig Honig um den Bart zu schmieren.

Sobald es ihr gelang, ihn von ihrer Idee zu überzeugen, würde Delaney für nur noch einen Abend aus dem Ruhestand zurückkommen. Wenn sie ein paar Boxkämpfe gegen einige der anderen Drachenwandler bestritt – höchstwahrscheinlich Beschützer oder Selbstverteidigungstrainer –, würde es ihr in Zukunft viel Zeit sparen. Denn wenn sie sich den Drachen stellen und immer wieder ihre Stärke beweisen müsste, wahrscheinlich gegenüber jedem Mitglied innerhalb des walisischen Clans, wäre das anstrengend. Nicht nur das, es würde ihr die Energie nehmen, Rian großzuziehen.

Die Sache wäre, Rhydian zu beweisen, dass sie für sich selbst einstehen konnte, was bedeutete, ihn vielleicht zuerst mit einem leckeren Abendessen aufzuweichen. Sie bezweifelte, dass es einen großen Unterschied zwischen menschlichen oder Drachenwandler-Männern gab, wenn es um ihren Magen ging. Sie musste einfach das beste verdammte Essen machen, das irgendwer je gesehen hatte. Wenn Rhydian dann bis an die Kiemen vollgestopft und bereit war, aus der Tür zu watscheln, würde sie ihm ihren Plan unterbreiten.

# Kapitel Sieben

Rhydian klopfte an Delaneys Tür und tat sein Bestes, um seine Neugier einzudämmen. Die Frau hatte ihn zum Essen eingeladen und angedeutet, dass sie eine neue Idee für ein Event in seinem Clan hatte. Da eine Textnachricht nicht viele Wörter enthielt, war sie vage gewesen. Und nur weil er bei Gwen gewesen war, hatte er nicht nach weiteren Details gedrängt.

Sein Tier meldete sich zu Wort. *Mir gefällt das. Wir bekommen selten Überraschungen. Noch ein Grund, warum sie eine gute Gefährtin wäre.*

*Nicht das schon wieder!*

*Du hast gesagt, du wärst dem gegenüber offen. Also hör auf, das Thema jedes Mal zu verdrängen, wenn ich es anspreche.*

Die Tür öffnete sich und enthüllte eine gerötete Delaney in einer Schürze.

Da Strähnen ihres langen, dunklen Haars ihr

Gesicht umrahmten und das Rosa auf ihren Wangen zum Funkeln in ihren Augen passte, verschlug es ihm den Atem.

Würde sie jemals aufhören, so verdammt schön zu sein?

Sein Drache schnaubte, aber dankenswerterweise blieb er ansonsten still. Delaney winkte ihn herein. „Komm rein, das Essen ist fast fertig."

Rian kam auf ihn zu gerannt. Und sobald Rhydian im Wohnzimmer war, umarmte ihn der Junge und sagte: „Oh, Rhydian. Dir wird gefallen, was wir gemacht haben! Tante Laney und ich haben unser Bestes gegeben und sogar unser Herz ins Essen gesteckt. Richtig, Tante Laney? Es war das Herz?"

Sie lächelte. „Ja, Herz und Seele."

Ihr Blick traf seinen, und die Zeit blieb stehen, sein Herzschlag hallte in seinen Ohren.

Es wäre leicht, sich vorzubeugen, ihr die Haare hinter das Ohr zu streichen und sie zur Begrüßung zu küssen.

Und angesichts der Hitze in ihrem Blick und wie ihre rosafarbenen Wangen fast rot waren, hatte er das Gefühl, dass sie ihn auch nicht wegstoßen würde.

Dann trat Delaney zurück und deutete in Richtung Küche und Essbereich. „Ich muss nach dem Essen sehen, sonst brennt es mir an. Komm! Du kannst zu uns in die Küche kommen und den Tisch decken. Es ist doch okay, dass ich Du sage? Lily Owens meinte, das sei hier so üblich."

Rian ließ Rhydian los und klatschte in die Hände. „Yay! Dann muss ich nicht den Tisch decken! Jetzt kann ich dir helfen, alles abzuschmecken, Tante."

Delaney lachte, und es klang wie Glockenspiel, das im Wind ertönte. „Für heute Abend, ja. Aber du wirst an anderen Abenden beim Tischdecken helfen. Das ist eine sehr wichtige Aufgabe, die du beim nächsten Mal hoffentlich ernst nehmen wirst."

Der Junge rannte in die Küche, bevor Delaney noch irgendwelche Bestimmungen hinzufügen konnte. Rhydian schlenderte hinter der Menschenfrau her und tat sein Bestes, um nicht zu sehen, wie ihre Hüften sich wiegten.

Natürlich machten die Bänder der Schürze das fast unmöglich. Es war, als ob sie über ihren Po hin und her schaukelten, um ihn zu necken.

Sein Drache grunzte. *Sie könnte uns gehören. Denk daran.*

Sie erreichten die Küche, und er sah zu, wie Delaney etwas auf dem Herd umrührte. Was auch immer es war, es roch fabelhaft.

Delaney sagte über ihre Schulter: „Ich habe Irish Stew gemacht. Ich hoffe, es schmeckt dir."

„Ich glaube, das hatte ich noch nie, aber so wählerisch bin ich nicht. Normalerweise hole ich mir einfach etwas aus dem Lokal des Clans."

Sie hob die Brauen. „Du isst also nur das Drachen-Äquivalent von Fast Food?"

Rhydian knurrte. „Auf keinen Fall. Wir mögen

echtes Essen, nicht Dinge, mit denen wir im Labor herumbasteln."

„Heißt das also, dass du noch nie richtige Fish and Chips aus einem Lokal hattest?"

„Wir sind nicht gerade in der Nähe des Meeres, wenn dir das noch nicht aufgefallen ist", sagte er.

Delaney verdrehte die Augen. „Okay, Mr. Offensichtlich. Das hat meine Frage nicht beantwortet, also muss ich in Zukunft einfach deutlicher sein. Etwas sagt mir, dass du Dinge ständig auseinanderpflückst."

Rhydian entdeckte die Schüsseln auf der Theke, ging zu ihnen und holte sie. „Das ist fast eine Voraussetzung für einen Clanführer. Wenn man sich einen Streit zwischen zwei Landwirten oder sogar zwischen zwei Eltern über etwas anhört, das eines ihrer Kinder gegenüber dem anderen getan hat, braucht man jeden Vorteil, den man sich vorstellen kann, um eine faire Lösung zu finden."

Rian saß am Tisch in der Ecke und klopfte auf die Oberfläche. „Beeil dich, Rhydian. Ich will etwas Stew. Meine Mum hat das immer gemacht, und es war mein Lieblingsessen. Ich will wirklich, wirklich wieder welches."

Obwohl er wusste, dass Delaney mit Rian verwandt war, erinnerte ihn der Kommentar des Jungen daran, dass Delaney ein wenig von Rians Mutter zum Leben wiedererwecken konnte, selbst wenn sie weg war.

Sein Drache meldete sich zu Wort. *Noch ein Grund, warum sie bei uns bleiben sollte.*

*Kannst du es nicht vorerst auf sich beruhen lassen?*

Sein Drache tat so, als würde er schlafen. Zumindest einstweilen. Wer wusste, wie lange das dauern würde.

Als Rhydian eine Schüssel und dann eine andere auf den Tisch stellte, fiel ihm auf, wie häuslich das alles war. Er hatte den größten Teil seines Lebens allein verbracht. Selbst als Rian gekommen war, waren es immer noch nur er und der Junge gewesen, die sich hauptsächlich an seinen Junggesellenstil von Mahlzeiten aus dem Restaurant gewöhnten und Wege fanden, ohne viel Nachdenken zu funktionieren.

Als Delaney jedoch anfing, eine Melodie zu summen, während sie den Herd ausschaltete und etwas Brot schnitt, fragte er sich, wie viel besser das Leben wäre, wenn sie seine Gefährtin wäre.

Nicht, dass er von ihr erwarten würde, alles zu tun. Natürlich nicht. Aber Rhydian könnte etwas Hilfe in der Kochabteilung gebrauchen, und er könnte definitiv auch etwas Lebendigkeit in seinem Leben gebrauchen. Die meiste Zeit dachte er nicht viel darüber nach, dass er in Nordwales in einem Berg lebte oder wie grau und kalt das alles sein konnte.

Delaney hingegen könnte ihn die Kälte vergessen lassen.

Das vorgetäuschte Nickerchen seines Drachen endete, und er meldete sich zu Wort. *Geh rüber zu ihr. Du musst sie nicht mal anfassen, aber ich will ihre Hitze spüren und ihren Duft aufnehmen. Ich weiß, dass du dasselbe willst.*

Er stellte die letzte Schüssel hin, und wie aus eigenem Willen trugen ihn seine Beine direkt hinter Delaney. Er murmelte: „Kann ich dir bei irgendwas helfen?"

Delaney konnte Rhydians Hitze hinter sich spüren.

Selbst ohne Berührung brannte jeder Zentimeter ihrer Haut auf gute Weise. Wenn sie sich zurückbeugte, könnte sie etwas von seiner Hitze absorbieren und die leichte Kälte verjagen, die die Höhlenbedingungen bei ihr hervorzurufen schienen.

Aber wenn sie das getan hätte und Rhydian seine Arme um ihre Mitte schlang, würde sie sich zurücklehnen und ihn mit ihr machen lassen, was er wollte.

Ein Teil von ihr wollte genau das. Der Teil, der ständig an Rian dachte, verdrängte es jedoch. Der Junge war nur wenige Meter entfernt und wartete auf sein Abendessen.

Ein Abendessen, das ihre eigene Schwester oft für ihn zubereitet hatte, so oft, dass es sein Lieblingsessen geworden war.

An ihre verstorbene Schwester und ihren Neffen zu denken, verbannte ihr Hingezogensein mit einer eisigen Plötzlichkeit. Delaney trat zur Seite und deutete auf das Brot. „Du kannst das fertig schneiden, während ich den Eintopf auf den Tisch bringe."

Sie hätte schwören können, dass Rhydians Finger ihren Arm gestreift hatten. Er schnitt jedoch mit Begeisterung das Brot, bevor sie überhaupt blinzeln konnte.

Wenn Rhydian an ihr interessiert war – und sie war sich ziemlich sicher, dass er es war –, konnte das für ihre Box-Idee problematisch sein. Nach allem, was sie über Drachenwandler gelesen hatte, hatten sie einen übermäßig ausgeprägten Beschützerin-stinkt, was ihre Gefährten, die Familie und sogar den ganzen Clan anging.

Delaney mochte keines dieser Dinge sein –*noch nicht* sagte eine kleine Stimme in ihrem Kopf –, aber wenn Rhydian sich ihrer genauso bewusst war wie sie seiner, könnte das ausreichen, seinen rationalen Verstand zu trüben.

Da Delaney beide Männer im Raum zum Essen bringen wollte und auf den Weg zu einem Essens-koma, brachte sie den Eintopf auf den Tisch und stellte ihn auf den Untersetzer. Rian hüpfte auf seinem Platz. „Das nächste Mal musst du mir mehr über das Kochen beibringen. Ich möchte das Stew jeden Tag machen. Stew, Stew, Stew! Ja, das wäre brillant."

Sie lächelte, als sie etwas in Rians Schüssel gab. „Wenn du jeden Tag etwas isst, wirst du es leid.

Außerdem ist hier nicht so viel Gemüse drin, wie ein heranwachsender Junge braucht."

„Aber ich bin kein Junge, ich bin ein Drachen-wandler. Und Drachen brauchen haufenweise Fleisch. Richtig, Rhydian?"

Rhydian schmunzelte, und Delaneys Blick fiel sofort auf sein Gesicht. Wenn er lächelte, war es, als ob zehn Jahre dahingeschmolzen wären. Rhydian antwortete: „Unsere Drachenhälften würden nichts mehr lieben, als ständig Fleisch zu sich zu nehmen, aber unsere menschlichen Körper brauchen mehr. Wenn du groß und stark werden willst wie Wren oder einer der anderen Beschützer, dann musst du auf jeden Fall auch viel Gemüse essen."

Rian seufzte dramatisch. „Aber ich *will* keins essen. Das meiste schmeckt wie Erde."

Delaney war versucht, einzugreifen, aber sie hielt sich zurück. Etwas an der Art, wie Rhydian mit dem Jungen umging, faszinierte sie.

Rhydian stellte den Brotkorb auf den Tisch. „Das bedeutet nur, dass du ein neues Rezept ausprobieren musst. Lily hat ein paar japanische Rezepte für Spinat und Kürbis, die definitiv nicht nach Erde schmecken. Vielleicht kann die dir das machen."

Rian rümpfte die Nase. „Kürbis? Niemand isst Kürbis. Sie sind nur dazu gut, um Gesichter reinzu-schnitzen, wie ich es im Fernsehen gesehen habe."

„Weißt du noch, was ich in deiner ersten Woche hier gesagt habe, darüber, was du mit Essen machen musst?", fragte Rhydian.

Rian sackte ein wenig in seinem Stuhl zusammen. „Alles mindestens einmal probieren. Und wenn ich es nicht hasse, noch einmal versuchen."

„Richtig. Man weiß nie, was man wirklich mag, bis man es ausprobiert."

Delaney entschied sich endlich, einzuspringen. „Er hat recht, Rian. Ich wäre nie Boxerin geworden, wenn mein Dad mich nicht gezwungen hätte, verschiedene Sportarten auszuprobieren, um die zu finden, die ich mochte."

Rhydian sah sie an. „So bist du also dazu gekommen."

Sie nickte und rutschte auf ihren Stuhl. „Ursprünglich wollte ich Ballett ausprobieren. Aber ich hasste es von der zehnten Sekunde meiner ersten Stunde an. Mein Dad ließ mich dann alle möglichen Dinge ausprobieren, ohne es nur auf Ballett oder Netzball zu beschränken, wie viele andere Mädchen. Es hat Jahre gedauert, aber als ich ein Teenager war, versuchte ich noch eine letzte Sache – Boxen – und verliebte mich darein.

Hätte ich aufgehört oder aufgegeben, hätte ich nie etwas gefunden, das ich liebe, etwas, das dazu beigetragen hat, wer ich heute bin."

Als Rhydian sie anstarrte, blitzten seine Pupillen zu Schlitzen und zurück. Was würde sie nicht darum geben, die Gedanken seines Drachen hören zu können.

Bevor sie jedoch etwas anderes fragen oder sagen konnte, warf Rian ein: „Nun, ich möchte dieses Stew probieren. Nur um sicherzugehen, dass es mir schmeckt."

Sie lächelte und sah dem Jungen in die Augen. „Na los, iss."

Rian wartete nicht auf eine weitere Ermunterung. Und als er den Inhalt seiner Schüssel fast inhalierte, vermutete sie, dass er es mochte.

Rhydians sexy Stimme füllte ihre Ohren. „Das ist gut, Delaney. Ich kenne nichts Vergleichbares, aber ich bezweifle, dass es einen irischen Eintopf gibt, der besser ist als der hier."

Sein Kompliment wärmte ihr Inneres, als sie ihm zusah, wie er überaus begeistert sein Abendessen aß. Mit ihm und Rian wäre der Eintopf im Nu weg.

Sie sollte ihrem Beispiel folgen, ihre Mahlzeit genießen und das Gespräch zu etwas Leichtem führen. Aber je länger sie ihre Idee geheim hielt, desto schwerer lag sie in ihrem Magen.

Als Rhydian gerade kaute, platzte sie heraus: „Die Idee, die ich hatte, war, einen Boxkampf zu veranstalten. Ich gegen eine andere Frau mit einem gewissen Grad an Ausbildung, wie eine der Beschützerinnen."

Man musste Rhydian zugutehalten, dass er ruhig sein Essen weiterkaute und keinen Erstickungsanfall bekam. Sein Blick begegnete ihrem. Vielleicht hätte so manch einer bei der Intensität weggesehen, aber sie erwiderte ihn nur.

Sie musste sich dem Clan irgendwie beweisen, und das war alles, was sie wirklich tun konnte.

Und so wartete sie darauf zu sehen, wie der Drachen-Clanführer reagieren würde.

Rhydians erster Instinkt war *auf gar keinen verdammten Fall* zu sagen. Egal, wie geschickt oder stark Delaney auch sein mochte, Drachenwandler waren stärker. Insbesondere das Fliegen straffte ihre Körper auf eine Weise, wie Menschen es selten erreichen konnten.

Und doch, nachdem er gehört hatte, dass sie so viele Aktivitäten ausprobiert hatte, um die eine zu finden, die sie liebte – das Boxen –, widerstand er seiner anfänglichen Ablehnung.

Wenn jemand versucht hätte, ihm zu sagen, er dürfe nicht mehr fliegen, würde er es tun?

Sein Tier schnaubte. *Natürlich nicht, es sei denn, es würde uns töten. Und selbst dann müssten wir darüber nachdenken.*

Vorsichtig darauf bedacht, es in einem ruhigen Ton zu erklären, sagte er: „Die meisten unserer weiblichen Beschützer sind nicht im Boxen ausgebildet. Tatsächlich gibt es nur eine, die es auch nur ansatzweise versucht hat. Also wird deine Idee wahrscheinlich nicht funktionieren."

„Was dann? Nach allem, was ich von Rian, Eira und sogar dem MDA gehört habe, neigen die meisten Drachenwandler-Clans dazu, Menschen als körperlich schwach zu betrachten und für nichts gut, außer, um Babys zu bekommen. Stärke wird bei deiner Art so hochgehalten, und ich muss beweisen, dass ich kein zartes Pflänzchen bin. Und ich würde es lieber auf einen Schlag tun, anstatt mich über Jahre hinweg jedem hier beweisen zu müssen. Ich musste das heute in der Schule machen, und ich mochte das Misstrauen nicht, das sie mir mit Rian dort entgegengebracht haben. Ich bin sicher, er wird ähnlich behandelt, da es hier nicht viele halbmenschliche Kinder gibt, oder? Aber wenn ich beweisen kann, dass ich insgesamt stark bin – sowohl geistig als auch körperlich – dann könnte es auch ihm die Situation langfristig erleichtern."

Rhydian hatte nichts davon gehört, dass andere Schüler Rian schlecht behandelten. Aber er war so damit beschäftigt gewesen, den Clan zu heilen, nachdem er die Kinder vor drei Monaten gerettet hatte, dass es durchaus möglich war, und Rian hatte es für sich behalten.

*Verdammt!* Hatte er diesen Punkt wirklich so einfach übersehen? Je besser er Delaney kennenlernte, desto mehr erkannte er, dass es am besten wäre, die Erziehung des Jungen aufzuteilen.

Apropos Junge, Rhydian warf Rian einen Blick zu, um zu sehen, ob er zuhörte, aber der Junge aß glücklich seinen Eintopf und teilte ihn mit seinem Stoffkaninchen. Solange sie ihre Stimmen nicht zu laut werden ließen, sollten sie in der Lage sein, sich kurz zu unterhalten.

Obwohl er kein schnelles Gespräch wollte, aber

trotzdem, mit einem Kind musste das reichen, bis Rian später schlafen ging.

Rhydian beugte sich ein Stück zu Delaney vor und gab sein Bestes zu ignorieren, wie ihr Duft stärker wurde und seinen Drachen brummen ließ. „Ich weiß nicht, ob es eine schnelle Lösung für alles gibt, Delaney. Seit Jahrzehnten haben keine Menschen mehr in Snowridge gelebt."

Sein Drache knurrte. *Natürlich gibt es eine ziemlich einfache Lösung. Wenn sie unsere Gefährtin wäre, würden die meisten sie in Ruhe lassen.*

*Ich werde ihr nicht das vorschlagen.*

Delaneys Stimme hinderte seinen Drachen daran, zu antworten. „Was hat dein Drache gesagt? Wenn das, was ich heute erfahren habe, stimmt, dass eure Drachenhälften kompliziert sind, wenn es um die Lebensführung geht – zumindest laut Lily –, dann sollte auch er an diesem Gespräch beteiligt werden."

Sein inneres Tier hob den Kopf, und Selbstgefälligkeit füllte seine Augen. Rhydian ignorierte ihn. „Das ist vielleicht nicht die beste Idee."

Delaney betrachtete seinen Blick eine Sekunde lang, bevor sie sich noch näher vorbeugte und flüsterte: „Wir werden dieses Gespräch unterbrechen, bis Rian schlafen geht. Dann werden wir das beenden."

Angesichts ihres Tons blinzelte Rhydian. Er hatte noch nie einen Menschen mit einem solchen Rückgrat getroffen.

Und es gefiel ihm recht gut. Nein, mehr als dass es ihm nur gefiel – er liebte es.

Er nickte, und Delaney wandte sich Rian zu und plauderte über etwas, dem er nicht ganz folgte.

Sein Drache sagte, *ich kann es nicht erwarten. Du solltest ihr besser von meiner Idee erzählen.*

*Du bist verrückt.*

*Nein, bin ich nicht. Das ist die logischste und rationellste Lösung. Und bevor du sagst, dass wir wegen der bevorstehenden Operation mit Stonefire nicht so bald in den Rausch gehen können, ist das in Ordnung. Ich kann irgendwie einen Weg finden, zu warten, solange es nicht unbegrenzt ist.*

Rhydian spürte, dass er diese Schlacht verlieren würde, also versuchte er eine letzte Sache. *Was ist mit Gwen? Sie war begeistert davon, dass Delaney bei ihr wohnen würde.*

*Das kann sie ja auch noch, bis zur Paarungszeremonie. Allein zu verbreiten, dass Delaney unsere zukünftige Gefährtin ist, ist ein guter erster Schritt, um ihren Platz hier zu sichern.*

Es war viel zu früh für einen der Pläne seines Drachen, und doch hatte sein Tier da einen Punkt. Und wie Wren vorhin gesagt hatte, *war* Rhydian jetzt derjenige, der das Sagen hatte. Es gäbe keine Onkel oder Clanführer, die seine Frau vertreiben und Rhydian eine Lektion erteilen würden.

Er wusste, dass es auch Probleme mit sich bringen würde, aber es waren Probleme, an denen er sowieso hätte arbeiten sollen.

Vielleicht war Delaney der Tritt in den Allerwertesten, den er brauchte, um einige der schwierigsten Aufgaben zu bewältigen, die er je als Clanführer bewältigen musste.

Die bösen Mitglieder seines Clans loszuwerden, wäre nicht einfach. Carys und die anderen hatten den Prozess mit ihren Hintergrundüberprüfungen begonnen, aber Rhydians Pflicht, den Leuten zu sagen, dass sie auf eine der Farmen oder in einen anderen Clan umziehen sollten, wäre viel schwieriger.

Und doch, als er sah, wie Delaney ein lustiges Gesicht machte und Rian lachte, lächelte er. Das hier könnte seine Familie sein. Ja, es würde eine Menge harter Entscheidungen und harter Arbeit erfordern, aber jeden Tag zu diesem Lachen nach Hause zu kommen und vielleicht eines Tages Liebe, dafür könnte sich alles lohnen.

Vielleicht, nur vielleicht, nach fast zwanzig Jahren könnte er endlich wieder glücklich sein.

Und in diesem Moment brauchte er sein Tier nicht dafür, dass es ihn drängte oder überredete, es Delaney später vorzuschlagen. Rhydian hatte seine Entscheidung getroffen und hoffte mit allem, was er hatte, dass Delaney zustimmen würde.

Delaney warf einen letzten Blick auf Rians schlafende Gestalt und schloss vorsichtig die Tür.

Ihr Neffe schlief endlich, was bedeutete, dass es an der Zeit war, ihr Gespräch mit Rhydian von vorhin wieder aufzunehmen.

Die Tatsache, dass der Drachenmann während des restlichen Essens ungewöhnlich still gewesen war – sie nahm an, dass es ungewöhnlich war, obwohl es vielleicht seine normale Art war, sie hatte keine Ahnung –, machte ihr ein wenig Sorgen. Er hatte ihre Boxidee abgelehnt. Aber sie vermutete, dass sein innerer Drache sich einen anderen Plan ausgedacht hatte.

Es war an der Zeit, herauszufinden, was es war.

Sie atmete tief durch und ging den Flur hinunter zum Wohnzimmer.

Rhydian lehnte sich gegen den Kaminsims. Das orange-rote Leuchten der Flammen tanzte über sein Gesicht, wodurch seine drei Narben deutlicher hervortraten.

Es lag ihr auf der Zungenspitze, mehr über sie zu erfahren, aber das würde das wichtige Gespräch, das sie führen mussten, nur verzögern.

Also platzte sie heraus: „Rian schläft."

Er lehnte sich weiter gegen den Sims, drehte aber den Kopf, um ihrem Blick zu begegnen. Die Pupillen blitzten auf und sahen im Feuerlicht fast magisch aus. „Dann müssen wir uns ernsthaft unterhalten, diesmal ohne Unterbrechungen."

Sie nickte und überlegte, ob sie sitzen oder stehen sollte. Es gab keinen wirklichen Grund für sie, nervös zu sein, aber sie hatte bisher nicht viel Zeit mit Rhydian allein verbracht.

Es war auch keine Angst, die sie zögern ließ. Allein die Erinnerung an seine Hitze an ihrem Rücken ließ sie zittern, und es juckte ihr in den Fingern, zu ihm zu eilen, seinen Kopf zu senken und ihn zu küssen.

Drachenwandler mussten auf jeden Fall liebeseinflößende Kräfte haben. Das musste es sein.

Einer von Rhydians Mundwinkeln zuckte hoch. „Kein Grund, nervös zu sein. Ich werde dir nicht wehtun."

Seine Aussage durchbrach ihr Zögern und ihren Lustnebel. Sie straffte ihre Schultern und antwortete sie: „Natürlich nicht. Ich versuche zu entscheiden, was das Protokoll ist, um mit einem Clanführer über wichtige Themen zu sprechen. Sitze ich? Stehe? Drehe ich mich und mache am Ende eine Verbeugung?"

Er lächelte. „Ich würde viel Geld zahlen, um das Drehen und die Verbeugung zu sehen."

Sie widersetzte sich dem Drang, ihm den Stinkefinger zu zeigen, neigte den Kopf und legte eine Hand auf ihre Hüfte. „Wirst du jetzt hilfreich sein, oder muss ich Lily anrufen und stattdessen um ihren Rat bitten?"

„Nein, nein, ruf nicht Lily an! Sonst wird sie sofort hier sein und hier herumwuseln, um dich zu beschützen. Sie hat dich vielleicht gerade erst kennengelernt, aber sie hat so ihre Art, wenn es darum geht, denjenigen zu helfen, die es brauchen."

„Du hast mir immer noch nicht gesagt, was ich tun soll", erinnerte sie ihn.

Er stand auf und ging ein paar Schritte näher zu ihr. „Ich würde es vorziehen, wenn wir beide stehen."

Als sie aufsah, um seinem Blick zu begegnen, schnaubte sie. „Damit du dich über mich erheben und dein Bestes geben kannst, um mich einzu- schüchtern?"

„Nein, weil du zu viel Energie hast, um zu sitzen und ruhig zu bleiben."

Sie blinzelte. „Woher weißt du das?"

Er strich ihr einen Teil ihrer Haare über die Schulter. „Du klopfst ständig mit der Hand gegen deine Seite und scharrst mit den Füßen. Und in Anbetracht deines früheren Berufs scheint es nicht wirklich dein Stil zu sein, rumzusitzen."

Sie öffnete den Mund, dann schloss sie ihn wieder. Rhydian war viel scharfsinniger, als sie ihm zugetraut hatte.

Als er jedoch ihren Blick betrachtete, vergaß sie das und schöpfte jede Kraft, die sie besaß, um nicht auf seinen Mund zu schauen. Die vollen Lippen, umgeben von den Stoppeln des fortgeschrittenen Tages. Stoppeln, die an ihrer zarten Haut reiben und sie feucht und heiß auf ihn machen würden.

Rhydians Stimme war rau, als er sagte: „Jetzt, da wir also festgestellt haben, dass ich ein Meister darin bin, Körpersprache zu lesen, lass uns über vorhin sprechen, als du deinen Boxkampf vorgeschlagen hast."

„Ich würde dich nicht als Meister der Körpersprache bezeichnen, da es sich um eine jüngere Entwicklung zu handeln scheint. Sonst hättest du meine Irritation schon bemerkt, als wir uns das erste Mal begegnet sind."

Er hob die Brauen. „Möchtest du wirklich darüber diskutieren oder darüber reden, was du tun kannst, um innerhalb des Clans mehr Akzeptanz zu erlangen, wenn auch nur geringfügig?"

Sie wollte ihn aus irgendeinem Grund anstacheln – wahrscheinlich, weil es Spaß machte –, aber sie schaffte es, sich an das Thema zu halten. „Okay, was ist dann deine großartige Idee?"

„Magst du mich, Delaney?"

Sie runzelte die Stirn. „Wovon sprichst du?"

Sein Finger hob sich zu ihrer Wange und strich darüber. Ihre Herzfrequenz stieg an, als die Hitze zwischen ihre Oberschenkel rauschte. Rhydians Stimme machte sie irgendwie noch heißer, als er sagte: „Ich glaube, du magst mich, Delaney Murphy. Und wenn das stimmt, wird es meinen Vorschlag erleichtern."

Es war schwer für sie, sich zu konzentrieren, mit Rhydians Finger an ihrer Wange und seiner Hitze so nah. Sie hätte sich ihn nie als einen solchen Charmeur vorgestellt, aber sie war definitiv in seinen Bann gefallen.

Dumme    Drachenwandler-Verführungskräfte!
Sie sollten illegal sein.

„Rhydian, was soll das alles? Ich mag es nicht,
um den heißen Brei herumzureden, also sag mir
einfach, was du meinst."

Seine Pupillen blitzten auf, und da sie es zum
ersten Mal aus nächster Nähe gesehen hatte,
bemerkte sie, wie spitz sie oben zusammenliefen. Als
sie wieder rund wurden, weitete sich die Mitte.

Sie erinnerten sie an Katzenaugen.

Rhydian antwortete: „Wenn du zustimmen
würdest, meine Gefährtin zu sein, dann würde der
Clan sich größtenteils zurückhalten. Nicht jeder,
aber genug, um dir das Leben zu erleichtern."

Von all den Dingen, die sie geraten hätte, aber
Rhydian, der vorschlug, dass sie seine Gefährtin
wurde, war keins davon gewesen. „Warte, was? Was
meinst du damit, deine Gefährtin zu sein?"

„Du wolltest wissen, was mein Drache vorgeschlagen hat, und das war's. Und keine Sorge, ich
würde dich weder küssen noch berühren, wenn du
mich nicht darum bittest."

Als Rhydian sie mit seinem hitzigen Blick
anstarrte, während seine Pupillen schnell blitzten,
bezweifelte sie, dass es lange dauern würde, bis er sie
küsste oder berührte. Nicht, weil er sein Wort
brechen würde, doch Delaney glaubte nicht, dass sie
es auf Dauer bei einer platonischen Beziehung mit
Rhydian belassen könnte.

Aber ihn heiraten? Das kam alles so plötzlich.

Sie wollte ihm nicht wehtun, aber sie brauchte eine Klärung. „Mal angenommen, ich stimme dem zu." Sie schwor, dass Rhydian knurrte, aber sie drängte weiter. „Und es funktioniert nicht. Gibt es irgendeine Art Drachen-Scheidung? Denn wenn nicht, muss ich einen anderen Weg finden, um meinen Aufenthalt hier zu erleichtern."

Seine Stimme klang angespannt in ihren Ohren, als er antwortete: „Es ist seltener, da so viele Paarungen historisch gesehen zwischen wahren Gefährten stattgefunden haben. Es gibt jedoch einen Prozess dafür."

Sie hatte nicht einmal an wahre Gefährten gedacht. „Ist das der Grund, warum du dich so zu mir hingezogen fühlst? Bin ich deine wahre Gefährtin?"

Er zögerte nicht. „Ich bin mir ziemlich sicher, ja."

Für Drachenwandler war es eines der besten Dinge, die passieren konnten, seinen wahren Gefährten zu finden.

Ihre Schwester war jedoch die wahre Gefährtin eines Drachenwandlers gewesen, und es war für sie nicht gut ausgegangen.

Das sollte für Delaney egal sein, da ihre Situation eine völlig andere war. Wales erlaubte es Menschen und Drachen, sich zu paaren und sogar zusammen-zuleben, anders als damals in Irland.

Und doch fragte sie sich, ob die Murphy-Frauen verflucht waren, wenn es um Drachenwandler ging. Es musste selten sein, dass ein Paar menschlicher

Schwestern beide wahre Gefährtinnen von Drachen waren.

Rhydian neigte ihren Kopf wieder nach oben, damit sie ihm in die Augen sah. „Du zögerst. Du hast jedes Recht dazu, aber ich bin neugierig, warum."

Sie musste es ihm nicht sagen. Nach dem, was sie über den walisischen Anführer erfahren hatte, nutzte er Angst und Schmerz nicht, um seine Clan-Mitglieder dazu zu bringen, seinen Befehlen zu folgen.

Sie war jedoch aufrichtig gewesen, als sie sagte, sie rede nicht gerne um den heißen Brei herum. „Meine Schwester ist am Ende ums Leben gekommen, weil sie die wahre Gefährtin eines Drachenwandlers war. Woher weißt du, dass mir das nicht auch passieren wird?"

Sein Gesicht wurde um einen Bruchteil weicher. „Ich kann dir nicht versprechen, dass man dir nie Schaden zufügen wird, da Drachenwandler in Großbritannien gefährliche Feinde haben, nämlich Drachenritter und Drachenjäger." Er lehnte seinen Kopf einen Bruchteil näher, sein Blick wurde heftig. „Aber du wirst im Schutz eines ganzen Clans leben. Nein, mehrerer Clans, da ich Verbündete im Rest Großbritanniens habe. Es gibt eine zahlenmäßige Überlegenheit, die deine Schwester nicht hatte."

Er hatte recht. Und oberflächlich betrachtet war es so einfach. Wenn sie jedoch das Angebot überhaupt nur in Betracht ziehen wollte, musste sie auch die tieferen Bereiche erkunden. „Was ist mit Rian?

Ihm liegt eindeutig etwas an dir, und wenn wir zu Gefährten erklärt werden, wird er denken, dass wir seine neue Familie sind. Wenn es dann nicht klappt, wird er am Boden zerstört sein."

Rhydian hob eine Hand an ihre Wange. Sobald seine Haut ihre berührte, ließ etwas von ihrer Spannung nach.

Aye, Drachenwandler mussten geheime magische Kräfte haben.

Er murmelte: „Du musst nicht sofort antworten. Denk darüber nach. Aber du solltest wissen, dass ich seit zwanzig Jahren keine solche Anziehung oder ein Gefühl der Leichtigkeit bei einer Frau gespürt habe. Und sogar im Vergleich zu damals war dieses Gefühl ein Bruchteil dessen, was mich zu dir zieht, Delaney. Mein Drache und ich werden fast alles tun, um dich glücklich zu machen. Das sollte jeder Gefährte tun."

Einer ihrer Mundwinkel hob sich. „Wenn ich dich also bitten würde, eine Tanznummer zu machen, würdest du es tun?"

„Ich tanze gerne, also natürlich."

Sie blinzelte. „Du tanzt gerne?"

Er lächelte. „Soll ich es dir zeigen?" Er ging einen Schritt zurück, ließ ihre Wange los und streckte seine Hand aus. „Möchten Sie mit mir tanzen, Miss Murphy?"

Delaney hätte nicht behauptet, eine Tänzerin zu sein, aber sie war flink auf den Beinen und lernte schnell.

Und verdammt, sie *wollte* mit Rhydian tanzen.

Es war etwas Romantisches, fast wie in einem Film, und sowas hatte sie in ihren dreißig Jahren bis dato noch nicht gesehen. Männer forderten die Damen nicht einfach so aus heiterem Himmel zum Tanz auf, zumindest nicht in ihren Kreisen.

Sich die Chance entgehen zu lassen, war also keine Option für sie.

Delaney legte ihre Hand in seine und nickte. „Solange du es mir beibringst, würde ich gerne mit dir tanzen."

Seine Pupillen blitzten wieder. „Gut. Denk einfach daran, mich führen zu lassen."

Sie öffnete den Mund, um zu protestieren, weil sie dazu neigte, die Kontrolle über Situationen zu übernehmen, als Rhydian kaum hörbare Musik anschaltete. Er legte sein Handy zur Seite, zog sie an sich, berührte ihre Taille und veränderte seinen Griff an der Hand, die bereits in seiner lag. „Bei drei machen wir einen Schritt nach links. Eins, zwei, drei."

Er bewegte sich, und sie folgte. Die Schritte waren nicht schwer, aber man musste sich etwas konzentrieren.

Delaney bemühte sich, nicht auf seine Füße zu treten, und bemerkte gar nicht, wie leicht es war, sich mit Rhydian zu bewegen, fast so, als ob sie schon hundertmal miteinander getanzt hätten.

Rhydian hatte seit über einem Jahrzehnt nicht mehr nur zum Spaß mit einer Frau getanzt, wenn nicht gerade seine Rolle als Anführer es verlangte.

Ein Teil von ihm hatte gedacht, er wäre eingerostet und würde sich zum Narren machen.

Und doch kamen ihm die Schritte, ohne, dass er darüber nachdenken musste.

Sein Drache meldete sich zu Wort. *Weil Delaney unsere wahre Gefährtin ist. Es wird immer leicht sein, uns mit ihr zu bewegen, egal, was wir tun.*

*Wer ist jetzt hier der Romantiker?*

*Du. Du bist derjenige, der sie zum Tanzen aufgefordert hat. Nicht, dass ich mich beschwere. Es bedeutet, dass wir sie halten und uns ihren Duft merken können.*

Jahrzehntelange Erfahrung sagte ihm, dass sein Tier bald den Weg nackter Bilder gehen und Rhydian dazu bringen würde, die Frau zu küssen. Also ignorierte er den Drachen und sagte zu seinem Menschen: „Du bist leichtfüßig."

Delaney begegnete seinem Blick, ein Schmunzeln im Gesicht. „Sei einfach dankbar, dass du es jetzt siehst, und nicht, wenn ich versuche, dich zu schlagen und auszuschalten."

Er schnaubte. „Vielleicht eines Tages, wenn du mich ein wenig trainierst, könnten wir einen guten Kampf haben."

„Das wäre eine harte Entscheidung, ob ich dich trainieren soll oder nicht, denn wenn ich dich zu gut unterrichte, dann verliere ich."

„Stimmt, aber dann würde ich dich weiter drängen, es besser zu machen."

Ihr Lächeln verblasste einen Bruchteil. „Ich kann nicht mehr so hart wie noch vor ein paar Jahren. Ich habe mir das Knie verletzt, und während ich ein oder zwei Kämpfe zum Spaß machen kann, solange ich eine Schiene trage, kann ich nicht mehr richtig trainieren und an professionellen Kämpfen teilnehmen."

„Das vermisst du, oder?"

Sie zuckte mit einer Schulter. „In gewisser Weise. Ich meine, alle Athleten sitzen irgendwie auf tickenden Uhren. Die Körper werden älter, und wir können nicht mehr dasselbe wie damals, als wir jünger waren. Ich habe gewusst, dass ich eines Tages einfach nicht mehr mit allem mithalten kann." Sie stolperte, korrigierte jedoch schnell nach rechts, bevor sie hinzufügte: „Aber selbst wenn ich trainieren wollte, hatte ich keine Zeit. In den letzten Jahren habe ich Grafikdesignkurse besucht und eine Kundenbasis für meine neue Karriere aufgebaut."

Er hob eine Augenbraue, führte Delaney aber gleichzeitig und im richtigen Moment in eine Drehung. „Dafür müsstest du ja die ganze Zeit stillsitzen. Bist du sicher, dass das eine kluge Entscheidung war?"

„Ich benutze ein Stehpult, was hilft. Aber unabhängig davon gibt es nur eine begrenzte Anzahl an Dingen, die ich mit dreißig noch anfangen kann, ohne Jahre an der Universität zu verbringen. Grafikdesign war etwas, das ich sowieso schon immer ausprobieren wollte, und ich habe mittlerweile sogar ein paar Stammkunden, also muss ich es wohl ganz anständig machen."

Er machte die letzte Drehung, als die Musik endete, ließ Delaney jedoch nicht los. „Kannst du immer noch Boxen unterrichten, ohne dich selbst wieder zu verletzen? Ich bin sicher, dass einige Beschützer die Gelegenheit lieben würden, gegeneinander zu kämpfen, um etwas Dampf abzulassen."

Sie hob ihr Kinn einen Bruchteil, und Rhydian tat sein Bestes, um nicht auf ihren langen Hals zu achten. „Vielleicht. Ich habe noch nie versucht, andere zu trainieren."

„Dann versuchst du es vielleicht? Ich kann bei der Organisation helfen und Interessierte einladen. Es ist zwar nicht dasselbe wie selbst zu kämpfen und in Turnieren anzutreten, aber wenigstens müsstest du diese Phase deines Lebens nicht komplett verwerfen. Vorausgesetzt natürlich, du möchtest es."

Sie sah ihm in die Augen und schwieg ein paar Sekunden lang. Er wollte unbedingt wissen, was sie dachte.

Schließlich nickte sie. „Ich erstelle einen Trainingsplan, obwohl meine oberste Priorität nach wie vor Rian sein wird."

„Natürlich. Ich würde nichts anderes von dir erwarten."

Sie neigte den Kopf, und ihr langes dunkles Haar glitt über ihre Schulter.

Rhydian fragte sich, wie es sich anfühlen würde, wenn ihr Haar seine nackte Brust streifen würde.

Sein Tier knurrte, aber glücklicherweise sprach Delaney noch einmal, bevor sein Drache etwas verlangte, das er nicht tun konnte, wie zum Beispiel die Frau küssen.

Schließlich antwortete sie: „Wie kannst du so etwas so selbstbewusst sagen? Du kennst mich doch kaum. Hängt das alles damit zusammen, dass du dich zu deiner wahren Gefährtin hingezogen fühlst?"

Rhydian antwortete: „So sicher ich bin, dass manche Leute das lieben würden, wenn es wahr wäre, aber nein, ich bin jetzt seit etwa fünf Jahren für Snowridge verantwortlich und bin ziemlich gut darin geworden, Leute zu lesen. Durch die Zeit, die ich mit dir verbracht habe, und die Hintergrundüberprüfung, die meine Beschützer durchgeführt haben, habe ich einen allgemeinen Rahmen. Und dann füllt jede weitere Minute mit dir die Lücken noch ein wenig mehr."

Ihre Hand bewegte sich von seiner Taille, um sich auf seine Brust zu legen. Selbst durch den Stoff seines Hemdes entfachte ihre Berührung ein Feuer in ihm.

Sein Drache summte, sagte aber nichts. Wahrscheinlich, weil er versuchte, sich von seiner besten Seite zu zeigen, wie er es versprochen hatte.

Delaney streichelte ihn, und Rhydian stieß ein Stöhnen aus. „Du testest meine Grenzen, Mensch, das ist sicher."

Sie zog ihre Hand weg, und er wollte sie zurückziehen, ließ es aber. „Ich wollte dich nicht ärgern. Um ehrlich zu sein, habe ich nicht einmal bemerkt, dass ich meine Hand bewegt habe. Bist du sicher, dass du keine Gedankenkontrolle über mich hast?"

Er schnaubte. „Wenn ich die hätte, würden wir jetzt nicht reden. Wir würden in meinem Bett einen ganz anderen Tanz tanzen."

Ihre Pupillen weiteten sich, und er konnte die Intensität ihrer Erregung riechen.

Rhydian kam immer näher an den Rand seiner Zurückhaltung, also ließ er Delaney los und trat ein paar Schritte zurück. „Ich bin ein ehrenwerter Mann, Delaney Murphy. Trotzdem nähere ich mich meinem Limit. Ich warne dich jetzt, dass, wenn du mich küsst, es den Gefährtenrausch auslösen wird, der erst endet, wenn du schwanger bist. Und bevor du möglicherweise sagst, dass du das willst, kann ich nicht. Noch nicht jedenfalls."

„Warum nicht?"

Es gefiel ihm, dass sie nicht zögerte, den Grund für seine Aussage herauszufinden. „Es ist etwas in Arbeit, etwas, das nicht einmal dem größten Teil des Clans bekannt ist, und ich muss die Kontrolle behalten, bis es abgeschlossen ist." Er hielt inne und fügte hinzu: „Und ich wünschte, ich könnte dir mehr sagen, aber ich werde nicht gegen die Versprechen oder das Vertrauen verstoßen, das mir entgegengebracht wurde. Gefährten haben für gewöhnlich mehr Privilegien, aber selbst dann gibt es einige

Dinge, die Clanführer eine Zeit lang geheim halten müssen."

Manche Frauen hätten die Stirn gerunzelt oder gesagt, das sei lächerlich. Aber Delaney zuckte nur mit den Schultern. „Das klingt nachvollziehbar. Ich meine, ist ja nicht so, als ob der Premierminister seinem Partner von einem stillen Streik oder einer Bergungsoperation oder ähnlichem erzählen würde. Nun, in einigen Fällen schon, da bin ich mir sicher. Außerdem hat jeder Grenzen und Geheimnisse."

„Zwischen wahren Gefährten gibt es jedoch nicht viele Grenzen. Und einige Clanführer vertrauen ihren Gefährten alles an und planen sogar gemeinsam."

Sie tippte mit den Fingern auf ihren Schenkel. „Wenn ich also diesem Wahre-Gefährten-Plan zustimme, wird es dann zwischen uns so sein?"

Ein kleiner Hoffnungsblitz flackerte in ihm. Vielleicht würde Delaney Ja sagen. Oder zumindest hörte es sich an, als würde sie der Idee gegenüber offener werden. „Am Ende ja. Aber ich kann dir von den Geheimnissen anderer Clans nur erzählen, wenn sie dir auch vertrauen. Also müssten wir sie davon überzeugen."

Sie drehte sich um und ging auf die andere Seite des Raums. „Wenn ich Ja sage, was passiert dann?"

Sein Tier brüllte. *Sie wird uns gehören. Bald, so sehr bald. Das heißt, wir müssen hart arbeiten, um die Operation mit Stonefire zu beenden.*

*Sie hat aber noch nicht Ja gesagt.*

*Aber sie wird es tun.*

Er konzentrierte sich wieder auf Delaney. „Es gäbe eine Ankündigung. Und bis die Zeremonie arrangiert ist, würdest du wahrscheinlich bei Gwendolen Price wohnen, einer ehemaligen Beschützeranwärterin mit einem halbmenschlichen Kind."

Delaney machte große Augen. „Ich dachte, Rian wäre das Einzige in Snowridge."

„Cora – das ist Gwens Tochter – ist die einzige andere. Aber das ist eine lange Geschichte, die Gwen dir erzählen sollte, nicht ich."

Er musste sich zusammenreißen, um nicht an Delaneys Seite zurückzukehren. Er sollte das Gespräch beenden und sich für die Nacht verabschieden, sonst würde er irgendwas Dummes tun, wie den Menschen küssen. Also fügte er hinzu: „Ich kann sie dir morgen vorstellen. Also wirst du darüber nachdenken?"

Sie nickte. „Aye. Ich werde am Morgen eine Antwort für dich haben."

Sein Tier grunzte. *Das ist nicht gut genug!*

*„Das wird es aber sein müssen. Und jetzt, still!* Zu Delaney sagte er: „Dann sollten wir wohl vorerst gute Nacht sagen."

Delaneys Blick wanderte zur Tür, hinter der Rian schlief. „Kann auch Rian bei mir und Gwen bleiben, wenn ich Ja sage? Ich denke, es wird gut für ihn sein, ein anderes Kind zu treffen, das wie er ist."

„Ich wüsste nicht, warum nicht. Wir können die Details morgen besprechen, nachdem du eine

Antwort für mich hast." Nur zum Spaß verbeugte er sich tief. „Gute Nacht, Miss Murphy."

Er erwartete ein Schnauben, aber als er den Kopf hob, sah Rhydian das Lächeln auf Delaneys Gesicht, als sie antwortete: „Gute Nacht, Mr. Griffiths."

Sie drehte sich schnell um und verließ den Raum, bevor er auch nur lachen konnte.

Da Eira darauf warten würde, Delaney zu ihrem Zimmer zu begleiten, blieb er dort, wo er war, und ging den Tanz und das anschließende Gespräch mit Delaney in Gedanken noch einmal durch.

Der Abend hatte ihm klargemacht, wie sehr er die Frau in seinem Leben brauchte. Und auch nicht nur um Rians willen.

Rhydian hoffte verdammt nochmal, sie sagte Ja zu seinem Plan. Er war nicht sicher, ob er ein Nein als Antwort akzeptieren und in sein einsames, arbeitsorientiertes Leben zurückkehren könnte.

# Kapitel Acht

Delaney hatte eine weitere lange, rastlose Nacht verbracht und kaum geschlafen, obwohl sie schon kurz, nachdem sie Rhydians Wohnung verlassen hatte, entschieden hatte, was sie tun würde.

Sie wollte versuchen, mit ihm gepaart zu werden, und sehen, wie es lief.

Vor allem um Rians willen, aber auch für sich selbst. Das Tanzen am Abend zuvor, wie auch das Necken, hatten sich mehr als schön angefühlt. Ganz zu schweigen davon, dass sie sich noch nie bei jemandem, den sie erst seit zwei Tagen kannte, so wohlgefühlt gefühlt hatte.

Verdammt, sie hatte monatelang Freunde gehabt, die nicht so charmant oder ehrlich zu ihr gewesen waren. Ja, es gab noch viel über ihn zu lernen – schließlich war niemand perfekt –, aber wenn er sich

Rians Liebe schon verdient hatte, dann war Rhydian wahrscheinlich jemand, den man sich warmhalten sollte. Ganz zu schweigen davon, wie viel offensichtlich Lily Owens und ihre Familie ebenfalls von ihm hielten.

Der schwerste Teil war gewesen, ihre Angst über das, was mit ihrer Schwester geschehen war, beiseitezulegen. Sie hoffte nur, dass Rhydians Worte, er habe mehrere Clans als Verbündete, während ihre Schwester fast ganz allein gewesen sei, sich als wahr erweisen würden. Vor allem, wenn sie den Rausch durchmachten und sie ein halbes Drachenwandlerkind zur Welt brachte. Denn sobald das passierte, würde sie Snowridge nie mehr verlassen.

Nicht, dass sie das ohne diese Art von Bindung hätte tun können. Rian gehörte hierher, was bedeutete, dass sie es auch tat.

Ein Klopfen an der Tür ließ sie zusammenzucken. Es sollte Rhydian sein. Um sich zu beruhigen, glättete Delaney ihr Haar und ihre Kleidung.

Jeder Schritt, den sie zur Tür machte, ließ ihre Handflächen mehr schwitzen. Warum , hatte sie keine Ahnung. Sie hatte doch ihre Entscheidung getroffen.

Und doch bedeuteten die Worte, dass sie bald mit dem sexy, romantischen, intelligenten Drachenführer leben würde, sobald er seine wichtige Aufgabe beendet hatte.

Das Schwierigste wäre jedoch, in seiner Nähe zu

sein und ihn nicht zu küssen, bis diese wichtige Aufgabe erledigt war.

*Reiß dich zusammen, Delaney.* Sie nahm einen tiefen Atemzug und öffnete die Tür.

Und stieß besagten Atem gleich wieder aus, als sie Rhydians große, schlanke Gestalt vor sich stehen sah.

Er hatte immer lange Stoffhosen und Hemden getragen, seit sie da war, aber heute trug er Jeans und ein T-Shirt. Die legere Kleidung stand ihm besser, ganz zu schweigen davon, dass sie seine muskulösen Bizepse und definierte Unterarme sowie die Ränder seines Drachen-Tattoos zeigte.

Die dunklen Linien und Kanten brachten sie dazu, sich über das Design zu lehnen und es mit ihrer Zunge nachzeichnen zu wollen.

Aye, Drachenwandler waren wirklich zu sexy für ihr eigenes Wohl.

Delaney musste das laut gesagt haben, denn Rhydian lachte und sagte: „Ist das noch eine Macht, die wir deiner Meinung nach über Menschen haben? Dass wir unseren Körper attraktiv und sabberwürdig machen können?"

„Ich sabbere nicht", murmelte sie.

„Wenn Augen sabbern könnten, dann würden deine es tun."

Sie hob eine Braue. „Ich bin sicher, ich könnte dich dazu bringen, dasselbe zu tun, wenn ich wollte."

Seine Pupillen blitzten auf, und die Belustigung in seinem Blick wurde sofort durch Hitze ersetzt.

„Sollen wir eine Zeit festlegen, wann du es versuchst?"

Eine kleine Stimme in ihrem Kopf warnte sie, dass sie gerade gefährliches Territorium betrat, aber Delaney ignorierte es. Sie würde schließlich bald die Frau dieses Mannes sein. Wenn sie ihn nicht necken und sie selbst sein könnte, bei wem konnte sie das sonst tun? „Wie wäre es mit der ersten Nacht, sobald wir uns gepaart haben?"

Seine Pupillen veränderten sich wieder. „Also wirst du meine Gefährtin?"

„Ich wüsste nicht, warum nicht. Ich meine, für Rian funktioniert es so am besten."

Er knurrte. „Wenn das dein einziger Grund ist, Ja zu sagen, dann werde ich mein Angebot zurücknehmen."

Der sture Teil von ihr wollte noch einen obendrauf setzen und sagen, Okay, gut, dann könne er es zurücknehmen. Sie konnte jedoch nicht zulassen, dass dieser Teil ihrer Persönlichkeit alles in ihrem Leben außer Kraft setzte. Sie musste jetzt an mehr als nur sich denken. „Nicht nur um Rians willen. Auch für mich."

Er entspannte sich. „Gut, das ist die Antwort, die ich brauche." Er streckte ihr seine Hand entgegen. „Dann, zukünftige Gefährtin, sollen wir mit Gwen reden? Je eher alles abgeschlossen ist, desto eher kannst du bei ihr bleiben und dein Drachenwandler-training beginnen."

Sie legte ihre Hand in seine, und der übliche

Funken wanderte angesichts des Kontakts ihren Arm hinauf. „Welches Training? Meinst du die Selbstverteidigung?"

Er hielt ihre Hand fester und führte sie den Flur hinunter. „Dafür werde ich Carys oder Eira helfen lassen. Nein, Gwen wird dir bei deiner Clan-Ausbildung helfen. Wenn du hier reinpassen und dich akzeptiert fühlen willst, musst du ziemlich schnell lernen, fürchte ich."

„Was genau lernen? Denn wenn ich in wenigen Tagen Hunderte von Namen auswendig lernen muss, könnten wir ein Problem haben."

Rhydian schüttelte den Kopf. „Nichts so Oberflächliches. Es gibt jedoch bestimmte Richtlinien und Regeln für den Clan, die jeder kennt und die du lernen musst, vor allem, weil du nicht Teil des Opferprogramms bist und diese Ausbildung vom Ministerium für Drachenangelegenheiten nicht erhalten hast."

Sie neigte den Kopf. „Ich hatte keine Ahnung, dass sie das machen. In Irland weiß man wenig über das Opferprogramm, da es zu meiner Lebenszeit bislang nicht durchgeführt wurde."

„Ich weiß nichts über andere Orte, aber in Großbritannien bekommen die Opfer meist wochenlangen Unterricht und sogar Hausaufgaben. Gwen ist wahrscheinlich abgesehen von mir die beste Person, um dir zu helfen, da sie die einzige andere ist, von der ich mit Sicherheit weiß, dass sie etwas mit einem Menschen zu tun hatte."

Delaney hatte vergessen, dass Rhydians vor vielen Jahren eine Freundin gehabt hatte, die ebenfalls ein Mensch gewesen war.

Nicht, dass sie eifersüchtig war. Lily hatte jedoch angedeutet, dass es schlecht ausgegangen war. Und Delaney wollte ein bisschen darüber wissen, solange sie die Chance hatte. „Was ist mit dir und deinem Menschen passiert?"

Rhydian stolperte, ging dann aber wie zuvor weiter. „Liliwen und ich wollten Gefährten sein, aber der Clan war dagegen. Es gab hier zu jener Zeit eine etablierte anti-menschliche Stimmung, die auch vom Clanführer unterstützt wurde. Und so wurde mir eine Lektion erteilt – daher die Narben –, und sie wurde aus dem Land gejagt." Sein Blick begegnete ihrem, Stahl brannte in seinen Augen. „Diesmal jedoch habe ich das Sagen. Niemand wird dich verjagen, Delaney. Das schwöre ich."

Seine Zuversicht ließ ihr Herz hüpfen. Vielleicht war sie naiv, aber sie glaubte ihm. „Ich weiß."

Nach ein paar Sekunden nickte Rhydian. „Gut. Dass du mir glaubst, ist das Beste, was heute bislang passiert ist."

„Besser als dass ich zugestimmt habe, deine Gefährtin zu werden?"

Er schmunzelte. „Ich wusste doch schon, dass du Ja sagen würdest. Das zähle ich also als etwas, das ich gestern schon erfahren habe."

Da verdrehte sie wirklich die Augen. „Leiden

alle Drachenwandler daran, übermäßig arrogant und selbstbewusst zu sein?"

„Ich hatte recht, also ist es nicht wirklich arrogant, nur aufmerksam."

Sie wollte gerade fragen, ob er schon wieder behaupten wollte, dass seine Fähigkeiten beim Lesen der Körpersprache eines Champions würdig seien, aber er blieb vor einer blauen Tür stehen. Rhydian klopfte, während er murmelte: „Das ist Gwens Wohnung."

Delaney hätte schwören können, dass Rhydian ihre Position in Bezug auf das Ziel berechnet und seine Antworten darauf zeitlich festgelegt hatte.

Sie vergaß jedoch ihr Staunen, als die Tür sich öffnete, um eine große, dunkelhaarige Frau zu enthüllen. Ein kleines Mädchen stand direkt hinter ihr, dessen breite, dunkelbraune Augen Delaney beobachteten, als wäre sie eine Art mythisches Wesen.

Rhydian deutete auf Delaney. „Gwen, das ist Delaney. Und Delaney, das sind Gwen und die kleine Cora."

Anders als die meisten Kinder, mit denen Delaney über die Jahre zu tun gehabt hatte, sagte Cora nichts, sondern schmiegte ihr Gesicht an die Seite ihrer Mutter. Gwen lächelte zu ihrer Tochter hinab. „Schon gut, Cora. Du kennst Rhydian, und Delaney ist seine neue Freundin." Gwen sah Delaney in die Augen. „Sie wird schon bald warm werden. Sie ist immer schüchtern, aber über die Jahre hat sie auch nicht viele Menschen getroffen."

Trotz der Tatsache, dass der Vater des kleinen Mädchens ein Mensch war oder gewesen war. Und sie kannte zwar nicht alle Details, aber Delaney war der einzige Mensch in Snowridge, was bedeutete, dass Coras Vater wahrscheinlich von der Bildoberfläche verschwunden war, wenn er überhaupt jemals dort gewesen war.

In dieser Sekunde schmerzte ihr Herz um Gwen und ihre Tochter. Es spielte keine Rolle, ob man ein Mensch oder ein Drachenwandler war, beschissene Dinge konnten jedem passieren – und taten es.

Es war Rhydian, der zuerst sprach. „Nun, nachdem die Vorstellungsrunde nun abgeschlossen ist, muss ich gehen und mich um einige Dinge kümmern." Er sah sie an. „Wirst du hier mit Gwen und ihrer Tochter allein zurechtkommen?"

Ein kleiner Teil von ihr wollte Nein schreien, damit Rhydian bleiben würde. Er würde ihr Gefährte werden, und sie sehnte sich danach, mehr über ihn zu erfahren.

Und doch wusste sie, dass er Clanführer war und er viel zu tun hatte. Aber sie wollte nicht egoistisch sein. „Mir wird es schon gut gehen. Obwohl ich hoffe, ich sehe dich dann später?"

Er nickte. „Natürlich. Ich werde später mit dir an der Schule sein, um Rian abzuholen."

Sie fragte sich, ob der Grund dafür war, dass er die anderen Eltern wissen lassen wollte, dass er

Delaney akzeptierte, oder weil er sie sehen wollte. Vielleicht war es beides. „Bis dann!"

Er ließ endlich ihre Hand los, verabschiedete sich von Gwen und Cora und ging den Weg zurück, den sie gerade gekommen waren.

Gwens Stimme füllte ihr Ohr. „Komm rein. Ich bin sicher, du hast Fragen, und ich werde alles tun, um sie zu beantworten."

Sie riss ihren Blick von Rhydians zurückweichender Gestalt, lächelte und betrat Gwens Wohnung. Obwohl sie für die Hilfe und Freundlichkeit der Drachenfrau dankbar war, zählte Delaney still die Minuten herunter, bis sie Rian von der Schule abholen würde.

Rhydian schaffte es irgendwie, Delaneys Seite zu verlassen und sich für die nächsten sechs Stunden auf seinen Clan zu konzentrieren.

Er hatte Wren, Carys und Eira von seiner zukünftigen Paarung mit Delaney erzählt. Sie waren alle wirklich glücklich gewesen, aber auch voller Fragen.

Sein Drache meldete sich zu Wort. *Ich weiß nicht, warum sie immer wieder angedeutet haben, dass ich mich nicht kontrollieren könnte.*

*Drachen, die ihre wahren Gefährten finden, sind normalerweise nicht geduldig, und das weißt du.*

Sein Tier schnaubte. *Ich mag es nicht, mit allen*

*anderen in einen Topf geworfen zu werden. Es war viel Geduld, Stärke und Intelligenz erforderlich, um die Führungsposition zu gewinnen. Sie sollten es besser wissen.*

*Wenn die Prüfungen einen Test mit unserer wahren Gefährtin beinhaltet hätten, wäre es für dich eine viel größere Herausforderung gewesen. Aber all das spielt jetzt keine Rolle. Wir müssen uns beeilen, wenn wir einen großen Auftritt machen und alle Eltern von unserer Verlobung mit Delaney wissen lassen wollen.*

*Ich hoffe, sie hasst die Überraschung nicht.*

Rhydian hoffte das auch. Wenn es eine Möglichkeit gäbe, die Nachrichten zu verbreiten und er viele Augenzeugen für seine aufrichtige Verbundenheit zu Delaney haben wollte, dann würde es reichen, in Anwesenheit der Eltern ein wenig besitzergreifend gegenüber seiner zukünftigen Gefährtin zu sein. Auch wenn nicht jeder gerne tratschte, taten es genug von ihnen, um sicherzustellen, dass es innerhalb von ein oder zwei Tagen im Clan die Runde machte.

Normalerweise interessierte ihn das Gerede nicht, aber es wäre viel sicherer – und auch einfacher – als ein offizielles Treffen zu veranstalten und Delaney dazu zu bringen, sich für die Ankündigung ganz Snowridge zu stellen. Auf diese Weise sollten sie sich zumindest zuerst an die Idee gewöhnen können, und dann konnte er die größten Bedrohungen beseitigen, bevor er sie der großen Versammlungshalle aussetzte.

Sein Drache grunzte. *Ich mag das ganze Geduldigsein und Abwarten nicht. Ich will direkt sein und es allen offen sagen. Dann werden wir sie früher haben.*

*Nein, wenn wir dafür sorgen, dass es weniger Drama und Aufruhr gibt, bedeutet das, dass wir uns auf die Operation mit Stonefire konzentrieren können, und das wird jede Art von Beanspruchung schneller passieren lassen.*

Bevor sein Drache noch etwas anderes sagen konnte, betrat Rhydian den Hauptwartebereich der Schule und winkte den Eltern zu, die bereits da waren. Eine der Frauen, Nerys, kam zu ihm und fragte: „Holst du Rian wieder ab? Ich war gestern überrascht, den Menschen zu sehen."

Er hob eine Braue. „Warum? Sie ist seine Tante."

„Ja, aber ..."

Der ehrenwerte Mann in ihm wollte Nerys für ihre Andeutung herausfordern, aber der Clanführer in ihm wusste, dass er diplomatischer sein musste.

Zumindest bis er offiziell gepaart wurde, und dann wusste jeder, dass, wenn er sich mit seiner Gefährtin anlegte, er damit sowohl seine menschliche als auch seine Drachenhälfte provozierte.

Also zwang er sich zu lächeln und sagte: „Aber was, Nerys?"

Sie sah zur Seite und schüttelte den Kopf. Nerys war auf der Dominanzskala unter den Mitgliedern des Snowridge-Clans nicht sehr hoch. Nun, zumindest im Vergleich zu den Männern. Sie schien die Frauen bei jeder Gelegenheit herauszufordern und war für einen erheblichen Anteil der Kopfschmerzen verantwortlich, die Rhydian dann beseitigen musste.

Sein Drache schnaubte, blieb aber dankenswerterweise ansonsten still.

Rhydian sprach noch einmal. „Wenn ich nicht einverstanden damit wäre, dass sie sich um den Jungen kümmert, hätte sie ihn gestern nicht abgeholt. „Das solltest du wissen, Nerys. Ich nehme die Sicherheit des Clans sehr ernst, besonders nach dem, was vor nicht allzu langer Zeit mit den Kindern passiert ist."

Nerys nickte und murmelte: „Ich weiß, Rhydian", und ging, um mit einer ihrer Freundinnen zu reden.

Rhydian mochte es nicht, Leute an ihre Position erinnern zu müssen, aber manchmal war es notwendig. Andernfalls wären einige ihrer Drachenhälften unkontrollierbar. Und wenn es oft genug passierte, könnten sie sogar bösartig werden und dabei nicht nur andere Leben riskieren, sondern auch ihr eigenes, da das MDA sich um bösartige Drachen kümmerte.

Was manchmal zum Tod führte.

Er verdrängte diese Gedanken und mischte sich unter einige der anderen Eltern. Rhydian hatte kaum noch ein paar begrüßt, bevor er spürte, wie Delaney den Raum betrat. Obwohl er ihr den Rücken zugekehrt hatte, wurde jeder Zentimeter seiner Haut lebendig, aufmerksam auf ihre Anwesenheit und ihre Bewegungen.

Rhydian entschuldigte sich leise bei der Drachenwandlerin, mit der er gerade gesprochen hatte, wandte sich Delaney zu und ging geradewegs zu ihr. Ohne ein Wort nahm er ihre Hand, hob sie an seine Lippen und küsste sie.

Die Wärme ihrer Haut sandte Hitze durch seinen Körper, und nur durch jahrelange Erfahrung hielt er seinen Schwanz davon ab zu reagieren.

Delaney blinzelte. „Ähm, hallo."

Er hob den Blick und zwinkerte. „Ich wollte unser Geheimnis teilen."

Wie auf Stichwort fragte einer der Drachenwandler im Raum: „Was für ein Geheimnis?"

Rhydian stand auf, zog Delaney an seine Seite und antwortete: „Delaney Murphy hat zugestimmt, meine Gefährtin zu sein."

Nerys platzte heraus: „Warum?", während gleichzeitig Lily Owens rief: „Das ist ja wunderbar!"

Alle sprachen auf einmal, und Delaney flüsterte ihm ins Ohr: „Was machst du denn?"

Er antwortete leise genug, dass nur sie es hören konnte. „Für deinen Schutz sorgen."

„Und was ist mit Rian? Sollte er es nicht zuerst erfahren?"

Rhydian hatte lange und intensiv über dieses Detail nachgedacht. „Wenn wir wollen, dass sich das schnell verbreitet, ist dies der beste Weg."

Es gab Fragen in Delaneys Blick, aber Rhydian hatte keine Gelegenheit mehr, sie zu beantworten, bevor Lily direkt vor ihnen war. „Wann ist das passiert? Ist sie deine wahre Gefährtin? Oder konntest du ihr einfach nicht widerstehen? Nicht, dass ich dir das vorwerfen kann. Sie ist clever und schön. Mit dem Paket kannst du nichts falsch machen."

Delaney bedeutete ihm zu antworten. Ihre Bewegungen waren etwas steif, und er hatte das Gefühl, dass sie wütend war.

Aber er würde sich um ihre Wut kümmern können, sobald sie allein waren. Lily Owens an ihrer Seite zu haben, würde einen großen Beitrag dazu leisten, den Clan dazu zu bringen, seinen Menschen zu akzeptieren.

Ja, Delaney war schon die seine geworden. Vielleicht musste er sie noch umwerben und sie für sich gewinnen, aber sie an seiner Seite zu haben, entspannte ihn auf eine Weise, die er seit Jahren nicht mehr empfunden hatte.

Er antwortete schließlich: „Wahre Gefährtin oder nicht spielt keine Rolle. Was du wissen solltest, wenn man bedenkt, was mit deinem Sohn passiert ist."

Lilys Sohn, Kai, war mit einem Menschen gepaart, der nicht seine wahre Gefährtin war. Und das Paar hatte eine stärkere Bindung als viele der wahren Paarungen, die er über die Jahre gesehen hatte.

Lily wandte den Blick nicht von seinem ab. „Das heißt nicht, dass ich nicht neugierig bin."

Delaney meldete sich zu Wort. „Ich bin seine wahre Gefährtin."

Keuchen war überall im Raum zu hören, aber Rhydian ließ sich davon nicht aus der Ruhe bringen. „Sie hat recht. Aber die Paarungszeremonie findet noch nicht statt. Ich lasse alle wissen, wann."

Delaney murmelte: „Ich hoffe, ich bin dabei."

Sein Mensch war auf jeden Fall verärgert. Die Frage war nur, warum. Sie hatte doch verhindern wollen, dass alle Drachenwandler sie an jeder Ecke befragten, und sein Vorgehen würde das definitiv einschränken.

Sein Drache summte, sagte aber nichts. Also fragte Rhydian: *Was, bist du jetzt auch gegen mich?*

*Ich halte mich da raus.*

In diesem Moment begannen die Kinder, aus der Schule zu kommen. Rhydian ließ Delaney nicht los, als er auf Rian zuging. Obwohl er schon völlig ahnungslos hätte sein müssen, um nicht zu bemerken, wie steif sie neben ihm ging.

Aye, sie würden so schnell wie möglich ein ernstes Gespräch führen. Er wollte die neckende, warmherzige Frau von vorhin zurück.

Rian eilte auf sie zu. „Rhydian, Tante Laney, ihr seid beide gekommen!"

Delaney trat beiseite und umarmte Rian. „Das sind wir." Sie ließ den Jungen los. „Bist du bereit, heute Abend wieder mein Helfer zu sein?"

Rian scharrte mit den Füßen. „Ich will schon, aber Osian hatte mich eingeladen, nach der Schule zum Abendessen zu ihm nach Hause zu kommen. Das habe ich letzte Woche versprochen. Und Rhydian hat gesagt, wir sollten unsere Versprechen halten."

Delaney ging auf Rians Augenhöhe in die Hocke. „Mach dir deswegen keine Sorgen, Rian. Geh zu deinem Freund nach Hause. Wir können morgen was ganz Besonderes machen, okay?"

Rian hob den Blick, seine Augen strahlten. „Ja! Ich kann es nicht abwarten! Vielleicht gehe ich früh schlafen, damit ich früh aufstehen kann."

Delaney lachte, und Rhydian wünschte sich insgeheim, er hätte sie dazu gebracht.

Die Menschenfrau antwortete: „Du kannst es ja versuchen. Wo ist jetzt dieser Freund? Ich möchte ihn und seine Eltern oder Erziehungsberechtigten gern kennenlernen."

Rhydian kannte Osians Eltern natürlich bereits und beschloss, Delaney am besten allein mit ihnen reden zu lassen.

Aber er beugte sich zu ihr hinunter und flüsterte: „Wir gehen zusammen und dann in mein Büro. Mein Terminplan ist für mindestens eine Stunde frei, damit wir reden können."

Sie nickte kurz. Im Stehen nahm sie Rians Hand und ging mit ihm, um die Mutter seines Freundes kennenzulernen.

Sein Drache meldete sich endlich wieder zu Wort. *Du hast es irgendwie versaut.*

*Ja, das habe ich mitbekommen. Die Frage ist, wie.*

*Das solltest du besser rausbekommen. Mir gefällt Delaney so nicht. Sie sollte nicht distanziert sein.*

*Ich stimme zu, Drache, ich stimme zu.*

Als ein anderes Clan-Mitglied auftauchte, um ihn nach etwas zu fragen, tat Rhydian sein Bestes, um sich noch ein paar Minuten auf seinen Clan zu konzentrieren. Er hätte Delaney früh genug allein, und dann würde er herausfinden, warum sein Mensch so aufgebracht war.

Delaney war nicht in der Lage, ein Gefühl zu zeigen, während ein anderes in ihr brannte. Sie tat jedoch ihr Bestes, um zu lächeln und höflich zu Rians Freund und dessen Mutter zu sein.

Glücklicherweise sprach die Drachenfrau Rhydians Ankündigung nicht an. Sonst hätte das Temperament mit ihr durchgehen können.

Sobald sie Rian bei seinem Freund und der Mutter gelassen hatte, ging Delaney zurück zu Rhydian. Egal, was sie in diesem Moment sagen wollte, sie würde es für den Augenblick aufsparen, wenn sie allein waren. Clan-Politik konnte gefährlich sein, wie Gwen erklärt hatte, und Rhydian war gerade in einer prekären Lage. Irgendwas über die Beseitigung derer, die wollten, dass er scheiterte.

So wütend sie auch sein mochte, wollte sie weder sein Leben noch das von irgendjemand anderem in Snowridge riskieren.

Der Mann war klug genug, keinen Arm um ihre Taille zu legen, als sie gingen. Sie liefen schweigend, jeder Schritt ließ Delaneys Herz kräftiger schlagen, als sie ihre Finger zu einer Faust ballte.

Obwohl sie noch nie in Rhydians Büro gewesen war, würdigte sie es kaum eines zweiten Blickes, als sie es betraten. In dem Moment, als er die Tür schloss, ging sie ein paar Schritte weg und wandte sich ihm zu. „Warum hast du mich mit deiner Ankündigung so überrascht? Du hättest es mir erst sagen sollen!"

„Ich dachte nicht, dass das so eine große Sache wäre. Du hast zugestimmt, meine Gefährtin zu sein, und so habe ich die Neuigkeiten geteilt."

Sie knurrte. „So wird es also laufen? Du triffst die Entscheidungen, und ich sitze passiv dabei und akzeptiere sie? Denn das ist Mist, und das weißt du auch."

Er runzelte die Stirn. „Natürlich nicht. Ich will nur, dass der Clan dich ein wenig mehr akzeptiert, bevor ich ihre Grenzen noch weiter teste."

In irgendeinem Winkel ihres Geistes, dem rationalen Teil, würde Delaney zugeben, dass Rhydian am besten wusste, wie er mit seinem Clan umgehen sollte.

Aber etwas, das ihr vor Jahren passiert war, während ihrer frühen professionellen Boxtage, trat diese rationale Kleinigkeit zur Seite. „Ich möchte gleichberechtigt sein, Rhydian. Ich bin schon einmal blind einem Mann gefolgt, habe mich seiner Erfahrung anvertraut, und es hat mich fast alles gekostet."

Der leichte Zorn von Rhydians Gesicht verschwand. „Was ist passiert?"

Delaney ging auf und ab, ballte die Finger zur Faust und streckte sie wieder. Allein beim Gedanken an den Bastard wollte sie auf eine Wand einschlagen, egal, ob es ihr die Hand brechen würde.

*Beruhige dich und sag es ihm.* Sie atmete tief durch und setzte ihr Auf- und Abgehen fort, während sie erzählte: „Ich hatte einen verdammten manipulativen Bastard als meinen ersten Boxmanager. Und ich habe geschworen, nie wieder jemandem blind zu folgen, nur weil ich denke, er allein könnte entscheiden, was das Beste für meine Zukunft ist."

Rhydians Stimme war leise und sanft, als er fragte: „Was hat er getan?"

Bilder blitzten in ihrem Geist auf, die das Gesicht des Bastards mit sich brachten. Allein der Gedanke an Martins hochmütigen Ausdruck und autoritären Ton ließ sie abrupt stehenbleiben. Sie schloss die Augen und versuchte, sich verdammt nochmal zu beruhigen.

Nach ein paar Sekunden rhythmischer Atmung öffnete sie die Augen und sah sich erneut Rhydian gegenüber. Sie war kein Feigling. „Obwohl ich neu in der Profilaufbahn war, wurden mir ständig brillante Kämpfe vor die Füße geworfen. Namen, von denen du wahrscheinlich noch nie gehört hast, aber in meiner Welt waren sie Helden, zu denen wir alle aufblickten.

Es schien alles zu gut, um wahr zu sein, und am Ende war es das. Ein paar Monate nach dem Beginn der brillanten Kampfpaarungen brachte mich mein Manager in ein Hotel, begleitete mich zu einer Zimmertür und sagte mir, ich müsse meine Schulden begleichen und dass unser Gläubiger drinnen auf mich wartete."

Delaney schwor, Rhydians Knurren gehört zu haben, aber sie wusste, wenn sie nicht weitermachen würde, würde sie nicht alles rausbekommen, ohne entweder zu schreien oder in Tränen auszubrechen. Also fügte sie hinzu: „Ich habe natürlich gefragt, wovon zum Teufel er sprach. Anscheinend hatte der Arsch die besten Kämpfe ausgehandelt, im Austausch dafür, dass ich mit dem Mann schlief, der sie arrangiert hatte. Er hatte mich nie gefragt, dachte nicht, dass ich einen Anspruch auf Einwände hätte, und mich eingetauscht wie ein erlesenes Stück Fleisch."

Sie hörte die Wut in Rhydians Stimme, als er fragte: „Was hast du getan?"

„Ich hatte nicht vor, mich zu prostituieren. Aber ich ging ins Zimmer, um dem Arschloch zu sagen, dass ich nicht mit ihm schlafen und ich vielmehr am nächsten Morgen zur Zeitung gehen würde, wenn er auch nur versuchte, mich davon abzuhalten, jemals wieder zu kämpfen. Obwohl wir beide wussten, dass ich am Ende diejenige sein würde, die leiden würde, war es genug. Weil es innerhalb der Irish Boxing Association kurz zuvor einen Skandal gegeben hatte, und selbst ein Hauch eines weiteren bedeutete, dass man ihn feuern würde."

Vielleicht hätte sie sagen sollen, wie ängstlich sie während der Konfrontation gewesen war, aber sie dachte nicht, dass sie das könnte.

Also fuhr sie fort: „Vom nächsten Tag an musste ich von vorn anfangen, mit meinem eigenen Können gewinnen und vorankommen. Und schließlich schaffte ich es wieder an die Spitze, alles ohne Hilfe von irgendeinem Arschloch."

Delaney blieb stehen und starrte auf den Boden. Sie hatte noch nie jemandem davon erzählt, nicht einmal ihrer Schwester, da Rosaleen mit dem Drachenwandler davongelaufen war, bevor Delaney bereit gewesen war, ihre Geschichte zu erzählen.

Es hatte lange gebraucht, bis sie wieder hatte vertrauen können. Und obwohl sie wusste, dass sie am Ende gesiegt und eine Meisterschaft gewonnen hatte, ohne das Versprechen, dafür mit jemandem zu schlafen, beeinflusste es immer noch ihr Verhalten.

Hin- und hergerissen zwischen dem Wunsch zu weinen und dem Wunsch, allein zu sein, um all ihre Gefühle zu klären, hatte sie nicht bemerkt, dass Rhydian einen Schritt nähergekommen war, bis seine sanfte Stimme ihre Ohren erreichte. „Tut mir leid, Delaney. Ich hatte ja keine Ahnung. Sag mir, dass es einen Weg für mich gibt zu beweisen, dass ich nicht wie dieser Bastard aus deiner Vergangenheit bin."

Rhydians Worte halfen, aber sie wusste, dass ihre Erfahrung ihre Beziehung für eine Weile beeinträchtigen würde.

Das Beste, was sie tun konnte, war, vorzuschlagen: „Sprich mit mir, okay? Ich möchte gemeinsam Entscheidungen treffen, weil ich nie in einer Beziehung sein will – ob beruflich oder romantisch –, in der jemand über mein Schicksal für mich entscheidet. Das kann ich nicht noch einmal. Ich weiß, du bist Clanführer, und wenn es um die Sicherheit geht, weißt du in den meisten Fällen, was am besten ist. Aber trotzdem, rede mit mir, überzeuge mich, dass es der beste Weg ist. Kannst du das tun?"

Sie sah ihn endlich wieder an und wartete darauf, zu hören, was er sagte. Denn Rhydians Antwort hätte so großen Einfluss auf ihre Zukunft, eine, von der sie gedacht hatte, sie würde sie kennen, die sich aber jetzt in einem Augenblick ändern konnte.

Sowohl Rhydians menschliche als auch die Drachenhälfte wollten das verdammte Arschloch finden, das Delaney wehgetan hatte, und ihm ein oder zwei Dinge beibringen, wie man Menschen mit Respekt behandelt.

Auch wenn er manchmal innerhalb seines Clans

Entscheidungen für andere traf, würde er nie jemandes Körper oder Seele eintauschen, schon gar nicht für seinen eigenen persönlichen Vorteil.

Sein Drache brüllte. *Er sollte sterben, weil er ihr wehgetan hat. Sie ist unsere Gefährtin, und wir müssen sie beschützen.*

Diese Worte erinnerten ihn daran, wie schwierig es sein würde, ihre Schutzinstinkte in den Griff zu bekommen.

Aber für Delaney würde er sein Bestes geben. Sie war es wert und so viel mehr.

Und dann fragte sie ihn, ob er mit ihr über Entscheidungen reden würde. Nach ein paar Sekunden antwortete er: „Ich werde es immer versuchen. Ich wünschte, ich könnte Ja sagen, ich werde dich immer konsultieren, aber manchmal gibt es Entscheidungen im Sekundenbruchteil, wenn Gefahr besteht. Wenn zum Beispiel Jäger in den Clan eindringen, würde ich alles tun, um dich zu beschützen. Es bliebe jedoch keine Zeit, darüber zu diskutieren. Für alltägliche Dinge werde ich das tun. Aber ich kann nicht alles versprechen, Delaney. Kannst du das akzeptieren?"

Als sie ihn anstarrte, widersetzte sich Rhydian dem Drang, auf- und abzugehen. Er hatte keine Ahnung, warum ihm ihre Antwort so viel bedeutete. Er kannte sie ja erst ein paar Tage.

Und doch war es verdammt wichtig. Er wollte sie, aber er wollte auch sein Volk in eine bessere Zukunft führen. Nicht nur für sich oder für eine Art

Nachwelt. Nein, Kinder wie Rian verdienten ein sicheres, stabiles Leben.

Die einzige Frage war, ob er beides haben könnte, ohne Delaney unglücklich zu machen.

Sein Tier zischte. *Wir würden sie nicht unglücklich machen. Sie wird geschätzt, um Rat gefragt, beschützt und vieles mehr.*

*Das reicht in manchen Fällen nicht, Drache.*

Delaney wandte sich ihm zu und richtete sich etwas gerader auf. „Was ist mit der weiteren Bekanntgabe unserer Paarung? Wirst du mich dazu konsultieren? Und auch dazu, wie wir den Clan auf unsere Seite bekommen?"

Er bemerkte, dass sie seine Frage nicht beantwortet, sondern für den Moment beiseitegelegt hatte. Hoffnung baumelte vor ihm, und er wollte versuchen, sie zu ergreifen. „Wir können ab jetzt gemeinsam daran arbeiten, das verspreche ich dir. Wenn du ein Clan-Treffen willst, auch wenn ich alle Vor- und Nachteile dargelegt habe, machen wir es. Wenn du eine offizielle E-Mail an den gesamten Clan schicken möchtest, können wir das auch. Wenn du mich vor dem ganzen Clan tanzen lassen willst, während ich dich halte, um zu zeigen, wie sehr ich dich als meine Gefährtin haben will, tue ich es. Aber ich kann nicht versprechen, dass ich sowas mit allem tun kann, was passiert."

Einer ihrer Mundwinkel hob sich, und Erleichterung wusch über ihn. Vielleicht würde die Hoffnung doch bald Wirklichkeit werden.

Sie sagte: „Ich mag die Idee mit dem Tanzen. Abgesehen von der Tatsache, dass ich gerne mit dir tanze, denke ich, dass es eine dauerhaftere Wirkung haben wird, als wenn jemand nur Wörter auf einem Bildschirm abliest."

Er riskierte einen Schritt näher, aber das Lächeln wich nicht aus Delaneys Gesicht. Er nickte. „Dann werden wir tanzen. Fünfmal, wenn nötig."

„Vielleicht nicht ganz so oft. Obwohl ich das ein oder andere darüber weiß, wie man eine gute Show macht. Vielleicht können wir zusammenarbeiten und eine etwas weniger förmliche Zusammenkunft mit Tanz und sogar etwas Theater haben?"

Rhydian hatte nie versucht, zu schauspielern oder eine andere Rolle außer der des Clanführers anzunehmen, aber wenn Delaney einige Ideen hätte, würde er sein Bestes geben, um die Show auf die Beine zu bringen, die sie sich wünschte.

Und auch wenn er gerne weiter über Details mit Delaney reden wollte, vielleicht sogar sie zum Lachen bringen, konnte er nicht ignorieren, dass sie ihm noch keine Antwort auf seine Frage gegeben hatte. Weil ihre Antwort alles bestimmen würde. „Und meine Wahrheit darüber, manchmal Entscheidungen ohne dich zu treffen?"

Sie neigte den Kopf. „Ich kann nicht sagen, dass es mir gefällt, aber Kompromisse sollten in beide Richtungen passieren, und ich kann nicht erwarten, dass du der Einzige bist, der nachgibt. Ich denke, mehr zu reden, wird hilfreich sein, vor allem, da wir mehr übereinander und die jeweiligen Welten erfahren, aus denen wir kommen."

Er streckte seine Hand aus, die Handfläche nach oben. „Sollen wir dann tanzen, um den Deal zu besiegeln? Wir beide erzählen uns mehr voneinander, lernen einander kennen, um zu versuchen, dass das funktioniert?"

Sein Drache schnaubte, *Ich will sie in* jeder *Hinsicht besser kennen.*

Delaney legte ihre Hand in seine, ihre Haut gegen seine, wusch jeglichen verbleibenden Zweifel beiseite. Sie antwortete: „Bring mir ein paar neue Tänze bei, Rhydian. Schließlich müssen wir den perfekten finden, um damit vor dem Clan anzugeben."

Er zog sie langsam an sich, und es gefiel ihm, wie perfekt sie in seine Arme passte. „Und sobald du die Schritte kannst, können wir weiterreden. Vielleicht können wir uns abwechselnd Fragen stellen? Keine Grenzen, nur Ehrlichkeit?"

Sie lächelte zu ihm auf. „Das fände ich schön. Obwohl ich hoffe, nachdem ich eben erst meine Seele entblößt habe, dass ich die Erste stellen darf?"

Er drückte ein wenig mehr gegen ihre Taille. „Natürlich, Liebes. Frag mich, was du möchtest."

Und so tanzten sie und redeten über kleine Dinge, und jeder von ihnen versuchte, den anderen kennenzulernen, ohne alte Wunden aufzureißen.

Rhydian schuldete ihr definitiv mehr von seiner Vergangenheit, aber er würde auf den richtigen Zeit-

punkt warten. Schließlich sollte eine herzzerrei-
ßende Geschichte pro Tag die Grenze sein.
Außerdem, als Delaney lächelte und ihn neckte und
ihm erlaubte, sie durch den Tanz zu führen, war er
ein wenig egoistisch. Das hier, genau das, war, was er
wollte. Eine Zukunft mit einer brillanten, tapferen
Frau, die nicht seine Untergebene wäre, sondern ihm
gleichberechtigt.

Er musste nur hart daran arbeiten, dass er sie
behalten und sie schließlich so beanspruchen konnte,
wie er es wollte.

# Kapitel Neun

Am nächsten Morgen starrte Delaney an die leere Decke ihres Schlafzimmers und konnte nicht umhin, zu lächeln. Was ursprünglich als eine ihrer schlimmsten Ängste begonnen hatte – dass ein Mann versuchte, sie wie in der Vergangenheit zu dominieren – hatte sich als einer der besten Abende ihres Lebens herausgestellt.

Und sie hatte Rhydian nicht mal geküsst, geschweige denn schon Sex mit ihm gehabt.

Trotzdem war ihr früheres Dating-Leben nur unregelmäßig und nie ein Zehntel so romantisch gewesen.

Vielleicht waren romantische Filme doch nicht so vollkommen blöd, wie sie immer gedacht hatte. Sie war nur mit den falschen Männern zusammen gewesen. Und soweit sie wusste, waren alle Drachenwandler so.

Ein hämmerndes Geräusch kam von außerhalb

ihres Schlafzimmers, wahrscheinlich von der Eingangstür.

Wenn etwas mit Rian nicht stimmte, hätte Rhydian geschrien oder mehr Lärm gemacht. Aber es waren nur ein paar kaum hörbare Schläge, was es umso seltsamer machte.

Stirnrunzelnd stieg Delaney aus dem Bett und ging zur Tür. Als sie sie erreichte, hatte das Hämmern aufgehört.

Sie brummte: „Wer zum Teufel würde so früh am Morgen klopfen?"

Da bemerkte sie das gefaltete Papier auf dem Boden.

Sie hob es auf, entfaltete es und las: *Sieh dir die Außenseite deiner Tür an.*

Bei den Worten stellten sich ihre Nackenhaare auf. Ohne Unterschrift oder irgendein Zeichen, wer das geschrieben hatte, wusste Delaney, dass sie vorsichtig sein musste. Was bedeutete, dass sie verdammt nochmal nicht die Tür aufmachen würde, bis jemand kam, dem sie am meisten vertraute.

Sie eilte zurück ins Schlafzimmer, nahm ihr Handy und rief Rhydian an. Beim zweiten Klingeln ging er ran. „Delaney? Was ist los?"

Sie verschwendete keine Zeit mit irgendwelchen Höflichkeiten. „Jemand hat eine gruselige Nachricht unter meiner Tür durchgeschoben. Kannst du kommen und überprüfen, dass es sicher ist? Ich will die Tür nicht öffnen, falls es eine Sprengfalle oder so gibt."

Er knurrte. „Bin gleich da. Und mach die Tür erst auf, wenn du mich sagen hörst, dass es okay ist."

Die Leitung wurde stumm, und Delaney schaltete ihr Handy aus. Als sie auf die Notiz auf dem Tisch zurückblickte, erkannte sie, dass es ein Fehler gewesen war, sie aufzuheben. Soweit sie wusste, konnte sie mit einer Art pulverförmiger Substanz bedeckt sein, um sie krank zu machen oder sie sogar zu töten.

Zum ersten Mal seit ihrer Ankunft in Snowridge kamen Rhydians Worte darüber, dass einige Drachenwandler Menschen nicht mochten, endlich bei ihr an.

Der Gedanke, eine Party oder einen Tanz zu veranstalten und die Clan-Mitglieder auf ihre Seite ziehen zu können, schien jetzt wie ein Traum zu sein. Selbst wenn es für den Großteil des Clans funktionierte, gäbe es immer noch diejenigen, die ihr etwas antun wollten, egal, was Rhydian sagte oder ob sie sogar gepaart waren. Schließlich konnte der Zeitpunkt der Drohung, so kurz, nachdem Rhydian angekündigt hatte, sie als seine Gefährtin zu nehmen, kein Zufall sein.

Vielleicht würde sie den Rest ihres Lebens über die Schulter schauen müssen, wenn sie bliebe. Genau wie ihre Schwester bis zu dem Tag, an dem sie gestorben war.

Bevor ihr in den Sinn kam, was sonst noch schiefgehen könnte, wenn sie bliebe, klopfte es, und Rhydians Stimme kam durch die Tür, wenn auch etwas gedämpft. „Delaney, ich komme jetzt rein, ist das in Ordnung?"

Erleichterung überflutete ihren Körper bei seiner Stimme. Sie ging zurück zur Tür, löste die Kette und schloss auf. „Komm rein!"

Sie zog sich zurück, als sich die Tür öffnete. Sie bemerkte die Wut in Rhydians Augen für eine Sekunde, bevor sie zur Tür schaute.

In roter Farbe standen da die Worte: *Geh nach Hause, Menschenschlampe!*

Rhydians leise Stimme füllte ihr Ohr: „Geht's dir gut, Delaney?"

Sein Gesicht wiederzusehen half ihr, ihre Angst einen Bruchteil zu lindern und die Vernunft in ihr Gehirn zurückzulassen. Sie atmete tief durch, nickte und entschied, Humor sei ihr bester Bewältigungsmechanismus. „Ich habe im Laufe der Jahre ein paar schlimmere Drohungen erhalten. Ich hatte nur nicht so bald eine erwartet. Das muss eine Art Rekord sein, aye?"

Rhydian knurrte. „Wer auch immer das getan hat, wusste, was er tat. Da du meine zukünftige Gefährtin bist, ist das eher eine Herausforderung für mich als für dich."

Sie musterte sein Gesicht ein paar Sekunden, als er die Tür schloss. Seine Narben zeigten sich fast noch deutlicher auf seiner Haut. Zusammen mit der Wut in seinem Blick und seinen verkrampften Kiefermuskeln, würde er einige Leute einschüchtern.

Delaney erinnerte sich jedoch daran, dass er mit ihr gescherzt und getanzt hatte. Die Wut war nicht auf sie gerichtet, und wenn sie in Snowridge bleiben sollte – und ja, sie würde bleiben, da Rhydians Gesicht wiederzusehen ihre voreilige Panik verbannt hatte –, musste sie ihn ein wenig beruhigen und vielleicht sogar einen Weg finden, ihm zu helfen.

Die Jahre, in denen Rhydian Griffiths sich allein um die Probleme seines Clans kümmern musste, waren vorbei, wenn es nach ihr ging. Zusammen könnten sie den Clan sicher genug machen, damit sie nie wieder daran zweifeln musste, ob sie in Snowridge bleiben sollte.

Delaney legte sanft eine Hand auf seinen Arm und streichelte seinen Bizeps mit ihrem Daumen. Als sich seine Muskeln unter ihrer Berührung entspannten, fragte sie: „Was unternehmen wir also deswegen?"

Er runzelte die Stirn. „Das hier ist mein Problem, nicht deins, Liebes."

„Warum ist es nur dein Problem, wenn es auch mich betrifft?" Er öffnete den Mund, aber sie fuhr fort, bevor er ein Wort sagen konnte. „Aye, du kennst den Clan besser. Es gibt jedoch viele Möglichkeiten, sich gegenseitig zu helfen. Allein schon mit mir über deine Ideen oder Frustrationen zu reden, könnte deinen Verstand von der Wut befreien. Auf diese Weise kannst du es rationaler handhaben als in deinem derzeitigen Zustand." Wieder streichelte sie seinen Arm. „Schließlich hatte ich so meine Zweifel daran, hier bleiben zu können, bis du gekommen bist, und mich daran erinnert hast, dass ich mich diesen Dingen nicht allein stellen muss. Du musst das auch nicht, Rhydian."

Rhydians Pupillen wurden zu Schlitzen, bevor sie wieder rund wurden. Er antwortete: „Mein Drache scheint dir zuzustimmen."

Sie lächelte. „Dass du zwei Persönlichkeiten in einem Körper hast, wird für mich in Zukunft ganz nützlich sein, um bei einem Streit zu gewinnen."

Rhydians Gesicht hellte sich gar nicht auf, was sie beunruhigte. Hatte er verharmlost, wie sehr einige von seinem Clan Menschen hassten?

Er fuhr sich mit der Hand durch sein kurzes dunkles Haar. „Ich will so tun, als wäre das kein großes Problem, aber das ist es, Delaney. Mein Plan, leise das Unkraut aus dem Clan zu beseitigen und die meisten Unruhestifter auf die Farmen in der Umgebung zu schicken, wird jetzt nicht funktionieren. Denn ich bin mir sicher, dass jemand das gesehen hat, oder zumindest der Täter Fotos gemacht hat und bei Gleichgesinnten prahlt und andere ermutigt, ihm zu helfen, dich für immer zu vertreiben. Und mich vielleicht gleich mit zur Strecke zu bringen."

Sie beugte sich ein wenig weiter vor. „Dann ändere die Taktik. Pläne sind ja gut und schön, aber wenn es um das Leben geht, muss man in der Lage sein, sich in einer Sekunde zu drehen oder anzupassen. Anstatt sich darüber zu ärgern, dass der Weg holprig ist, müssen wir es akzeptieren und eine Möglichkeit finden, ihn verdammt nochmal zu erobern."

Einer seiner Mundwinkel zuckte hoch. „Du bist einfach zu verdammt großartig, weißt du das?"

Sie zuckte mit den Schultern und ignorierte, wie seine Worte ihr Herz wärmten. „Ich musste diese Lektion lernen, sonst hätte ich nie meinen ersten Boxkampf überlebt. Denn wenn ich mich an meinen vorgegebenen Plan gehalten hätte, hätte mich jemand geschlagen und mir vielleicht sogar die Nase gebrochen. Und nenn mich eitel, aber je weniger Male meine Nase gebrochen ist, desto besser."

Rhydian lächelte schließlich und drehte den Kopf, um seine Narben besser sichtbar zu machen, und zeigte auf sie. „Ich habe meine Eitelkeit vor langer Zeit verloren." Bevor sie antworten konnte, nahm er ihre Hand und drückte sie. „Also bin ich übervorsichtig und du bist ein bisschen eitel. Da. Keiner von uns ist perfekt. Zusammen können wir es aber vielleicht ein bisschen mehr sein." Er deutete zur Tür. „Erzähl mir alles, was passiert ist, bis du die Notiz gelesen hast, und dann rufe ich ein paar meiner besten Beschützer hier an. Vielleicht können wir zusammen einen Plan ausarbeiten. Und da du ein Teil davon sein musst, egal, wie wenig es mir gefällt, dass du im Mittelpunkt des Hasses von irgendjemandem stehst, wirst du auf jeden Fall ein Mitspracherecht haben."

Delaney hatte sich schon gefragt, ob Rhydians

Versprechen, sie möglichst einzubeziehen, ehrlich gewesen war. Aber in diesem Moment bewies er, dass es so wäre.

Weswegen sie nur noch härter für ihr Recht, in Snowridge bleiben zu können, kämpfen wollte.

Und so, während sie jedes Detail vom ersten Klopfen bis zum Brief erklärte, vergaß sie ihre sekundenlange Unsicherheit von vorhin darüber, ob sie bleiben sollte. Vielleicht hätte sie allein Probleme gehabt, aber mit Rhydian an ihrer Seite konnten sie sich allem stellen. Dessen war sie sich jetzt fast sicher.

Rhydian befragte Delaney nach jedem kleinen Detail, aber sobald sie ihre Sorge darüber äußerte, dass der Brief mit einer schädlichen Substanz behandelt sein könnte, brachte er sie zur Krankenstation und ließ sie darauf testen. Auch wenn Dr. Maelon Perry bei den Testergebnissen Druck machte, dauerte es immer noch zu lange.

Zumal der Arzt Delaney in eine vorübergehende Quarantäne gebracht hatte, weg von ihm.

Und das gefiel ihm nicht.

Das einzig Positive war, dass Rian immer noch im Haus seines Freundes war, ohne sich der Bedrohung bewusst zu sein, und so musste Rhydian den Jungen nicht unnötig beunruhigen.

Natürlich vermisste er Delaney dadurch umso

mehr. Irgendwie war die Frau ein integraler Bestandteil seines Lebens geworden, und es war leerer, wenn er wusste, dass er sie nicht sehen, berühren und mit ihr tanzen konnte, wann immer er wollte.

Er rutschte auf dem Sofa hin und her und gab sein Bestes, nicht aufzustehen und auf- und abzugehen.

Sein Drache meldete sich zu Wort. *Ich möchte auch mit ihr zusammen sein. Aber wenn wir den Anweisungen des Arztes nicht folgen, schickt er uns von der Krankenstation, bis er bereit ist, uns zurückzuholen. Und das wird uns nur weiter von unserer Frau wegbringen.*

Drachenwandler-Ärzte waren die einzigen, die manchmal Autorität über Clanführer hatten. Rhydian gefiel das nicht immer, aber er wusste, dass sein Freund nur das Beste für alle im Sinn hatte. *Und Maelon würde uns den Zutritt zur Krankenstation verweigern, bis Delaney entlassen wird.*

*Dann lass uns so viel Arbeit wie möglich erledigen, während wir warten. Das wird uns ablenken.*

*Richtig, weil du dich ja auch konzentrieren kannst und nicht an Delaney denken musst!*

Sein Drache schnaubte. *Ich werde es versuchen. Ich habe mich schon seit Tagen zurückgehalten und sie nicht geküsst.* Sein Tier hielt inne und fügte hinzu, *Eine Möglichkeit, die Dinge zu beschleunigen, wäre, Stonefire um Hilfe zu bitten.*

*Ich würde gern Ja sagen, aber das könnte als*

*Zeichen der Schwäche angesehen werden, sowohl von der Seite des Clans als auch von Stonefire.*

*Aber warum sollte es das? Nicht nur, dass die Mehrheit unseres Clans eine Allianz mit den anderen britischen Drachenclans will, Stonefire hat uns vor nicht allzu langer Zeit um Hilfe gebeten, als sie mit einem der pensionierten Ärzte hier sprechen mussten.*

*Das war nicht wirklich ein Gefallen, und das weißt du. Die Kommunikation zwischen Clans sollte nicht so schwer sein. Außerdem müssen wir ihnen noch bei der bevorstehenden Operation helfen, damit wir unsere Schulden für die Rettung der Kinder begleichen können. Noch einmal um Hilfe zu bitten, würde uns wieder dazu bringen, ihnen etwas zu schulden, und das will ich nicht.*

*Sind sie nicht unsere Verbündeten? Der Sinn, Verbündete zu haben, ist, jemanden zu haben, der einem den Rücken stärkt und bereit ist, bei Bedarf zu helfen.*

Rhydian antwortete nicht sofort. Im Idealfall sollte das so sein. Keiner der jetzt Lebenden konnte sich jedoch an eine Zeit erinnern, in der die Drachenclans in Großbritannien einander um Hilfe gebeten hatten, ohne dass es an eine Bedingung geknüpft war, und in der man aufgesprungen wäre, nur weil ein anderer Clan einen brauchte.

Schon, Stonefire und der schottische Clan Lochguard kamen immer näher an dieses Szenario heran. Aber diese beiden Clans hatten auch eine Menge Verpaarungen untereinander, was ihre enge Allianz natürlich machte. Snowridge hingegen hatte nur sehr wenige Verpaarungen zwischen den Clans.

Obwohl er, wie auch die anderen britischen Anführer, hoffte, dies irgendwann zu ändern.

Es wurde von einem Plan getuschelt, eine große Anzahl von Drachenclans zusammenzubringen, um zu reden und hoffentlich Verträge oder Bündnisse zu schließen. Das war im Moment jedoch nicht mehr als eine Idee. In der Gegenwart musste Rhydian immer noch strategisch sein, wenn es darum ging, sich auf die Hilfe anderer Clans zu verlassen.

Besonders jetzt, da einige in Snowridge bereit waren, sich ihm so offen zu widersetzen.

Schließlich stimmte Rhydian seinem Drachen darüber zu, dass er eine Ablenkung brauchte, öffnete seinen Laptop und erledigte etwas Arbeit. Aus Erfahrung wusste er, dass er, wenn er etwas Einfaches oder Langweiliges tat, es oft bestimmten Teilen seines Gehirns erlaubte, an der Verfeinerung der Ideen zu arbeiten, die er, Delaney und seine Beschützer vorhin entworfen hatten.

Stunden vergingen, in denen er E-Mails beantwortete, MDA-Papiere ausfüllte und andere administrative Aufgaben erledigte. Als der Akku seines Laptops fast leer war, kam Maelon endlich in den privaten Warteraum. Rhydian schloss schnell seinen Laptop, stand auf und fragte: „Wie geht's ihr?"

„Es scheint ihr gut zu gehen. Die Vortests waren negativ. Aber ich möchte sie noch ein paar Tage hierbehalten, nur um sicher zu sein." Maelon hielt eine

Sekunde inne, um seinen Laborkittel zurechtzurücken, bevor er sagte: „Aber wenn ich jemand wäre, der gerne wettet, würde ich sagen, dass die Person, die diese Notiz geschrieben hat, entweder nicht daran gedacht hat, sie zu vergiften, oder es nicht wollte."

Der Unterschied zwischen den beiden Szenarien war riesig.

Rhydian konzentrierte sich vorerst auf den Arzt und sagte: „Die Beschützer werden vor ihrem Zimmer bleiben, bis sie entlassen wird, Maelon. So sehr ich dir vertraue, aber ich will ihr Leben nicht riskieren, wenn ich es verhindern kann."

Der Arzt nickte, sein Blick zur Seite, was nicht ungewöhnlich war. „Natürlich. Aber sie will mit dir reden, bevor du wegläufst, um etwas anderes zu tun. Obwohl, wenn man bedenkt, dass du die ganze Zeit hier warst, glaube ich nicht, dass du so schnell weglaufen wirst, wenn es nicht sein muss."

Er knurrte. „Sie ist meine zukünftige Gefährtin. Natürlich werde ich auf sie warten."

Maelon hob eine Braue. „Und diese Art von Verhalten wird am Ende noch die Andersdenkenden ermutigen. Ich habe aus erster Hand gesehen, wie jemand versehentlich seinen wahren Gefährten geküsst hat und wie schwer es sein kann, gegen die Instinkte deines inneren Drachen zu kämpfen. Aber manchmal müssen wir sie bekämpfen, um unsere Arbeit gut zu machen. Wenn du nur daran denkst, sie zu beschützen, könnte das nicht gut enden, Rhydian. Ich sage dir das als dein Freund."

Die anderen Paare in Snowridge sahen ihre bessere Hälfte die ganze Zeit über, während Rhydian seine zukünftige Gefährtin noch kennenlernen musste. Sich von Delaney fernzuhalten war deswegen verdammt viel schwerer.

Aber Rhydian würde nicht kleinlich sein und das erwähnen. „Bring mich zu Delaney. Sobald ich mit ihr gesprochen habe, werde ich darüber nachdenken, was als Nächstes kommt."

Maelon sah ihn kurz an, bevor er wieder wegsah. „Ich fange damit an, zu sagen, dass ich sie mag, Rhydian. Aber wenn die Menschenfrau langfristig bleibt, wird das Probleme verursachen. Ich hoffe, du hast genug Kampfgeist in dir, um das auszureiten."

Bei jedem anderen hätte Rhydian gebellt, dass er den natürlich hatte.

Maelon war jedoch mehr als nur ein Arzt – er war sein Freund und manchmal Vertrauter. Der Mann hatte etwas an sich, das jeden dazu brachte, mit ihm plaudern zu wollen, wahrscheinlich weil Maelon lieber zuhörte, als selbst zu reden. Das kam ihm als Arzt zugute. „Ich werde nicht nachgeben wie damals, als ich noch jünger war. Ich will sie als meine Gefährtin, und ich werde alles tun, um sicherzustel- len, dass sie das wird. Und auch nicht nur für mich. Der Clan als Ganzes muss Menschen mehr akzeptie- ren. Sonst werden wir nicht überleben."

„Ich weiß." Maelon öffnete die Tür. „Komm. Ich

bringe dich zu Delaney und gebe euch ein paar Minuten Privatsphäre, bevor ich euch die Regeln erkläre, wie wir vorgehen, bis sie entlassen wird."

Bei der stählernen Stimme des Arztes folgte ihm Rhydian einfach den Flur hinunter zum Quarantänebereich der Krankenstation. Maelon gehörte zu seinem vertrauten Kreis, und Rhydian würde seine Wut und Frustration für diejenigen aufbewahren, die seine Gefährtin bedrohten, und sie nicht an seinen Freund verschwenden.

## Kapitel Zehn

Es dauerte drei lange Tage, bis Delaney die Krankenstation verlassen durfte.

Drei Tage, in denen sie Rian nicht hatte sehen und es ihm erklären oder ihn gar umarmen können.

Das einzig Positive war, dass sie viel Zeit zur freien Verfügung hatte, um an einigen Designprojekten zu arbeiten und zu lesen. Eine Lehrerin hatte ein Tablett gebracht, das mit so vielen Büchern zum Thema Drachenwandler beladen gewesen war, wie sie hatte finden können, um Delaney dabei zu helfen, schneller etwas über ihre Geschichte, ihre Bräuche und die Funktionsweise innerer Drachen zu erfahren.

Manch anderer hätte es vielleicht für nicht gerade aufregend gehalten, Hausaufgaben zu bekommen, doch es war es mehr als nur eine Bereitschaft der Lehrerin, ihr Informationen zukommen zu lassen. Rhydian und zumindest einige der anderen wollten, dass Delaney so weit wie möglich hineinpasste. Und angesichts der Tatsache, dass Menschen selten so schnell so viele Informationen von Drachenwandlern erhielten, ermutigte es sie definitiv, weiterzukämpfen.

Als sie jedoch ihre Entlassungspapiere unterschrieb und Rhydian in einem privaten Wartezimmer traf, ließ die Wut in seinem Blick sie blinzeln. „Was ist jetzt schon wieder los?"

Da sie allein in einem höchstwahrscheinlich gesicherten Raum waren, zögerte er nicht, zu antworten: „Rian hat Probleme in der Schule, und zwar so sehr, dass ich ihn eine Weile nicht zur Schule gehen lassen kann."

Sie widersetzte sich dem Drang, die Finger zu einer Faust zu ballen. „Was ist passiert?"

„Einige der Kinder beleidigen ihn, schubsen ihn herum und versuchen, ihm das Leben schwer zu machen. Gott sei Dank hat er so eine fröhliche Grundhaltung, obwohl ich mich schon frage, wie sehr es innerlich weh tut."

„Und alles meinetwegen", murmelte Delaney und blickte zu Boden.

Rhydian ging zu ihr, nahm ihr Kinn sanft zwischen seine Finger und hob ihren Blick, um seinem zu begegnen. „Ich bin mir sicher, dass es mit dir oder ohne dich passiert wäre – es könnte schon die ganze Zeit passiert sein. Außerdem ist auch Gwens Tochter reichlich gemobbt worden, und sie ist nicht einmal alt genug, um zur Schule zu gehen. Es ist die Schuld der Eltern und niemandes sonst. Wenn sie das Mobbing nicht dulden, sollten sie etwas dagegen unternehmen."

Sie erinnerte sich an etwas, das sie gelesen hatte, und zögerte nicht zu sagen: „Vielleicht ist es nur eine Frage des Kontakts und des Mangels daran. Könntest du ein paar der älteren, erwachsenen Drachen- wandler aus Stonefire oder Lochguard einladen, die halb menschlich sind? Die Kinder würden sie nicht angreifen, und es würde zeigen, dass sie genauso sehr Drachen sind wie die Vollblüter."

„Das könnte funktionieren." Er legte seine Hand an ihre Wange und streichelte sie sanft. „Wie bist du auf diese Idee gekommen?"

Sie bemühte sich zu ignorieren, wie ihr Herz bei seinem Lob in die Höhe schnellte. „Ich hatte in den letzten drei Tagen viel Zeit zum Lesen, und da wurde erwähnt, wie Clans es vorher gemacht haben. Es gab mal eine Zeit, in der der jetzt nicht mehr exis- tierende schottische Clan nahe Stirling versucht hat, menschliche Gefährten bei sich aufzunehmen, aber auf Widerstand stieß. Lochguard hatte vorgeschla- gen, einige ihrer eigenen menschlichen Gefährten und halbmenschlichen Clan-Mitglieder mitzubrin- gen." Sie zuckte die Schultern. „Im Buch stand, es habe funktioniert. Oder zumindest hielt es sie für weitere hundert Jahre am Leben, bevor sie schließ- lich aufgelöst und größtenteils zwischen Stonefire und Lochguard aufgeteilt wurden."

Rhydian musterte sie ein paar Sekunden lang, bevor er antwortete: „Du bist eine gefährliche Kombination, Delaney Murphy. Schön *und* clever."

Einer ihrer Mundwinkel hob sich. „Und stur. Du hast auf jeden Fall stur vergessen."

Er lachte, und ein Teil der Last der letzten Tage schmolz dahin. Mehr denn je wollte sie in Snowridge bleiben und diesen Drachenmann kennenlernen. Und auch nicht nur, weil es sich richtig anfühlte. Ihre Lektüre hatte ihr Interesse an der Drachen-wandlerpolitik geweckt und daran, Snowridge zu verändern. Die Informationen hatten den Funken geliefert, den sie brauchte, um sich wirklich um die Zukunft des walisischen Clans zu kümmern.

Doch zuerst musste sie herausfinden, wo sie in das alles hineinpasste. „So gern ich auch darüber reden möchte, wie wunderbar ich bin, die Realität steht direkt vor dieser Tür, Rhydian. Sobald ich Rian wiedersehe und ihn ganz fest umarme, was passiert als Nächstes?"

Rhydian streichelte sanft mit dem Finger über ihre Wange und sagte: „Du wohnst bei mir, bis alles geklärt ist. Keine Sorge, du bekommst einen sepa-raten Raum, denn nicht mal ich will mein Tier mit dir neben mir in Versuchung führen. Aber weniger Leute werden den Versuch unternehmen, dich zu erschrecken oder Schlimmeres, wenn du in meiner Wohnung bist."

Während sie sich noch bemühte, nicht daran zu denken, wie schwer es sein würde, ein Zimmer weit von Rhydian zu schlafen und nicht in Gedanken bei ihm zu sein, nickte sie. „Okay, solange deine Wohnung nicht mein Gefängnis wird."

„Ich werde mein Bestes geben, sie nicht zu einem zu machen. Obwohl du, bis es ruhiger wird, immer Sicherheitskräfte in deiner Nähe oder bei dir haben wirst."

Sie seufzte. „Ich hatte so das Gefühl, dass du das sagen würdest."

Er zog sie an sich und legte eine Hand an ihren unteren Rücken. „Mir wird es bald besser gehen, Liebes. Und nicht nur mit Rian und hoffentlich auch mit deiner Idee, halbmenschliche Drachen hierher einzuladen. Wren, Carys und ich bringen die Dinge in Bewegung, während wir hier sprechen."

Sie neigte den Kopf. „Wie?"

„Ich möchte das hier nicht besprechen, nur für den Fall, dass jemand zuhört. Du sollst nur wissen, dass wir daran arbeiten." Rhydian senkte eine Hand und schaltete Musik auf seinem Handy ein, bevor er seinen Mund an ihr Ohr bewegte. Sie musste sich anstrengen, um ihn zu hören, als er hinzufügte: „Ich weiß, wer deine Tür verunstaltet und diese Nachricht hinterlassen hat, und auch, wer seine Kumpanen sind. Sie werden bald genug aus diesem Clan versetzt werden, nach Ermessen des MDA."

Delaney bewegte ihr Gesicht, um ihn wieder anzuschauen, und blinzelte, vorsichtig bemüht, ihre Stimme leise zu halten, damit andere sie höchstwahrscheinlich nicht hören konnten. „Ich dachte, du magst es nicht, dich bei solchen Dingen auf das MDA zu verlassen?"

Rhydian verzog das Gesicht, als seine Pupillen gleichzeitig aufblitzten. Wie zuvor bewegte er seinen Mund an ihr Ohr. „Tue ich auch nicht. Aber es ist einfacher, die Täter auf dem Radar des MDA zu haben, damit wir keine Rebellion von wilden Drachenwandlern haben, wie es mit dem schottischen Clan passiert ist."

„Wann wird all das geschehen?", fragte sie in einem leisen Ton.

Sein Atem tanzte wieder gegen ihr Ohr, als er antwortete: „Innerhalb der Woche. Bald danach werden wir diese Versammlung haben, damit ich dich als meine zukünftige Gefährtin präsentieren kann."

Sie sah ihm in die Augen. „Sicher kann es doch nicht so einfach sein, den Clan zu säubern? Sonst hättest du es getan, bevor ich jemals einen Fuß nach Snowridge gesetzt habe."

Er grunzte. „Mein Stolz war mir schon mal im Weg. Ich wollte das Problem im Alleingang lösen, ohne es zu wagen, jemanden um Hilfe zu bitten. Aber jetzt gibt es dich und Rian zu bedenken. Und ich nehme alle Hilfe, die ich bekommen kann, wenn es bedeutet, euch beide als meine Familie zu sichern."

Ihr Herz schmolz einen Bruchteil. „Rhydian."

„Es stimmt aber. Trotz der Sorgen und Wut und sogar der Frustration der letzten drei Tage, will ich dich hier haben. Mir liegt etwas an dir, Liebes. Und das ist viel wichtiger, als zu versuchen, eine Art allmächtiger Retter zu sein."

Sie berührte seine Wange und starrte ihm in die Augen. Während Delaney lächeln, seufzen und sich gegen ihren Drachenmann lehnen wollte, hatten die letzten drei Tage ihr viel Zeit gegeben, um die Realität zu erkennen. Daher sagte sie: „Das wird ein Kampf, der noch Jahre dauert, nicht wahr?"

Rhydian bewegte seinen Kopf einen Bruchteil näher, sein heißer Atem tanzte auf ihrem Gesicht. „Vielleicht. Aber was ist mit deinem Kampfgeist passiert, Liebes? Geht's dir auch wirklich gut? Soll der Arzt noch einmal nach dir sehen?"

„Nein, nein. Mir geht's gut. Nur müde und ein bisschen frustriert, so eingepfercht zu sein."

Er hob eine Braue. „Ist das alles?"

Verdammt sei der Mann! Er kannte sie zu gut, trotz ihrer kurzen Zeit zusammen. Seine Wahrneh-mungskraft musste definitiv ein Drachenwandler-ding sein. „Nun, als ich über die Geschichte zwischen Drachenwandlern und Menschen gelesen habe, wurde mir klar, wie lange dieser Kampf schon dauert. Wenn nur ich es wäre, würde ich hierbleiben und mit allem kämpfen, was ich habe, und an deiner Seite bleiben. Aber ich muss auch an Rian denken." Sie hielt inne, wollte die nächsten Sätze nicht sagen, aber sie wusste, dass sie es tun musste. Schließlich fuhr sie fort: „Ich kann stur sein, voller Ideen und so viel mehr, aber es sollte darauf hinauslaufen, was das

Beste für ihn ist, aye? Wäre er besser dran, wenn er allein mit dir lebte?"

Rhydians Pupillen blitzten auf, und er knurrte. „Natürlich nicht. Diese Probleme sind schon lange da, und es ist nicht deine Schuld."

„Aber bist du dir sicher? Ich habe alles überstürzt und alles durcheinandergebracht."

„Schau, ich habe es hinausgezögert, den Clan zu säubern. Aber du hast mir einen Grund gegeben, meine Pflicht zu erfüllen und mich darum zu kümmern. Wenn überhaupt, hilfst du Snowridge, Delaney, auch wenn es sich noch nicht so anfühlt. Ganz zu schweigen davon, dass offensichtlich ist, wie sehr Rian dich ebenfalls braucht."

In Rhydians Blick lag nur Aufrichtigkeit. Oh, wie sehr sie diesen Drachenmann als ihren eigenen wollte. Und doch konnte sie sich nicht von ganzem Herzen auf die Idee stürzen, ohne alle Optionen durchzugehen. „Ich will dir glauben, aber dann denke ich immer wieder darüber nach, wie meine Schwester Abstand gehalten hat, um mich zu beschützen. Manchmal müssen wir uns fernhalten, um das Beste für die zu tun, die uns wichtig sind."

Er beugte sich hinunter, bis seine Lippen ein Flüstern von ihren entfernt waren. Sein heißer Atem tanzte gegen ihre Haut, und sein Duft durchdrang ihre Sinne, und es war schwer, nicht zu ihm zu gehen und den Mann zu küssen.

Seine raue Stimme füllte ihre Ohren. „Aber in diesem Fall ist es das Beste, wenn du bleibst. Rian liebt dich, und ich will nicht, dass du gehst, Liebes. Und nicht nur, weil du immer wieder in meine Träume eindringst und mich dazu bringst, dich mehr als alles andere zu wollen. Du bist die Verbindung zu Snowridges Zukunft, denn wenn mein Clan dich nicht akzeptieren kann, werden sie auch keine potenziellen menschlichen Gefährten akzeptieren. Und dann ist schon absehbar, dass der Clan ausstirbt."

Ein Bruchteil des Gewichts auf ihren Schultern hob sich. „Also bin ich eine Art Probelauf?"

Sein Mundwinkel zuckte hoch. „Ja, das bist du." Er lehnte seine Stirn gegen ihre und ließ sie bei seiner Hitze keuchen. Er fügte hinzu: „Zumindest für den Clan. Für mich bist du nichts dergleichen. Ich kann mir nicht vorstellen, dich nicht hier zu haben, Delaney. Du machst meine Welt heller, ganz zu schweigen von weniger einsam. Vielleicht ist es ein bisschen egoistisch von mir, das zu fragen, aber willst du nicht bleiben? Für mich, für Rian, für alles, was Snowridge werden könnte?"

Sie lächelte. „Kein Druck, was?"

Er streichelte ihre Wange, und sie lehnte sich in seine Berührung. „Ich habe andere Möglichkeiten, dich vom Bleiben zu überzeugen, wenn du nur die Geduld hast zu warten. Es hat doch auch Vorteile, wenn man ein wahrer Drachengefährte ist."

Sie schnaubte und erinnerte sich an etwas, das sie gelesen hatte. „Du meinst, wie dass dein Samen mir einen Orgasmus beschert?"

Seine Augen blitzten. „Ja, aber das ist der Weg

des faulen Männertyps. Mein Drache und ich sind uns einig, dass du immer vor uns kommst, und wenn ich es tue, wird es nur ein Bonus sein."

Vielleicht wären die Worte bei einem anderen kitschig rübergekommen, und sie hätte die Augen verdreht. Aber Rhydians Necken half, ihre Zweifel am Bleiben auszuräumen. Nicht ganz, aber zumindest ein wenig. Genug, um es mit gleicher Münze zurückzuzahlen. „Es sei denn, du willst eine Herausforderung. Vielleicht mich beim ersten Mal zweimal kommen lassen, bevor du es tust?"

Er knurrte. „Ich wünschte, ich könnte Ja sagen, aber ich habe die ganze Zeit an dich gedacht die letzten drei Tage, und ich werde beim ersten Mal nicht so lange durchhalten, wie ich es gern würde, Liebes."

Sie schmunzelte. „Ich schätze, selbst Drachenwandler haben Fehler."

Er zog sie gegen sich, ihre ganze Vorderseite drückte sich gegen seine und ließ sie bei der Hitze seines Körpers keuchen. Rhydian beugte sich an ihr Ohr und biss sanft in ihr Ohrläppchen, bevor er sagte: „Jeder hat Fehler, aber ich versichere dir, Sex zwischen dir und mir wird keiner von ihnen sein."

Bei der Gewissheit in seiner Stimme zitterte Delaney. „Du hast jetzt schon zu viel Macht über mich. Vielleicht ist es gut, dass wir noch keinen Sex haben können."

Seine Hand bewegte sich von ihrer Taille zu ihrem Po hinab. Während er sie gegen sich schau-

kelte, drückte seine harte Länge gegen ihren Bauch
und sandte Feuer zwischen ihre Beine. „Ich will dich
mehr als alles, Delaney Murphy. Aber da ich das
nicht kann, glaube mir, wenn ich sage, dass ich viele
Fantasien erfüllen muss, sobald ich es kann."

Ihre früheren Sorgen waren vergessen. Ihr
ganzes Sein sehnte sich danach, Rhydians Haut an
ihrer zu spüren, wie sein Mund sie verschlang,
während er seinen Schwanz in sie stieß.

Er flüsterte: „Zuerst knabbere ich mich zu deinen
Brüsten vor, ziehe deinen harten Nippel zwischen
meine Zähne, bevor ich dich necke und sauge, bis du
um meinen Schwanz bettelst."

Sie grub ihre Nägel in seinen Rücken, wusste,
dass sie sich in gefährliches Terrain vorgewagt
hatten, und doch konnte sie nicht widerstehen zu
fragen: „Und dann?"

„Dann würde ich meinen Weg nach unten fort-
setzen, deine Beine weit spreizen und deine süße
Pussy bewundern. Ich würde zusehen, wie du noch
feuchter für mich wirst, bevor ich mich endlich
hinunterbeuge und deinen süßen Honig sauge."

Delaney rieb ihren Unterkörper gegen seinen,
brauchte die Reibung an ihrer Klitoris. „Und
weiter?"

„Als Nächstes würde ich zu deiner harten
kleinen Knospe gehen, lecken und daran knabbern,
bis du schreist und bei meiner Berührung kommst.
Ich würde mit der Folter nicht aufhören, wenn du
den Orgasmus erreichst, und mein Bestes tun, um

ihn in die Länge zu ziehen und dich in den Wahnsinn zu treiben."

Sie schaukelte fast gegen Rhydian, aber es war ihr egal. „Du solltest besser nicht dort aufhören."

„Oh, auf keinen verdammten Fall. Ich würde mich ausziehen, meinen Schwanz positionieren und bis zum Anschlag zustoßen. Sobald du dich an meine Größe gewöhnt hast, würde ich dich immer und immer wieder beanspruchen, hart und tief zustoßen, bis du fast bereit bist, nochmal zu kommen. Dann kneife ich deine harte Klitoris und schwelge in deiner Pussy, die meinen Schwanz melken wird. Und wenn du runtergekommen bist, würde ich dich wieder zum Orgasmus bringen."

Delaney war so nah dran, wenn sie doch nur ein wenig mehr Druck auf ihre Klitoris bekommen könnte.

Rhydian sagte: „Lass mich dir helfen, Liebes. Ich kann dir wenigstens das jetzt geben."

Wenn sie noch irgendeinen vernünftigen Gedanken übriggehabt hätte, hätte Delaney vielleicht innegehalten und sich gefragt, ob es eine gute Idee wäre, sich von Rhydian anfassen zu lassen, bevor sie sich auch nur geküsst hatten.

Und doch war sie schon zu weit und nickte. „Bitte. Ich bin fast da."

Er zog sie ein paar Zentimeter weg, öffnete den Knopf und den Reißverschluss ihrer Jeans und schob dann langsam seine Hand in ihre Hose.

Sobald sein rauer Finger ihre Pussy berührte,

stöhnte sie und bog sich ihm entgegen. „Selbst wenn es nur dein Finger ist, will ich dich in mir haben. Jetzt!"

Er zögerte nicht und drang langsam in sie ein. Sie hielt sich an seinen Armen fest und bewegte ihre Hüften, um ihn schneller machen zu lassen. „Mehr, gib mir mehr!"

Mit einem Knurren zog Rhydian seinen Finger heraus und stieß seinen Schwanz in sie. Er setzte die Bewegung fort und traf den geheimen Punkt in ihr, der sie noch heißer machte.

Mittlerweile keuchte Delaney. Und Rhydian hatte nur seine Finger benutzt.

Verdammt, sie freute sich auf das, was er mit seinem Schwanz machen konnte.

Dann streifte Rhydian ihre Klitoris mit seinem Daumen, und sie konnte nichts anderes tun, als seine Finger zu reiten und sich festzuhalten. Bald stieg der Druck an, und sie kam, ihre Pussy drückte Rhydians Finger, während er sich weiterbewegte.

Als sie endlich runterkam, war sie gegen Rhydians Brust gesunken, dankbar für die Unterstützung, sonst hätten ihre Knie vielleicht nachgegeben.

Rhydians Stimme rumpelte in ihrem Ohr. „Und das, meine liebe irische Dame, ist nur die Spitze des Eisbergs dessen, was ich mit dir machen will."

Sie rieb mit einer ihrer Hände langsam Kreise über seiner Brust und sagte: „Ich habe ein paar eigene Fantasien, die ich gerne ausprobieren möchte." Sie strich mit der Hand bis zum harten Umriss seines Schwanzes gegen seine Jeans. „Ich kann dir jetzt einen kleinen Vorgeschmack geben."

Zischend packte Rhydian ihre Hand und zog sie weg. „So sehr ich auch sagen will, Scheiße, ja, aber ich kann nicht, Liebes. Es ist zu gefährlich. Egal, wie ehrenhaft ich oder mein Drache sein mögen, es könnte unsere Entschlossenheit brechen und den Rausch auslösen."

Sie tat ihr Bestes, um ihre Enttäuschung zu verbergen – sie wusste, dass es so sein musste, aber sie mochte es dennoch nicht –, und fragte: „Wann wird deine Operation vorbei sein?"

„Wenn ich etwas dazu zu sagen habe, in weniger als zwei Wochen."

Sie blickte auf und zuckte zusammen, als seine Pupillen schnell zwischen rund und geschlitzt blitzten. Die Frage, die sie hatte stellen wollen, verblasste. „Geht's dir gut?"

Seine Augen hörten schließlich auf, sich zu verändern, und die Pupillen blieben rund. „Wird schon. Ich muss dich nur gehen lassen und etwas Abstand zwischen uns schaffen."

Sie trat zurück und war froh, dass sie wieder allein stehen konnte. „Nicht zu lange, hoffe ich?"

„Nicht, wenn ich es verhindern kann." Er deutete auf ihre Hose. „Zieh dich an, und dann gehen wir. Rian wartet zu Hause auf uns. Ich habe ihm so viel erklärt, wie ich konnte, aber er wird Fragen haben. Ich hoffe, du bist bereit dafür."

Während sie sich wieder vorzeigbar machte,

lächelte sie über die Worte zu Hause. Es würde viele Kämpfe geben. Aber jetzt hatte Delaney die meisten ihrer Zweifel ausgeräumt und war entschlossen, als Siegerin hervorzugehen.

Sie nickte. „Ich glaube schon. Ich habe vor, mehr ehrlich zu sein als alles andere. Ich hoffe, das passt zu deinem Erziehungsstil."

Rhydian schnaubte. „Wenn es auch dein Stil ist, aus dem Bauchgefühl heraus zu handeln, dann ja."

Sie schmunzelte und begegnete erneut seinem Blick. „Wie es gerade kommt, ja, das ist es. Irgendwann müssen wir jedoch mehr darüber reden, was wir beide erwarten."

„Natürlich." Er streckte eine Hand aus, und sie legte, ohne zu zögern, ihre in seine. „Und jetzt, lass uns gehen. Es ist Zeit, sich dem Clan und der Zukunft zu stellen."

Zusammen verließen sie die Krankenstation und gingen zu Rhydians Wohnung. Moment, nein, ihre gemeinsame Wohnung.

Aye, ihre Wohnung. Gemeinsam würden sie ihr Zuhause verteidigen und jedem zeigen, dass Menschen und halbe Menschen wie jeder andere nach Snowridge gehörten.

# Kapitel Elf

Hätte jemand Rhydian vor ein paar Monaten gesagt, dass er im Hauptlandebereich stehen und darauf warten würde, dass Drachenwandler aus Lochguard und Stonefire kämen, um seinem Adoptivsohn zu helfen, hätte er denjenigen verrückt genannt.

Und doch war er hier und wartete auf ein paar halbe Drachenwandler sowie sogar einen Menschen, der mit einem Drachenwandler gepaart war, um für die Kinder einen besonderen Schultag zu gestalten.

Sein Drache meldete sich zu Wort. *Wir hätten das wahrscheinlich vor ein oder zwei Jahren machen sollen, als Stonefire anfing, die Dinge in Großbritannien zu ändern.*

*Wenn man bedenkt, wie restriktiv das MDA noch vor zwei Jahren war, wenn es um Drachen eines Clans ging, die mit denen eines anderen interagieren wollten, hätte es wahrscheinlich nicht passieren können. Der Genehmigungsprozess, um uns offiziell treffen zu dürfen, hätte Monate gedauert, nicht Tage.*

Ein paar Drachen tauchten in der Ferne auf. Rhydian sah zu Wren, und sein oberster Beschützer nickte. Das waren die Stonefire-Drachen.

Er und Wren blieben am Rande, als ein bekannter goldener Drache zuerst landete. Es war Kai Sutherland. Der Mann hatte kaum den Boden berührt, bevor seine Flügel in seinen Rücken schrumpften, seine Gliedmaßen kleiner wurden und seine Schnauze sich in eine menschliche Nase und ein menschliches Gesicht wandelte.

Kai winkte zum Gruß, konzentrierte sich dann aber auf den schwarzen Drachen, der noch in der Luft schwebte. Er trug einen Korb in seinen hinteren Krallen und stellte ihn sachte auf den Boden.

Kai ging zum Korb und nahm erst ein und dann ein weiteres Kleinkind in seine Arme, bevor eine Frau, die fast jeder Drachenwandler in Großbritannien erkannt hätte, ebenfalls ausstieg.

Melanie Hall-MacLeod war da.

Rhydian war dagegen gewesen, dass die berühmte Menschenfrau kam, aber Delaney hatte ihn überzeugt, dass sie die beste Person für den Besuch wäre, gerade weil jeder wusste, wer sie war. Sie versuchten vielleicht immer noch, Delaney zu vergraulen, aber Melanie hatte nicht nur Stonefire, sondern auch das gesamte Büro des Ministeriums für Drachenangelegenheiten hinter sich. Ganz zu schweigen von den Medien. Die Kinder würden sich zweimal überlegen, bevor sie eine verletzende Bemerkung machten.

Zumindest hofften sie das.

Sein Tier meldete sich wieder. *Sie wird sicher sein. Kai hätte Melanie nicht hergebracht, wenn er das nicht auch denken würde.*

*Trotzdem, wenn ihr oder ihren Kindern etwas zustößt, könnte es unsere zerbrechliche Allianz zerstören.*

*Hab Vertrauen. Die schlimmsten Täter sind bereits auf den Farmen und werden vom MDA überwacht.*

Melanie nahm Kai ihren Sohn ab und kam mit einem Lächeln auf Rhydian zu. Viele hatten die Menschenfrau anfangs unterschätzt, weil sie so freundlich und von kleinerer Statur war.

Sie erreichte Rhydian und rutschte ihren Sohn zurecht, der sein Bestes gab, sich nach hinten zu lehnen. Wahrscheinlich, um runtergelassen zu werden, von dem bisschen, was Rhydian über das Verhalten eines Kleinkindes wusste. Melanie nickte ihm zu. „Hallo, Rhydian. Auch wenn ich gern alle Formalitäten durchgehen würde, aber wenn wir nicht irgendwas finden, wo Jack herumlaufen kann, könnte es nicht gut enden. Annabel fliegt zwar gern im Korb, aber Jack hasst den kleinen Raum."

Rhydian widerstand einem Blinzeln. Er hatte noch nie wirklich ein Gespräch mit Melanie geführt, und es war schwer zu glauben, dass diese Frau, die über die Gewohnheiten ihrer Kinder sprach, eine solche Kraft hinter den veränderten Bedingungen für Drachenwandler in Großbritannien war.

Als er darüber nachdachte, wohin er sie bringen sollte, damit die Kinder spielen konnten, war Melanies Gefährte zu seiner menschlichen Gestalt gewandelt und schritt herüber. Tristan MacLeod, die Tochter auf der Hüfte, legte einen besitzergreifenden Arm um die Taille seiner Gefährtin. „Rhydian."

„Tristan."

Der Drachenmann war damit zufrieden, dort schweigend zu stehen. Rhydian wusste, dass Tristan Lehrer war. Zweifellos standen die Schüler bei diesem Mann stramm, ohne viel mehr als nur ein Blinzeln.

Glücklicherweise kam Kai herüber, um die peinliche Stille zu beenden, und Rhydian wandte seine Aufmerksamkeit dem Drachenmann zu und fragte: „Sollten nicht noch mehr kommen?"

Kai antwortete: „Sebastian wird bald hier sein. Er wartet darauf, die Lochguard-Drachen zu begleiten."

Rhydian runzelte die Stirn. „Warum?"

Kai zuckte die Schultern. „Sagen wir einfach, der Vater der Zwillingsmädchen ist etwas überfürsorglich. Und definitiv kein Beschützer, also war es der Kompromiss, den wir mit Lochguard getroffen haben, um sie herkommen zu lassen."

Rhydian hatte von den mysteriösen Zwillingsmädchen gehört, die vor nicht allzu langer Zeit auf die Welt gekommen waren. „Ich verstehe ja, welche Aufregung die halbmenschlichen Zwillingsmädchen mit sich bringen werden, aber ist es sicher für sie, hierher zu kommen? Sie sind doch noch Babys."

Melanie tat ihr Bestes, ihren Sohn vom Fallen abzuhalten, und antwortete: „Ihre Mutter möchte helfen. Sie ist nicht nur ein Mensch, sondern auch eine der toughsten Krankenschwestern, die man je gesehen hat. Sie sollte keinen Ärger mit den Kindern haben."

Tristan sagte: „Ihr Gefährte hätte zu Hause bleiben sollen. Die Schüler werden ihn lebendig fressen."

Für eine Sekunde erkannte Rhydian die Kluft zwischen seinem Clan und den beiden anderen.

Sein Tier meldete sich zu Wort. *Das braucht Zeit. Sie pflegen ihre Allianz und Freundschaft schon seit ein paar Jahren.*

Kai sprach wieder. „Und deshalb wartet nicht nur unser Beschützer darauf, sie zu begleiten, sondern Lochguard hat auch seinen Stellvertreter geschickt. Die Beschützer sind übrigens beide halb menschlich. So können sowohl Kinder als auch Erwachsene mit euren Schülern interagieren."

Weder Stonefire noch Lochguard waren sicher gewesen, ob sie einen der wenigen halbmenschlichen Erwachsenen schicken konnten oder nicht. Viele von ihnen waren Eltern, Baumeister, Krankenschwestern, Kleinunternehmer und dergleichen. Auch wenn jeder, der heute hier war, leicht etwas Skepsis und auf die Probe gestellt zu werden aushalten konnte, konnte das sonst nicht jeder. Was ihn nicht weniger wertvoll für den Clan als Ganzen machte. Gerade die Unterschiede machten einen Clan gesund und glücklich.

Sein Drache grunzte. *Worauf wir uns jetzt vielleicht mehr konzentrieren können, da die schlimmsten Täter außerhalb der Berge sind.*

*Pst. Darüber reden wir später.*

Rhydian deutete zur Tür. „Kai kann dich und deine Kinder aus der Kälte holen, Melanie. Ich bin sicher, dass seine Mutter einen Platz für die Zwillinge finden kann, wo sie bis zur Präsentation in der Schule spielen können."

Jack lehnte sich seitwärts und Melanie seufzte. „Ich verpasse die Ankunft der anderen nur ungern, aber es ist wahrscheinlich das Beste. Dann sehen wir dich gleich, Rhydian."

Das warme Lächeln der Frau war ansteckend, und seine Lippen hoben sich.

Als die vierköpfige Familie und Kai weg waren, wartete Rhydian mit Wren auf die anderen und fragte: „Habt ihr die anderen Beschützer, die kommen, schon getroffen?"

„Nicht, seit der Clanführer-Wettkämpfe im Süden für Clan Skyhunter. Aber wenn Lochguard den Zwillingsmädchen erlaubt, hierher zu kommen, dann muss ihr Anführer ihnen vertrauen."

In der Drachenwandler-Überlieferung waren Zwillingsfrauen ein Zeichen des Wandels und des bevorstehenden Friedens. Sie waren unglaublich selten unter seiner Art, da Drachenwandler-Populationen männlich verzerrt waren. Außerdem hatte er noch nie von einem Menschen und einem Drachenwandler gehört, die weibliche Zwillinge hervorgebracht hätten.

Sein Tier sagte, *Es wird gut für die Schüler sein. Wenn schließlich ein Paar halbmenschlicher weiblicher Zwillinge Frieden und Wohlstand bringen soll, könnten sie anfangen, gemischte Kinder in einem anderen Licht zu sehen.*

*Ich hoffe es. Rian will mehr als alles andere zurück zur Schule.*

Obwohl es nur eine Woche her war, hasste der Junge es, zu Hause zu sein. Rhydian und Delaney hatten erfahren, wie nah er seinem Freund Osian und den meisten Lehrern stand. Angesichts der jüngsten Umwälzungen im Leben des Jungen verdiente er wieder Stabilität.

Mehrere weitere Drachen kamen ins Blickfeld, und Rhydian konzentrierte sich auf sie. Er war vor Fraser MacKenzie gewarnt worden, dem Vater der Zwillingsmädchen, und er musste versuchen, höflich zu sein und nicht den Köder zu schlucken.

Delaney stand vor dem Auditorium der Schule mit Rian an ihrer Seite und lächelte ihren Neffen an. „Bist du bereit?"

Er nickte. „Ja. Rhydian hat mir beigebracht, mutig auszusehen, auch wenn ich etwas nervös bin."

Es verdrehte ihr Herz, wenn sie daran dachte, dass dieser Junge eine solche Lektion so früh hatte lernen müssen, aber hoffentlich würde der heutige Tag die Situation nicht nur für Rian, sondern auch für sie verbessern. „Und denk dran, da sind noch viele andere halbe Drachenwandler drin. Du wirst sie kennenlernen, bevor irgendeiner der anderen Schüler reinkommt."

Rian zog an ihrer Hand. „Lass uns gehen, Tante Laney. Ich will sie kennenlernen."

Sie atmete einmal tief durch, öffnete die Tür und führte Rian hinein.

Mitten im großen Raum stand eine viel größere Gruppe von Leuten, als sie gedacht hatte. Einige davon erkannte sie aus Artikeln und Nachrichtensendungen, die sie online gesehen hatte, wie Melanie Hall-MacLeod, aber die anderen waren ihr nicht bekannt.

Sie hatte jedoch nicht lange Zeit, die verschiedenen Leute zu katalogisieren, bevor ein kleines Mädchen, das wahrscheinlich noch nicht einmal zwei war, herüberkam und ihre speckigen Ärmchen um Delaneys Bein schlang.

Sie lächelte. „Hallo, kleiner Schatz, wer bist du denn?"

„Bell. Bin Bell."

Eine amerikanische Frauenstimme drang an ihre Ohren. „Gut gemacht, Annabel." Da begegnete

Delaney dem Blick von Melanie, und die Frau fuhr fort: „Du musst Delaney sein." Melanie sah zu Rian hinunter. „Du bist Rian, stimmt's?"

Rian neigte den Kopf. „Du redest komisch, wie in den Cartoons."

Melanie lachte. „Ja, mein Akzent fällt hier auf. Aber ich hoffe, wir können trotzdem Freunde sein?"

Rian musterte Melanie eine Sekunde, und es schmerzte Delaney zu wissen, dass der Junge vorsichtiger war als viele seines Alters.

Er nickte schließlich. „Ich glaube schon. Rhydian sagte, du bist großartig. Und auch menschlich. So wie meine Mum es war."

Melanies Blick wurde mitleidig. „Das mit deiner Mom tut mir leid, Rian. Aber soweit ich höre, lieben Rhydian und deine Tante dich sehr."

Obwohl sie und Melanie sich gerade erst kennengelernt hatten, traten Delaney Tränen in die Augen. Die andere Frau hatte keinen Grund, Rian zu helfen, und doch war sie hier und tat es.

Scheinbar stimmten die Gerüchte darüber, dass Melanie Hall-MacLeod ein riesiges Herz hatte.

Die Stimme eines schottischen Mannes erklang hinter Melanie. „Hier ist also der kleine Junge." Ein großer, rothaariger Mann mit einem Baby – der Mann musste laut Beschreibungen Fraser MacKenzie sein – stellte sich neben Melanie, bevor er sich hinhockte. „Ich habe gehört, dass du bisher noch nicht viele Halbdrachenwandler-Kinder getroffen hast. Komm und sag Hallo zu meiner

Tochter Skye. Sie ist genau wie du – halb Mensch und halb Drachenwandler."

Rian beugte sich vor und starrte das schlafende Baby an. „Bist du sicher, dass sie ein halber Drache ist? Für mich sieht sie wie jedes andere Baby aus."

Fraser musterte Rians Gesicht. „Und du siehst aus wie jeder andere Junge für mich."

Rian richtete sich auf. „Mein Dad war ein Drache, und ich bin es auch."

Rhydian hatte Delaney vor langer Zeit erklärt, dass niemand wusste, ob Rians Drache erwachen würde oder nicht, angesichts seiner Gefangenschaft vor Monaten.

Delaney hatte jedoch Hoffnung und war bereit, ihren Neffen zu verteidigen, als Fraser feierlich nickte. „Du verhältst dich schon wie einer, Junge. Du wirst es gut machen." Er senkte die Stimme. „Wer weiß, vielleicht will Lochguard dich eines Tages nach Schottland holen."

Rian lehnte sich gegen ihre Seite, und sie legte einen Arm um seine Schultern. Rian murmelte: „Mir gefällt es hier."

Melanie, die es geschafft hatte, ihre Tochter wieder in die Arme zu bekommen, sagte: „Natürlich tust du das. Es bedeutet nur, dass wir wieder zu Besuch kommen müssen, damit du der ältere, schützende Freund unserer Babys sein kannst."

Rian sah Skye mit verzogenem Gesicht an. „Sie ist so klein. Ich glaube nicht, dass es Spaß machen würde, mit ihr zu spielen."

Fraser lachte. „Im Grunde isst sie und macht in die Windel. Aber eines Tages, Junge, wird sich das ändern." Er senkte die Stimme. „Und hoffen wir, dass meine Gefährtin dich nicht auf ihre Liste möglicher Gefährten für unsere Töchter setzt. Ich schwöre, sie wird alle, die alt genug sind, vor ihrem zweiten Geburtstag durchgegangen sein."

Die Stimme einer Schottin drang zu ihnen. „Das hab ich gehört, Fraser."

„Und es stimmt, aye?"

Die braunhaarige Frau, von der sie ziemlich sicher war, dass es Holly war, wenn sie Frasers Gefährtin war, antwortete: „Vielleicht. Aber ich bin nicht die Einzige, die Pläne für Summer und Skye hat. Sollen wir ihnen von deinen Ideen erzählen?"

„Es sind lauter gute, Honey. Du hast vorhin zugestimmt."

„Ich würde nicht sagen, dass ich zugestimmt habe ...", sagte die Frau gedehnt.

Da Delaney nicht wollte, dass ein Streit ausbrach, kurz bevor die anderen Schüler reinkamen, warf sie ein: „Wer will Rian allen anderen Besuchern vorstellen?"

Melanie streckte eine Hand aus. „Kommst du mit mir, Rian? Dann kann deine Tante einige der anderen Erwachsenen kennenlernen und wahrscheinlich langweiligen Erwachsenenkram fragen."

Es stimmte, Delaney hatte insbesondere mit Holly sprechen wollen – sie war ein Mensch, der sich mit einem Drachenwandler verpaart und deswegen eine Menge Gefahr erlitten hatte – aber nur, wenn Rian damit einverstanden war.

Er sah zu ihr auf. „Wird es dir gut gehen, Tante Laney?"

Von dem Moment an, als sie den Brief ihrer Schwester gelesen hatte, in dem sie sie darum bat, sich um Rian zu kümmern, hatte Delaney ihren Neffen geliebt. Mit jedem Tag jedoch, der verging, lernte sie mehr über ihn und liebte ihn noch mehr. Allein, dass er fragte, ob es ihr gut ging, füllte ihr Herz mit Glück. Sie wusste nicht, wie sie in Zukunft jemals ohne ihn leben könnte. „Mir wird es schon gut gehen, Junge. Geh und hab Spaß mit den anderen Kindern und sprich mit den Beschützern."

Nachdem ihr Neffe sie umarmt hatte, nahm er Melanies Hand. Die andere Frau führte ihn zu den Besuchskindern und den beiden halbmenschlichen Beschützern.

Sobald sie sich der Gruppe anschlossen, übergab die braunhaarige Frau ihr Baby an Kai und kam zu ihr. Sie lächelte. „Hallo, Delaney. Ich bin Holly. Ich habe gehört, dass du ein paar Fragen an mich hast?"

Also hatte sie recht gehabt – das war Frasers menschliche Gefährtin.

Fraser, der immer noch in der Nähe stand, murmelte: „Ich schwöre, du weißt alles."

Sie schmunzelte. „Gut, dass du das erkennst, Fraser. Das wird die Dinge einfacher machen."

Als die beiden sich mit einem Schmunzeln anstarrten, sehnte sich Delaney nach demselben.

Sie und Rhydian fühlten sich definitiv wohler miteinander, aber der Gefährtenrausch – oder das Fehlen eines solchen – lag zwischen ihnen. Sie hatte so das Gefühl, dass sie Rhydian nicht so nahekommen konnte, wie sie wollte, bis der hinter ihnen lag.

Geschweige denn zugeben, dass sie sich in ihn verliebte.

Da sie nicht weiter in diese Richtung denken und riskieren wollte, dass das schottische Paar ihre Gedanken erriet, räusperte sie sich und zog ihre Aufmerksamkeit auf sich. „Wenn möglich, würde ich gerne allein mit Holly reden.”

Fraser rutschte seine Tochter zurecht. „Aye, das glaube ich. Ich denke, ich sollte ohnehin mal da rüber gehen und Tristan ein wenig necken. Seine Schwester Arabella hat mich darum gebeten, und ich halte das Versprechen besser ein.”

Er ging mit einem Zwinkern davon, und Delaney sah Holly stirnrunzelnd an. „Ich weiß nicht, wie du dir so leicht merken kannst, wer wer ist.”

Holly zuckte mit den Schultern. „Ich erinnere mich nicht an die Namen aller, aber Arabella ist die Gefährtin von Lochguards Clanführer. Es ist also wahrscheinlich das Beste, wenn du dir den Namen merkst.”

Ihr gefiel, dass die andere Frau so unkompliziert war. „Das werde ich dann. Und ich hoffe, dass du meine restlichen Fragen genauso direkt beantworten wirst.”

Holly lächelte. „Ich bin mir nicht sicher, ob ich sie anders beantworten könnte, Delaney. Zu viele Jahre als Krankenschwester, aye? Und ich arbeite immer noch Teilzeit in Lochguard."

Dass Holly ihren Beruf als Krankenschwester ansprach, war eigentlich perfekt. Denn eine Frage hing mehr über ihr als jede andere. „Das bedeutet, dass du über die Risiken für Menschen Bescheid weißt, die Halbdrachenwandler-Kinder zur Welt bringen. Es heißt, es gäbe eine Behandlung, die mir eine bessere Überlebenschance bietet. Kann ich die hier bekommen?"

Holly streckte eine Hand aus, um Delaneys Bizeps zu berühren, und nickte. „Aye, natürlich kannst du die hier bekommen. Alles, was du brauchst, sind regelmäßige Spritzen mit Drachen-wandler-Blut. Vorzugsweise vom Vater deines Kindes oder jemandem aus seiner Familie. Ich vermute, dass Rhydian nicht zögern würde."

„Du kennst ihn also?"

„Ach, nicht wirklich. Aber er hat Lochguards Anführer gesagt, dass du seine wahre Gefährtin bist – als Vorsichtsmaßnahme und Warnung, weißt du –, und obwohl es auch einige schlechte wahre Gefährten gibt, glaube ich nicht, dass Rhydian einer von ihnen ist."

„Nein, ist er nicht", murmelte sie mit einem Lächeln, als sie sich daran erinnerte, dass er am Morgen versucht hatte, ihr Frühstück zu machen.

Und ihr am Ende einen verbrannten Toast mit einem gummiartigen Spiegelei serviert hatte.

„Dein Lächeln sagt mir einiges, Delaney. Es wird schon alles gut gehen."

Delaney senkte ihre Stimme und hoffte, dass keiner der Drachenwandler es hören könnte. „Das hoffe ich, aber es lauert immer noch eine Menge Gefahr, nur weil ich hier bin."

Holly verzog das Gesicht. „Aye, ich weiß. Und das ist mir auch nicht fremd. Schließlich hat mich jemand entführt, weswegen ich mein erstes Kleines verloren habe."

„Das tut mir so leid."

Holly wedelte mit einer Hand. „Es kann nicht rückgängig gemacht werden. Und wenigstens habe ich jetzt meine Töchter, was hilft."

Die Frau vor ihr war wirklich stark.

Und obwohl Delaney nicht unsensibel sein wollte, hatte sie noch eine Frage, die in ihrem Bauch brannte. In der Hoffnung, Holly wäre nicht von ihrer Direktheit beleidigt, beugte sich Delaney ein paar Zentimeter vor und fragte: „War es das alles wert?"

Holly blickte zu ihrem Gefährten hinüber, der eines ihrer Babys hochhielt. „Aye, das war es. Fraser ist, wovon ich nicht gewusst hatte, dass ich es brauche. Ihn zu treffen, hat auch meinen Dad auf lange Sicht glücklich gemacht." Holly begegnete wieder ihrem Blick und seufzte. „Der einzige Nachteil ist die verdammte Legende um meine Kleinen. Ich will nicht, dass sie mit dieser Vorstellung von Größe aufwachsen."

Endlich konnte Delaney anbieten, jemand anderem zu helfen. „Nun, wenn du jemals Hilfe brauchst, sie zu erden, lass es mich wissen. Ich glaube, die Menschen in den Drachenclans sind diejenigen, die sie normaler behandeln können als die Drachenwandler. Darüber hinaus kann ich ihnen sogar ein paar Boxtricks beibringen, wenn sie älter sind. So können sie jegliche Bedrohung oder seltsam besessene Anhänger der Legende abwehren."

„Ich werde wohl auf dein Angebot zurück-kommen müssen, dass du sie wie jedes andere Kind behandelst und auch auf das Boxen. Und vielleicht, wenn ich mich ein bisschen mehr von der Entbin-dung erholt habe, kannst du es mir auch beibringen. Wir Menschen können immer ein paar Tricks gebrauchen, um unsere Gefährten in Schach zu halten."

Delaney lachte. „Jederzeit. Wenn dein Gefährte es zulässt."

Holly zuckte mit den Schultern. „Er wird nichts dagegen haben. Und wenn doch, wende ich mich an seine Drachenhälfte. Er wird wollen, dass ich so sicher bin wie nur möglich."

Delaney ließ sich die Gelegenheit nicht entgehen zu fragen: „Hast du also irgendwelche Tipps für mich, wie man mit einem Drachenmann umgeht?"

Holly beugte sich noch näher und flüsterte:

„Sobald dieses Treffen vorbei ist, können wir auf eine Tasse Tee entwischen, und ich werde dir das meiste erzählen, was du wissen musst."

Während sie und Holly über die Grunzgewohnheiten ihres jeweiligen Drachenmanns lachten, fühlte Delaney, wie sich etwas mehr Gewicht von ihren Schultern hob. Auch wenn sie sich gern mit Gwen, Lily und den anderen Drachenwandlern unterhielt, die wollten, dass sie sich willkommen fühlte, erkannte sie jetzt, dass sie mit einem anderen Menschen in derselben Situation hatte reden müssen. Nicht nur, um ihre Neugier zu stillen, sondern es gab Delaney die Zusicherung, dass ihr Schicksal nicht wie das ihrer Schwester enden würde.

Rhydian hörte den Gastrednern nur halb zu, als sie die Fragen der Schüler entgegennahmen und beantworteten.

Während die Kinder zunächst zögerlich gewesen waren, wurden sie offener, je mehr Melanie und die anderen mit ihnen sprachen.

Vielleicht war es das, was sein Clan gebraucht hatte.

Sein Drache meldete sich zu Wort. *Hiernach sollten wir eine stärkere Allianz haben. Und nicht nur das, Delaney hat eine Freundin gefunden.*

Die beiden Menschenfrauen saßen an der Seite

und hörten den Sprechern aufmerksam zu. Beide hatten schon vorhin miteinander geplaudert, und Delaney hatte auch schon einige Male gelacht. Er antwortete, *Ich wünschte nur, sie hätte einen anderen Menschen in Snowridge, mit dem sie sich anfreunden könnte.*

*Bald. Wenn die Dinge so gut voranschreiten, können wir das MDA bitten, ein paar Menschen hierherzuschicken, um vielleicht einen Gefährten zu finden.*

Rhydian hoffte das. Doch als er Delaneys Profil anstarrte, wollte er zuerst seine eigene Gefährtin beanspruchen. Und nicht nur mit einer Zeremonie. Er wollte den Rausch durchleben.

Die Moderatoren beendeten ihre Rede, und als der Lehrer die Schüler bat, ihnen eine Runde Applaus zu spendieren, tat es fast jedes Kind.

Er bemerkte die wenigen, die es nicht taten. Rhydian wollte eigentlich keine Liste mit möglicherweise problematischen Kindern führen, aber um Rians willen musste er es tun.

Nachdem alle Schüler gegangen waren – Rian eingeschlossen, da er schon zuvor darum gebeten hatte, wieder in die Klasse gehen zu dürfen, und Rhydian zugestimmt hatte –, ging er zu der Gruppe aus Stonefire und Lochguard. Er verschwendete keine Zeit damit, Kai zu suchen, sondern nickte dem Beschützer zu, er solle ihm folgen. Sobald sie auf der anderen Seite des Raumes waren, fragte Rhydian leise: „Hast du ein paar Minuten, um über unser Projekt zu sprechen, bevor du gehst?"

Kai grunzte. „Ich habe meiner Mutter versprochen, alle zu ihr zu bringen. Aber sobald ich das tue, können wir reden."

„Gut. Wenn Delaney mit dir zu Lilys Wohnung gehen kann, bin ich in meinem Büro und erledige ein paar kleinere Dinge für den Plan."

„Natürlich. Ich begleite sie zu meiner Mutter."

Damit ging Kai zurück zur Gruppe und Rhydian zu Delaney.

Sobald er sie erreichte, lächelte Holly und ließ sie allein. Er murmelte: „Kann ich dich an mich ziehen und dich ein paar Sekunden halten, bevor du mit ihnen gehst?"

Delaney legte ihre Hände an seine Taille und schloss den Abstand zwischen ihnen. „Muss dein Drache vor allen etwas für sich behaupten?"

„Obwohl er das immer will, ist es für mich. Ich konnte nicht aufhören, dich anzustarren und zu bemerken, wie schön du bist."

Sie fuhr mit der Hand seinen Rücken hinauf und streichelte ihn, als sie antwortete: „Ich würde dich jetzt küssen, wenn ich könnte." Sie blickte über ihre Schulter auf die andere Gruppe und wieder zurück. „Ich hoffe, dass du mit Kai hier genau rausfindest, wann ich das tun kann."

Sein Drache knurrte. *Morgen, wenn ich etwas dazu zu sagen habe.*

*Ich wünschte, Drache, aber es wird noch ein paar Tage länger dauern.*

Er konzentrierte sich zurück auf seine zukünftige Gefährtin. „Ich auch, Liebes." Er beugte sich vor, um sich an ihre Wange zu schmiegen und ihren herrlichen Duft von Sommer und Sonnenschein einzuatmen. „Aber auch wenn wir das nicht können, haben wir, wenn Rian zum Abendessen bei seinem Freund bleibt, wenigstens ein paar Stunden allein. Obwohl ich nicht viel essen werde, wenn ich etwas viel Köstlicheres direkt vor mir habe."

Sie versetzte ihm einen Klaps auf den Rücken. „Rhydian, hör auf. Sie können dich vermutlich hören."

Er lehnte sich zurück, um ihrem Blick zu begegnen. Die Erleichterung überflutete ihn, als er sah, dass sie nicht wütend war. Er lernte langsam, was er tun konnte, während sie langsam lernte, ihm zu vertrauen und zu erkennen, dass er nicht ihr ehemaliger Bastard-Manager war. „Alle sind entweder gepaart oder wünschen sich, sie wären es. Was ich gerade gesagt habe, ist zahm im Vergleich zu dem, was viele andere Drachenwandler über ihre Frauen sagen würden. Ich werde die schmutzigsten Dinge für die Zeit aufheben, wenn wir allein sind."

Einer ihrer Mundwinkel hob sich. „Ich kann es kaum erwarten, die nicht zahme Version von Rhydian Griffiths zu hören."

Er strich ihr eine Strähne aus dem Gesicht. „Das

wirst du auf jeden Fall, wenn meine Drachenhälfte während des Rauschs rauskommt. In dem Bereich könnte ich ihn nie übertreffen." Er hielt inne und flüsterte schnell: „Du hast doch keine Angst vor ihm, oder?"

Sie zog ihn fester an sich. „Er ist ein Teil von dir, also natürlich nicht."

„Was würde ich nicht geben, um dich jetzt zu küssen, Liebes."

Als sie einander in die Augen starrten, raste sein Herz, während sein Körper sich erhitzte. Rhydian hatte seit fast zwei Jahrzehnten niemanden so sehr gewollt, dass es wehtat. Obwohl es noch nicht so lange ging, konnte er sich ein Leben ohne Delaney an seiner Seite nicht mehr vorstellen.

Sein Drache grunzte. *Wir machen, was immer nötig ist, um sie zu behalten. Sie ist unsere Gefährtin. Sie gehört zu uns.*

Erst als ein Pfiff durch die Luft segelte, kombiniert mit einem „Keine Sorge, wir haben den Kleinen bei der kostenlosen Show die Augen zugehalten" von Fraser, brach es den Zauber.

Er seufzte zur gleichen Zeit, als Delaney kicherte. Er drehte seinen Kopf über die Schulter und knurrte: „Kümmere dich um deine eigenen Angelegenheiten, MacKenzie!"

„Warum? Du wolltest uns doch besser kennenlernen, und das bin ich. Die meisten lernen, es zu lieben. Und wenn du keiner von ihnen bist, tue ich einfach so, als wärst du es."

Tristan seufzte. „Können wir jetzt Kais Mutter besuchen? Der nervigere MacKenzie-Bruder sollte sich vor ihr besser benehmen."

Rhydian ließ Delaney widerwillig los. „Geh vor. Aber wenn du Lily verrückt machst, rede ich mit deinem Anführer, MacKenzie."

Er hätte schwören können, „viel Glück damit" von Fraser gehört zu haben. Aber Delaneys Stimme verbannte schnell den Gedanken aus seinem Kopf. „Komm zu mir, wenn du fertig bist. Ich habe einige Dinge von Holly erfahren und habe ein paar Fragen."

„Natürlich, Liebes." Er wagte es, ihre Wange zu küssen, um die Salzigkeit ihrer Haut zu schmecken, bevor er hinzufügte: „Ich bin froh, dass du eine Freundin gefunden hast."

„Ich auch."

Kai bellte, dass sie gehen wollten. Der Mann benahm sich definitiv zu vertraut, um das bei Rhydian zu tun, aber sie waren auf dem Weg, bevor er mehr als nur blinzeln konnte.

Sein Drache meldete sich zu Wort. *Ich mag es, dass sie hier sind. Ich hoffe, wir haben bald mehr Besucher.*

Auf seltsame Weise hoffte Rhydian das auch. *Konzentrieren wir uns zuerst auf die Operation mit Stonefire und darauf, Delaney zu beanspruchen. Dann denken wir über eine Versammlung mit anderen Clanmitgliedern nach.*

Und um diesen Punkt schneller zu erreichen,

ging er zu seinem Büro. Er hatte einige administrative Aufgaben zu bewältigen, bevor er mit Kai reden konnte, geschweige denn mit Delaney.

# Kapitel Zwölf

Ein paar Tage später sah Delaney gerade nach ihrem Hühnchenauflauf im Ofen, als Rian aus dem Wohnzimmer schrie.

Sie schloss die Ofentür und rannte in den Raum, wo sie ihn auf dem Boden fand, den Kopf auf den Knien, die Hände über den Ohren. Sie ließ sich neben ihm fallen und fragte: „Was ist los, Rian?"

„Ich –"

Er hielt inne und lehnte sich gegen sie, rollte sich mehr in sich zusammen.

*Oh nein!* Irgendwas stimmte definitiv nicht.

Und obwohl sie Rhydian rufen musste, konnte sie das nicht tun, bis sie sichergestellt hatte, dass Rian in Ordnung war.

Sie streichelte sanft seinen Arm und fragte: „Tut es weh?"

„Nein." Er grunzte ein paarmal, bevor er verstummte.

Die Stille brach durch ihr Herz. Sie hatte ihr Bestes gegeben, um zu erfahren, was ein Drachen-wandler-Kind brauchte, aber es war offensichtlich nicht genug. Er brauchte die Hilfe eines Drachen-wandlers.

Bevor sie darüber nachdenken konnte, wie sie die bekommen konnte, setzte sich Rian auf und knurrte. Nach ein paar Minuten, in denen er den Kopf schüt-telte und seine Augen fest geschlossen hielt, ließ er endlich die Hände fallen und öffnete die Augen.

Sein benommener Blick ließ ihr Herz nur schneller schlagen, und ihr Magen brannte. Doch Delaney tat ihr Bestes, um ihre Stimme ruhig zu halten, als sie fragte: „Was ist passiert, Rian? Geht's dir jetzt gut?"

Bevor er antworten konnte, wandelten sich seine Pupillen zu Schlitzen und blieben so.

Sie atmete tief durch. War sein Drache endlich rausgekommen und sprach mit ihm?

Es sollte sie glücklich machen, da viele Leute dachten, er würde nie eine innere Drachenpräsenz haben. Niemand wusste jedoch, ob Rians Drache nach seiner Zeit mit den Drachenjägern normal sein würde oder nicht.

Wenn Rians Drache sich nicht richtig verhielt wegen der medizinischen Experimente, von denen alle dachten, dass die Jäger sie an ihm durchgeführt hatten, würde sie noch mehr daran arbeiten, einen Weg zu finden, um den anderen Drachen zu helfen, die Bastarde zu töten.

*Nein.* Sie würde nicht daran denken, wie es bergab gehen könnte. Delaney musste jetzt positiv sein, um Rians willen. Seinem Drachen musste es gut gehen. Es musste einfach. Sie hatte ihren Neffen gerade erst gefunden und konnte den Gedanken nicht ertragen, ihn für immer zu verlieren.

Und auch nicht nur wegen des Flehens ihrer Schwester. Rian war jetzt ihr Sohn. Sie liebte ihn mit allem, was sie hatte, und Delaney würde alles tun, was sie konnte, um ihm zu helfen.

Sie konzentrierte sich auf Rian und hielt ihre Stimme ruhig, als sie fragte: „Hat dein Drache angefangen, mit dir zu reden, Rian? Ist er endlich zum Spielen rausgekommen?"

Es dauerte ein paar Sekunden, aber seine Pupillen wurden wieder rund. Der Junge sackte sichtlich in sich zusammen, als hätte sein Drache seine ganze Energie aufgebraucht. „Ja und nein, er hat Hunger. Und er ist laut. Und er brüllt ständig."

Ihr Bauch brannte nur noch mehr. Vielleicht hatten die Ärzte und Rhydian recht gehabt – etwas *stimmte* mit Rians Tier nicht. „Bedroht er dich? Oder sagt er schlechte Dinge, wie zum Beispiel Menschen verletzen zu wollen?"

Rians Augen veränderten sich wieder. Was würde sie nicht geben, um hören zu können, was in seinem Gehirn vor sich ging.

Sie sah zu ihrem Handy in der Küche. Konnte sie lange genug gehen, um Rian oder seinen Drachen nicht zu verärgern? Denn Delaney gingen die

Optionen aus, und sie erkannte, dass Rhydian eine bessere Vorstellung davon hätte, wie man mit der Situation umgehen sollte.

Dann sprach der Junge wieder, seine Stimme stockend. „Essen. Ich will Essen. Jede Menge Essen."

Die seltsame Veränderung seiner Stimme war eine Warnung. Es war, wie wenn Rhydian seinen Drachen die Kontrolle übernehmen ließ, um mit ihr zu reden. Sie musste Rians Drachen nur ein wenig beruhigen, ihn mit etwas zu essen ablenken, und dann konnte sie Rhydian kontaktieren.

Sie deutete Richtung Küche und antwortete: „Ich habe das Abendessen fast fertig. Es gibt reichlich, und du kannst so viel essen, wie du willst."

„Kein Warten. Essen. Jetzt!"

„Ich kann dir einen Snack machen." Sie streckte eine Hand aus. „Komm. Gehen wir in die Küche."

Rians Pupillen blieben geschlitzt, als sie aufstand und ihn in die Küche führte. Seine Bewegungen ruckten ein wenig, und sie hoffte nur, dass sein Drache sich nicht daran gewöhnte, die Kontrolle zu behalten.

Rhydian hatte einige Szenarien für den schlimmsten Fall skizziert, aber sie weigerte sich zu glauben, dass sie wahr werden würden. Besonders das schrecklichste, was bedeutete, dass sein Drache verrückt war und nie die Kontrolle aufgeben würde.

*Nein.* Delaney weigerte sich, sich vorzustellen, dass ihr süßer, energiegeladener Neffe für immer verschwinden würde. Vielleicht würde Snowridges

Arzt etwas einfallen. Oder er könnte sogar ein paar der anderen Drachenärzte kontaktieren. Jemand musste irgendwo eine Idee haben.

Sobald sie Rian am Tisch hatte, holte sie schnell ein paar Chips und Süßigkeiten heraus. Das war zwar nicht das, was sie normalerweise vor dem Abendessen servierte, aber sie hoffte, dass etwas davon den Drachen ablenkte.

Mit seiner veränderten Stimme grunzte Rian und sagte: „Nein, Fleisch. Ich will Fleisch."

Da das Abendessen noch kochte, nahm sie etwas geschnittenen Schinken aus dem Kühlschrank. Sobald sie ihn auf einen Teller legte und servierte, fing Rian an, ihn Stück für Stück zu verschlingen.

Da sie wusste, dass ihre Zeit begrenzt war, nahm sie ihr Handy und schickte Rhydian eine kurze Nachricht. So sehr sie seine Stimme hören und ihm versichern wollte, dass alles in Ordnung wäre, konnte sie nicht riskieren, dass Rians Drache es hörte.

Eine kurze Antwort kam: *Ich bin sofort da.*

Sie zwang sich, ein Lächeln auf ihrem Gesicht zu behalten, und fütterte Rian weiterhin mit Schinken und dann etwas Käse, den er auch in Ordnung zu finden schien, während sie auf Rhydian wartete.

Sie hoffte nur, dass er Rians Drachen überzeugen konnte, die menschliche Hälfte wieder die Kontrolle übernehmen zu lassen. Sonst würde sie Rian für immer verlieren, genauso wie ihre Schwester und ihre Eltern.

Rhydian rannte die Gänge hinunter zu seiner Wohnung, ging den Leuten aus dem Weg und entschuldigte sich dabei. Alles, was zählte, war, so schnell wie möglich zu Delaney und Rian zu kommen.

Weil dessen Drache endlich rausgekommen war und die Kontrolle übernommen hatte.

Der Drache konnte zwar normal sein und nur eine Auszeit nach Jahren in Rians Gehirn haben wollen, aber das Tier des Jungen konnte auch wahnsinnig oder wild sein. Rians Blutuntersuchungen hatten zwar unmittelbar nach seiner Rettung keine Ergebnisse gezeigt, aber das bedeutete nicht, dass er frei von Experimenten war, wie die anderen Kinder, die von den Drachenjägern entführt worden waren.

Und wenn es stimmte und Rians menschliche Hälfte verloren wäre und sein Drache außer Kontrolle geriet, dann würde Rhydian mit einer der härtesten Entscheidungen seines Lebens konfrontiert sein.

Sein Drache knurrte. *Denk nicht so! Rian würde ihr nie wehtun. Wir holen ihn zurück.*

*Normalerweise nein, er würde Delaney nicht wehtun. Aber du hast gesehen, wie sich einige der Kinder verhalten haben, als wir sie von den Jägern gerettet haben. Manche haben immer noch Anfälle von Wahnsinn und Blackouts, in denen ihre Drachen*

tun, was sie wollen, trotz der verschiedenen Behand-
lungen, die sie erhalten haben.

*Ich halte an meinem Glauben fest, dass Rian
immer noch er selbst ist. Er ist nicht der einzige Junge,
der je einen spät blühenden Drachen hatte.*

Rhydian ging um die letzte Ecke. *Wir werden die
Wahrheit gleich erfahren. Bleib vorerst ruhig. Das
Letzte, was wir brauchen, ist, dass Rians Drache dich
herausfordern will.*

Dass sein Tier kein Wort sagte und auch nicht
widersprach, sagte Rhydian, dass sein Drache auch
etwas besorgt war.

Er hielt vor der Tür an und verdrängte so viele
negative Gedanken wie möglich. Wenige Sekunden
später öffnete er ruhig die Tür und ging hinein.

Rian saß am Tisch und schaufelte willkürlich
Essen in seinen Mund. Er sah nicht mal hoch, was
bedeutete, dass sein Drache im Moment Essen mehr
als alles andere wollte.

Er begegnete kurz Delaneys Blick, und Stolz
schwamm durch seinen Körper, weil sie so gefasst
aussah. Nicht viele Menschen wären angesichts
eines jungen, unkontrollierbaren Drachen so
gelassen geblieben. Er hätte wissen sollen, dass sein
Mensch mit allem fertig werden konnte, was sich ihr
in den Weg stellte.

Nachdem er seiner Frau kurz zugenickt hatte,
konzentrierte er sich wieder auf Rian. Langsam,
Schritt für Schritt näherte er sich dem Jungen, der in
allem, nur nicht im Blut, sein Sohn war. Erst als er

etwa einen halben Meter vom Tisch entfernt war, hörte der Junge auf zu essen und schwang seinen Kopf herum, um ihn anzusehen.

Rian zog sofort den Teller mit Fleisch und Käse näher. „Meins."

„Iss so viel, wie du willst, Junge. Ich werde es dir nicht wegnehmen."

Rians Pupillen wurden nicht ein einziges Mal rund, als er sagte: „Nicht Junge. Drache. Und ich werde nicht zurückgehen."

Bis jetzt verhielt sich Rian nicht anders als andere Kinder, wenn sie zum ersten Mal mit ihren inneren Tieren sprachen. „Ich weiß, dass du jahrelang in dieser labyrinthartigen Höhle warst. Hast immer zugehört und zugesehen, aber nie mitmachen können."

„Ich habe es gehasst."

„Wer hätte das nicht? Es ist etwas einsam, nicht wahr?"

„Und langweilig."

„Ja, langweilig. Aber jetzt, wo du deinen Weg gefunden hast, musst du nicht zurück. Aber du musst jetzt alles mit deiner menschlichen Hälfte teilen. Zusammenarbeitet ihr als Team."

Rian fletschte die Zähne. „Woher weiß ich das? Er wird mich wegsperren. Und ich werde festsitzen, gelangweilt und wütend. Ich will nicht zurückgehen."

Rhydian wagte einen weiteren Schritt. „Wenn es okay ist, lasse ich meinen Drachen raus, und du kannst mit ihm reden. Er kann auch ein paar deiner Fragen beantworten. Wäre das besser?"

Rians geschlitzte Augen musterten ihn eine Sekunde. „Er darf aber nicht mein Essen haben."

Wenn die Situation nicht so prekär gewesen wäre, hätte Rhydian vielleicht über den kindlichen, besitzergreifenden Ton lächeln können.

Stattdessen sagte er: „Er wird es nicht anfassen. Er ist satt."

Ein paar Sekunden mehr, und Rian nickte. „Okay. Aber komm nicht näher. Ich möchte nicht, dass du mir mein Essen stiehlst."

Rhydian sprach mit seinem Tier. *Bereit, damit umzugehen?*

*Ja. Ein wenig Dominanz sollte helfen.*

*Nicht zu viel.*

Sein Drache knurrte. *Ich bin der Drache, also lass mich mit dem anderen Drachen umgehen.*

Rhydian zog sich in den Hinterkopf zurück und ließ das Tier nach vorn. Selbst für seine eigenen Ohren war seine Stimme etwas tiefer, als sein Drache sagte: „Du kannst nicht ewig draußen bleiben und die Kontrolle behalten. Das ist egoistisch."

Das war nicht das, was Rhydian gesagt hätte, aber er vertraute seinem Drachen völlig. Also hielt er sich zurück und sah weiter zu, während Rian knurrte: „Kann ich schon. Ich will nicht zurückge-hen. Es ist dunkel. Einsam. Langweilig. Kalt. Ich hasse es."

Sein Drache zuckte mit den Schultern. „Ich glaube, niemand lebt gerne in diesen Tunneln. Aber man macht es für eine kurze Zeit, um sich und die menschliche Hälfte zu beschützen. Kinder können sich nicht selbst kontrollieren, und du könntest dich wandeln und jemandem wehtun. Das würde euch beiden schaden. Aber jetzt bist du alt genug, um mit ihm zusammenzuarbeiten."

Rian rutschte auf seinem Platz. „Wie können wir das machen?"

Rhydian wollte über den Fortschritt klatschen, aber er tat es nicht. Mit etwas mehr Überredung und Überzeugungskraft könnte Rian einverstanden sein.

Sein Drache sagte: „Ihr wechselt euch ab. Bitte darum, rauskommen und reden zu dürfen. Im Laufe der Zeit lernst du, wer das Sagen haben sollte. Und du kannst immer mit deinem Menschen in deinem Kopf reden. Versuch es."

Rian biss sich in die Lippe und schloss die Augen. Da sie nicht sehen konnten, ob seine Pupillen geschlitzt blieben oder nicht, lehnte Rhydians Drache sich ein wenig nach vorn und wartete.

Rhydian wusste vage, dass Delaney noch stand. Später würde er seiner Frau sagen müssen, wie mutig und brillant sie wirklich war. Obwohl sie vorher nicht in der Nähe von Drachenwandlern gewesen war, schien sie instinktiv zu wissen, was sie tun sollte.

Rians Augenlider öffneten sich flatternd und zeigten sich schnell verändernde Pupillen. Rhydians

Tier wartete noch einen Moment, bevor es fragte: „Redest du?"

Es war Rians Drache, der endlich laut sagte: „Ich versuche es. Aber er hat Angst."

„Das ist normal. Spiel ein Spiel mit ihm in eurem Kopf. Und lass ihn vielleicht ein wenig die Kontrolle haben. Ihr müsst euch gegenseitig vertrauen."

„Aber ich habe Hunger."

Delaney äußerte sich endlich, ihr Ton ruhiger, als sie sich zweifellos fühlte. „Das Abendessen sollte fertig sein. Ich hole es einfach aus dem Ofen, wenn du willst?"

„Ja. Essen. Mehr Essen. Ich komme um vor Hunger."

Als Delaney sich daran machte, Rian noch mehr Essen zu holen, wagte Rhydians Drache sich noch einen Schritt nach vorn und setzte sich auf den Stuhl neben Rian. Da der Junge nicht knurrte oder weglief, sprach sein Tier wieder. „Du isst und lässt dann deine menschliche Hälfte für eine Weile raus. Wir müssen mit ihm reden."

Rians Pupillen blitzten ein paarmal auf, bevor der Drache wieder die Kontrolle hatte. Das Tier antwortete: „Er verspricht, er lässt mich raus. Soll ich ihm vertrauen?"

Rhydians Tier sagte schnell in ihrem Kopf: *Er scheint uns zu vertrauen. Das hier ist gut.*

Rhydian wollte nicht, dass seine Pupillen sich änderten und den Jungen erschreckten, also schwieg er und nickte nur.

„Ja. Rian weiß, dass es ehrenhaft ist, die Wahrheit zu sagen." Er beugte sich ein wenig vor. „Und denk daran, dass du mit deinem Menschen teilen musst. Ihr seid ein Team. Ihr teilt immer."

Rian grunzte. „Vielleicht."

Rhydians Drache legte die Dominanz, die jeder Clanführer besaß, in seine Stimme. „Kein Vielleicht. Drachen teilen mit ihren menschlichen Hälften. Immer. Wenn nicht, können schlimme Dinge passieren. Verstanden?"

Rian brauchte eine Sekunde, aber schließlich nickte er und murmelte: „Ja."

Delaney kam zum Tisch und wartete auf das Okay, Rian etwas zu geben. Sein Drache ließ den Jungen nicht aus den Augen. „Du isst und teilst dann. Okay? Meine menschliche Hälfte wird dafür sorgen, dass du es tust."

Ein weiteres Nicken, und er bedeutete Delaney, dem Jungen etwas zu geben. Als Rians Tier Essen in seinen Mund schaufelte, trat Rhydian in den vorderen Bereich seines Verstands und übernahm erneut die Kontrolle.

Auch wenn er keine plötzlichen Bewegungen machen und Delaney an sich ziehen konnte, wie er es wollte, nahm er doch ihre Hand. Sie drückte seine Finger, und er erwiderte es.

Seine Frau war okay und sagte ihm, sie könne warten, bis Rian versorgt war, bevor sie redeten.

Sobald Rians Teller leer war, hielt Rhydian den

Atem an, um zu sehen, was der junge Drache tun würde.

Einen Moment lang schloss Rian die Augen. Als seine Augenlider sich flatternd öffneten, seufzte Rhydian innerlich erleichtert. Seine Pupillen waren wieder rund.

Er fragte vorsichtig: „Rian, geht's dir gut, Junge?"

„I-ich glaube schon. Es war seltsam, alles zu sehen, aber sich nicht bewegen zu können. Oder zu reden. Oder sonst was."

Rhydian packte Rians Schulter und drückte sie sanft. „Du wirst dich schon daran gewöhnen. Mit der Zeit kannst du bei Bedarf hin- und herwechseln. Schließlich kann ein Drachenwandler nicht ohne die Hilfe seines Tiers wandeln."

Rian machte große Augen. „Ich kann bald wandeln?"

„Noch nicht, Junge. Normalerweise passiert das im Alter von zehn Jahren, vorausgesetzt, dein Drache benimmt sich von jetzt an bis dahin."

Rians Pupillen blitzten erneut auf, bevor er lächelte. „Er will wirklich, wirklich fliegen. Ich auch."

„Gut. Dann gibt es euch einen Grund, zusammenzuarbeiten, oder?"

Rian sah auf seinen leeren Teller hinab und drehte seine Gabel in der restlichen Sauce seines Hühnchen-auflaufs herum. „Wird es immer so schwer sein?"

„Nicht immer. Es braucht nur Übung, wie du

und Osian Karate übt, um besser zu werden. Vor einem Monat warst du noch nicht gut, aber jetzt? Jetzt kannst du ein paar Dinge. So ist es."

Rian begegnete wieder seinem Blick, und sowohl Mann als auch Tier entspannten sich einen Bruchteil bei der Entschlossenheit in den Augen des Jungen. „Das kann ich machen. Vielleicht kann mir Osians Drache helfen."

Rhydian hatte vorübergehend den Freund des Jungen und dessen inneres Tier vergessen, das etwa vor sechs Monaten herausgekommen war. „Das könnte helfen, obwohl du deinen eigenen Drachen fragen musst, ob es okay ist. Wenn du oder er immer versucht, die Kontrolle zu haben, dann können schlimme Dinge passieren. Und das willst du nicht, vor allem, wenn du deine Tante und andere Menschen beschützen willst, die nach Snowridge kommen, oder?"

„Aye."

„Gut. Wenn du jetzt fertig bist mit dem Essen, lass uns in dein Zimmer gehen, und du kannst mich fragen, was du willst. Ich habe dir auch ein paar Weise Worte zu sagen."

Rian rümpfte die Nase. „Was heißt weise?"

„Informationen, die dir helfen."

„Oh. Okay."

Delaney meldete sich endlich wieder zu Wort. „Danke deinem Drachen für mich, Rian. Ich bin froh, dass er sich zu teilen entschlossen hat. Jetzt kann ich eure beiden Hälften kennenlernen."

Rian lächelte. „Er mag dein Essen. Vielleicht fütterst du ihn viel, wenn er rauskommt. Dann wird er dich auch lieben."

Ein Mensch hätte Delaneys schnelles Einatmen übersehen, aber Rhydian bekam es mit. Er hatte so das Gefühl, dass Rian zum ersten Mal gesagt hatte, dass er sie liebte.

Und für den Bruchteil einer Sekunde war Rhydian eifersüchtig auf den Jungen. Er war ziemlich sicher, dass er Delaney auch liebte.

Sein Drache meldete sich zu Wort. *Auch wenn das alles gut und schön ist, aber wann können wir sie küssen? Ich will den Rausch.*

Er ignorierte sein Tier und konzentrierte sich wieder auf Rian. „Umarme erst deine Tante, dann reden wir."

Delaney begegnete seinem Blick, und Rhydian wünschte sich, er könnte mit seiner Frau allein sein, sie halten und flüstern, wie sehr er sie wollte.

Doch Rian stürzte zu Delaney und umarmte sie. Rhydian stand auf, sah zu, wie der Junge und seine Tante einander fester hielten, als er es je zuvor gesehen hatte, und sein Herz hob sich weiter. Das war seine Familie. Und da die Unsicherheit wegen Rians Drache jetzt größtenteils verschwunden war, konnte er sie einfach genießen und eine glückliche Zukunft gemeinsam planen.

Es gab ein paar Dinge, die er tun musste, bevor er anfangen konnte, diese Erinnerungen zu schaffen, aber es war ihm egal. Er liebte Delaney und Rian.

Von jetzt an musste er sicherstellen, dass sie es wussten.

Delaney schaffte es irgendwie, Ruhe zu bewahren, bis Rhydian Rian endlich ins Bett gebracht und den Arzt gerufen hatte.

Als Rhydian sein Gespräch am Handy beendete, ging er zu ihr und zog sie an seine Seite. „Angesichts der Art, wie Rian sich verhalten hat, sagte Maelon, er könne bis zum Morgen warten, um den Jungen zu untersuchen. Obwohl er uns empfohlen hat, ihn bis dahin genau im Auge zu behalten."

Sie schmolz gegen Rhydians Seite, dankbar für seine Unterstützung, um sie davon abzuhalten, in eine Pfütze auf dem Boden zu schmelzen. „Also wird es ihm gut gehen?"

Rhydian küsste ihre Schläfe. „Das sollte es." Er lehnte sich zurück, um ihrem Blick erneut zu begegnen. „Du hast das brillant gemacht, Liebes."

„Ich habe gar nicht gewusst, was ich tat." Tränen stachen in ihren Augen. „Ich dachte nur, dass ich Rian nicht für immer verlieren durfte. Und ich irgendwie seinen Drachen bei Laune halten musste, bis du herkamst."

Als Rhydian ihren Rücken in langsamen Kreisen rieb, schmolz ihre Spannung Stück für Stück dahin. Er antwortete: „Und das hast du. Mit einem jungen, unerfahrenen Drachen umzugehen, ist nicht einfach. Du hast ein Händchen dafür."

Sie lächelte schwach. „Vielleicht. Obwohl es dein Drache war, der ihn schließlich überzeugt hat, mit seiner menschlichen Hälfte zu arbeiten."

Rhydian zuckte mit den Schultern. „Einige Kinder haben eine schwierigere Zeit, sich anzupassen als andere. Das erste Mal, dass der Drache herauskommt und spricht, ist das härteste."

„Und von jetzt an?"

Er drückte ihren unteren Rücken, um sie zu beruhigen. „Es sollte einfacher werden. Auch wenn du keinen inneren Drachen hast, den du herausbringen musst, kann ich dir ein paar Tipps geben."

Einer ihrer Mundwinkel hob sich. „Bessere als ihm riesige Mengen Schinken zu servieren?"

Rhydian schnaubte. „Ja, besser als das. Obwohl wir etwas gekochtes Fleisch im Kühlschrank lagern sollten. Ich lasse morgen früh jemanden vom Restaurant was bringen."

„Warum habe ich das Gefühl, dass Drachen in ihrer Drachengestalt kein gekochtes Fleisch essen?"

„Tun sie auch nicht. Aber die menschliche Physiologie funktioniert so wie deine, also müssen wir es kochen oder die gleichen Risiken eingehen."

Für eine Sekunde trat Stille ein. Es wäre einfach gewesen, alles beiseitezufegen und es locker zu halten. Aber Delaney konnte das nicht. „Irgendeines unserer zukünftigen Kinder wird also das Gleiche durchmachen?"

Seine Pupillen blitzten. „Ja und nein, jeder Drache ist anders." Er lehnte den Kopf näher und schmiegte sich an ihre Wange. „Obwohl ich sicher bin, dass, bei deiner Sturheit, er oder sie es so schwierig wie möglich machen wird."

Auch wenn ihre Zeit mit Rhydian erst kurz war, verglichen mit jedem anderen Mann, mit dem sie zusammen gewesen war, machte ihr der Gedanke an Kinder mit ihm keine Angst. Im Gegenteil, sie freute sich darauf. Schließlich wären Kinder mit dem Mann, den sie liebte, unglaublich.

Sie widerstand einem Blinzeln. Liebte? Aye, sie liebte ihn. Egal, ob er sich um den Clan kümmerte, Rian dazu brachte, mit seinem Drachen zu arbeiten, oder ihr das Tanzen beibrachte, sie liebte jeden Aspekt seiner Persönlichkeit und seines Wesens.

Die einzige Frage war, ob sie es ihm sagen sollte oder nicht.

Rhydian sah sie mit gehobener Augenbraue fragend an. „Woran denkst du, Liebes?"

In den meisten Fällen würde sie, ohne zu zögern, die Wahrheit sagen. Aber sie wollte ihn nicht vergraulen, also gab sie eine halbe Wahrheit von sich. „Die Zukunft und wie ich mich darauf freue."

Seine Pupillen blitzten schnell auf, als sein Griff an ihrer Taille etwas enger wurde.

Ihr Blick fiel auf seine festen, vollen Lippen. Nie in ihrem Leben hatte sie so darauf gebrannt, jemanden zu küssen.

Rhydian stöhnte. „Sieh mich nicht an, als wolltest du mich ablecken, Delaney. Es ist schwer genug für mich, dich zu halten und meinen Drachen zu zähmen."

Sie sah ihm wieder in die Augen. „Wann beendest du deine Operation mit Stonefire?"

„In ein paar Tagen." Er beugte sich zu ihrem Ohr und flüsterte: „Danach werde ich dich küssen und dich tagelang in unserem Bett anbeten."

Der Gedanke an Rhydians Mund auf ihrem, während sich sein Schwanz zwischen ihren Oberschenkeln bewegte, ließ Nässe in ihre Schamregion strömen. „Gut. Denn ich bin mehr als bereit dafür."

Seine Hand wanderte von ihrem Rücken an ihren Po und drückte. „Nur, weil ich dich nicht auf den Mund küssen kann, heißt das nicht, dass ich dich jetzt nicht woanders küssen könnte."

Ihr Herz trommelte schneller, aber irgendwie behielt sie etwas von ihrem rationalen Verstand. „Was ist mit Rian?"

„Drachen haben ein ausgezeichnetes Gehör, Liebes. Wenn er auch nur schnarcht, weiß ich es."

Ihre Wangen wurden rot. „Aber das bedeutet, dass er uns auch hören wird."

Rhydian schmunzelte. „Dieser Junge schläft wie ein Baumstamm. Vielleicht wird sich das ändern, wenn er älter ist, aber er wird uns heute Abend nicht hören." Er knabberte an ihrem Ohrläppchen, und Delaney schrie leise auf. Rhydian fügte hinzu: „Nun, vorausgesetzt, du kannst still bleiben."

Seine bösen Finger bewegten sich von ihrem Po

bis zwischen ihre Schenkel. Als er sie streichelte, lehnte sie ihre Stirn gegen seine Schulter. „Ich werde mich bemühen."

Rhydian nahm sie in seine Arme, und sie schwelgte in dem Gefühl seines harten, warmen Körpers gegen ihren.

Bevor sie es überdenken konnte, murmelte Delaney: „Ich liebe dich, Rhydian."

Er erstarrte, die Muskeln seiner Brust wurden hart.

Sie fand seinen Blick, konnte ihn aber nicht lesen. *Verdammt fantastisch.* Vielleicht hatte sie gerade die Stimmung und den Abend zwischen ihnen ruiniert.

Dann übernahm ein langsames Lächeln sein Gesicht, und sie entspannte sich wieder. Rhydians raue Stimme füllte ihr Ohr. „Ich liebe dich auch, Delaney Murphy. Und da ich deinen Mund nicht küssen kann, zeige ich dir, wie viel du mir bedeutest, indem ich deine Pussy mit meiner Zunge anbete."

Ihre Brustwarzen verhärteten sich, und bevor sie antworten konnte, hatte Rhydian sie in seinem – bald ihrem gemeinsamen – Zimmer. Er legte sie aufs Bett, zog sie langsam aus und murmelte: „Ich liebe dich, Delaney", bevor er sein Versprechen erfüllte.

Delaney wusste nicht, ob sich viele ohne auch nur einen Kuss verliebten, aber da Rhydian jeden Zentimeter ihres Körpers außerhalb ihres Mundes verschlang, war es ihr egal. Sie liebte ihren Drachenmann und konnte es kaum erwarten, ihn sowohl beim Clan als auch zwischen den Laken als ihren eigenen zu beanspruchen.

# Kapitel Dreizehn

Fünf Tage später versuchte Rhydian, stillzustehen, als er im Hauptsicherheitsraum von Snowridge auf irgendeine Mitteilung von seinen Beschützern wartete.

Stonefire und Snowridge führten derzeit ihre Operation in der Nähe von Cardiff durch. Wie üblich blieben die Clanführer jedoch in ihren jeweiligen Clans und weg von der Schusslinie.

Das war eines der Dinge, die Rhydian an seiner Position am meisten hasste – er konnte nicht mit seinen Leuten zusammen sein, ihnen zum Erfolg verhelfen, Risiken eingehen zusammen mit den anderen, die ihr Leben Tag für Tag aufs Spiel setzten.

Sein Drache meldete sich zu Wort. *Wir würden nur im Weg stehen.*

*Wir trainieren fast jeden Tag mit den Beschüt-*

zern und gewinnen manchmal sogar die Übungen. Wir würden nicht im Weg stehen.

*Trotzdem, was, wenn uns etwas zustößt? Jeder Drachen-Clan in Großbritannien braucht Snowridge als Verbündeten und weiterhin stabil. Wenn wir fallen, würde der Clan ins Chaos stürzen.*

Vor allem, da Rhydian immer noch versuchte, einen der Unruhestifter auf seiner Liste zu finden, einen Mann, der Unterstützung dafür ausgesprochen hatte, Delaney mit allen dafür notwendigen Mitteln zu vertreiben. Der Drachenmann war jedoch seit dem Vandalismus und der Drohung gegen Rhydians Frau nicht mehr gesehen worden.

War das weniger als zwei Wochen her?

Er antwortete seinem Tier: *Das heißt nicht, dass ich glücklich darüber sein muss, zurückbleiben zu müssen.*

Wie versprochen hatte Lochguard ein paar Beschützer geschickt, um den Frieden zu wahren, während Snowridges wertvolle vertraute und erfahrene Auserwählte den Angriff auf den Drachenjäger-Drogenlieferanten ausführten. Einer von Lochguards Leuten, Grant McFarland, war zufällig die Hälfte des obersten Beschützerteams in Schottland. Rhydian hatte noch nie gesehen, dass ein Mann und eine Frau gemeinsam eine Drachen-Sicherheitseinheit leiteten, aber es schien für sie zu funktionieren. Wren hatte sich sogar für das Paar verbürgt, nachdem er sowohl während der Kunstveranstaltung als auch beim Clanführerwettbewerb in Südengland mit ihnen zusammengearbeitet hatte.

Grant sah auf sein Handy und dann zu Rhydian. „Immer noch kein Wort von einem der Stonefire-Beschützer da unten."

Rhydian sah auf die Uhr. „Schon seit fast zwei Stunden Funkstille. Sobald sie die Zwei-Stunden-Marke erreicht haben, überprüft die zweite Welle, ob etwas schiefgelaufen ist."

Grant nickte. „Aye, aber lass uns hoffen, dass es nicht so weit kommt."

Zumal sie sich in diesem Fall möglicherweise an das Ministerium für Drachenangelegenheiten würden wenden müssen. Und wenn das passierte, müssten all ihre Clans die Konsequenzen tragen.

Sein Drache schnaubte. *Wir werden Erfolg haben. Außerdem wird nichts passieren wegen der inoffiziellen und mündlichen Zustimmung der MDA-Direktorin.*

Das stimmte – die Direktorin hatte gesagt, sie würde nicht in Frage stellen, wie die Drachenjäger gefangen worden waren, vorausgesetzt, die Operation war erfolgreich. *Wir werden sehen, ob sie ihr Wort hält. Nur weil Stonefire der Direktorin so viel Vertrauen entgegenbringt, bedeutet das nicht, dass ich das automatisch auch tue.*

Das MDA war für die Drachenclans den Groß-teil von Rhydians Leben über nichts anderes als Ärger gewesen, da es harte, oft unfaire Gesetze umgesetzt und den Drachenclans manchmal sogar die Schuld für Verbrechen gegeben hatte, die von Menschen verübt worden waren.

Schon, damals hatte nicht Rosalind Abbott das Kommando gehabt, aber es war immer noch schwer, seine Denkweise zu ändern, nur weil ein anderer Clanführer es sagte.

Sein Drache antwortete: *Ein weiterer Grund, warum ich will, dass es gut läuft, ist, damit wir morgen mit unserer Paarungszeremonie fortfahren können.*

Allein sich Delaney mit ihm auf der Bühne vorzustellen, der silberne Armreif mit seinem Namen in der alten Sprache an ihrem Arm, brachte ihn zum Lächeln. *Lenk mich damit nicht ab. Wir müssen uns konzentrieren.*

Grants Stimme hinderte seinen Drachen daran zu antworten. „Der Leiter der zweiten Gruppe ruft gerade an. Ich stelle auf Lautsprecher."

Rhydian ging näher an das Telefon im Sicherheitsraum. Grant sagte: „Aye?"

Eine weibliche Stimme – Eiras – erfüllte den Raum. „Es war ein Erfolg. Ein paar von uns waren einigen der Chemikalien ausgesetzt, aber Stonefires Ärzte warten auf ihr Eintreffen und werden alles tun, um die Auswirkungen zu neutralisieren oder zu heilen."

Rhydian verlangte zu erfahren: „Und die Jäger? Habt ihr sie alle?"

Eira antwortete: „Soweit wir das sagen können, ja. Aber es ist noch zu früh, um zu wissen, ob sie

Partner in anderen Gegenden von Großbritannien oder in anderen Ländern haben."

„Ich bin sicher, dass wir mehr aus ihren Dokumenten und Computern herausfinden werden", erklärte Rhydian. „Helft vorerst Stonefire bei allem, was sie brauchen. Sobald alle sicher und versorgt sind, ruft Kai an, um einen gründlicheren Bericht zu erstatten."

„Werden wir."

Die Leitung war tot, und Rhydian begegnete Grants Blick. „Ich wünschte, all unsere Gefechte mit den Jägern und Rittern würden so reibungslos verlaufen."

Der schottische Mann nickte. „Aye, aber da sie manchmal listig sind, und bis der Boden gründlich abgesucht ist, wissen wir nicht, ob es nur ein Köder war oder nicht."

Rhydian öffnete den Mund, um zu besprechen, was noch getan werden musste, als Idris in den Raum stürzte. Idris war ein junger Beschützer, kaum aus der britischen Armee heraus, und war beauftragt worden, Delaney mit einem der Lochguard-Beschützer zu bewachen.

Als er das getrocknete Blut an Nase und Mund des Mannes sah sowie seine Atemnot und den hektischen Ausdruck, drehte sich Rhydian der Magen um. „Was ist passiert?"

„Delaney wurde angegriffen."

Sowohl Mensch als auch Tier brüllten. „Wo? Was ist mit Zoë passiert?"

Zoë war eine der Lochguard-Beschützer, die ihnen halfen. Grant hatte ihm versichert, dass sie qualifiziert genug war, um auf Delaney aufzupassen.

Sein Drache knurrte. *Offensichtlich nicht.*

*Wir werden uns später damit befassen.*

Idris antwortete: „Zoë ist zum Mittagessen gegangen, und da ist es passiert. Jemand hat mich angegriffen und bewusstlos geschlagen. Als ich endlich zu mir kam, hörte ich Geräusche aus Delaneys neuem Raum. Ich wollte nach ihr sehen, und da sah ich sie über dem bewusstlosen Mann stehen. Sie hatte ihn k.o. geschlagen und sagte mir, ich solle dich holen, da du während der Operation keine Anrufe entgegennimmst."

Rhydian war sehr für eine Frau, die sich selbst beschützen konnte, aber sie hatte noch nicht genug Selbstverteidigungstraining mit Drachenwandlern gehabt, um mit einem Angreifer souverän umgehen zu können.

Und in Zukunft würde er sicherstellen, dass er eine Sonderleitung für Delaney hatte, damit sie ihn anrufen konnte, wann und wo er war – scheiß auf die alten Protokolle!

Rhydian wartete nicht darauf, den Rest zu hören, sondern rannte in den Raum, den er Delaney für ihren Boxunterricht gegeben hatte.

Sein Drache knurrte. *Beeil dich! Wir müssen nach ihr sehen.*

Rhydian verschwendete keine Zeit und hastete weiter. Wenn ihr Angreifer irgendwo zu sehen war, dann würde er seinen Drachen rauslassen und dem Bastard eine Lektion erteilen.

Delaney überlegte sich gerade, wo sie all ihre Ausrüstung in dem Raum unterbringen sollte, den Rhydian ihr gegeben hatte, als jemand an die Tür ihres zukünftigen Trainingszentrums klopfte.

Da Idris und eine schottische Beschützerin namens Zoë vor der Tür positioniert worden waren und es keine Fenster oder andere Ausgänge gab, musste es einer der Beschützer sein oder jemand, dem sie vertrauten.

Vielleicht war die Drachenjägerverhaftung vorbei und Rhydian war gekommen, um sie zu sehen.

Lächelnd hatte sie fast die Tür erreicht, als diese aufbrach und mit einem Knall auf dem Boden landete. In der offenen Tür waren nicht die Beschützer oder Rhydian, sondern ein Mann, den sie noch nie gesehen hatte.

Da er ein Tattoo auf seinem Bizeps und blitzende Augen hatte, war es ein Drachenwandler.

Delaney wusste, dass Drachenwandler stärker und schneller waren als Menschen. Bevor sie etwas tat, musste sie herausfinden, ob der Drachenmann irgendeine Kampfkunst beherrschte. Denn wenn nicht, dann hatte sie eine Chance.

Und wenn sie die hätte, müsste sie sich einen neuen Plan ausdenken.

Er kam langsam auf sie zu, mit gefletschten Zähnen, wahrscheinlich versuchte er, sie zu erschrecken. Sie entschied sich, mitzuspielen und ihn dazu zu bringen, sie zu unterschätzen.

Delaney wich zurück und berechnete fortwährend, wie viele Schritte nötig wären, um ihn zu erreichen. Der Mann knurrte schließlich. „Du hättest nach der Warnung fliehen sollen. Jetzt bin ich der Einzige, der diesen Clan noch frei von Menschen hält, wie er sein sollte."

Der Drachenmann mochte keine Menschen, aber das sagte ihr immer noch nichts über seinen kämpferischen Hintergrund.

Als sie sich der hinteren Wand näherte, blieb sie an Ort und Stelle stehen und bückte sich ein wenig, in der Hoffnung, sie sähe verängstigt aus. Da sie das nicht oft tat – Fremden Angst zeigen –, wer wusste schon, ob es überzeugend aussah, auch wenn sie innerlich etwas nervös war.

Der Drachenmann kam weiter auf sie zu. „Du solltest Angst haben, aber denk dran, du hast dir das selbst eingebrockt. Menschen und Drachen gehören nicht zusammen. Wir ficken euch vielleicht manchmal, um Kinder zu bekommen, aber dann werden wir euch los und schicken euch zurück. Und so sollte es immer sein."

Für den Bruchteil einer Sekunde kam ihr der Gedanke, dass dieser Mann sie vergewaltigen könnte.

Aber dann erinnerte sie sich daran, wer sie war

– die verdammte Delaney Murphy, ehemalige Profiboxerin und Vize-Weltmeisterin –, und schluckte diese Angst herunter. Sie würde ihm den Schwanz abreißen, bevor sie sich von ihm anfassen ließe.

Sie erwischte ihn dabei, wie er seine rechte Hand beugte und eine Faust machte. Obwohl es nicht garantiert war, war er wahrscheinlich Rechtshänder.

Während sie die Strategie in ihrem Kopf plante, tat sie ihr Bestes, um weiterhin verängstigt auszu-sehen und dazu auch ihre Augen in beide Rich-tungen zucken zu lassen. Natürlich schätzte sie nur die Distanz ein und wie sie um ihn herumkommen konnte.

Als er ein paar Schritte davon entfernt war, sie packen zu können, duckte sie sich und wich zur Seite aus. Während der Mann herumwirbelte, war es nicht schnell genug, um ihrem Schlag gegen seine Niere auszuweichen. Er brüllte und versuchte, ihren Arm zu ergreifen. Delaney tanzte rückwärts, bevor sie nach rechts ging. Dann trat sie vor, um seine andere Seite zu treffen, aber der Drachenmann wich aus, bevor sie ihn erreichte.

Sie hatte das Überraschungsmoment verloren.

Er schaffte es zu knurren: „Jetzt hast du es wirk-lich so gewollt."

Er holte aus, aber ungeschickt. Es gelang ihr, sich zurückzulehnen, und er verfehlte sie um einen Zenti-meter. Er war nicht erfahren, aber er hatte eine längere Reichweite. Delaney musste das kompensieren.

Sie und der Drachenmann umkreisten einander, hielten sich zurück und überlegten, was als Nächstes zu tun war. Ihr Knie beschwerte sich ein wenig über das plötzliche Training ohne Aufwärmen, aber sie ignorierte es. Selbst wenn es sie weiter verletzte, war es besser, als tot zu enden.

Und sie war sicher, dass der Drachenwandler mit den wilden Augen genau das tun wollte. Seine Augen waren geschlitzt und voller Hass.

Vielleicht hatte sein Drache die Kontrolle übernommen und war abtrünnig.

Das würde ihren Sieg schwieriger machen, aber sie gab nicht auf. Wenn sie jemals ein Leben mit Rhydian und Rian wollte, musste sie dafür kämpfen.

Er stürzte sich auf sie, und Delaney duckte sich kurz bevor er Kontakt aufnahm, und brachte ihn aus dem Gleichgewicht. Während er stolperte, vergeudete sie keine Zeit damit, seine Niere wieder zu schlagen, und platzierte noch einen Schlag an derselben Stelle. Als er endlich den Kopf genug hob, benutzte sie einen Uppercut, um ihn weiter aus dem Gleichgewicht zu bringen.

Sie fuhr fort, einen Schlag nach dem anderen zu landen, ignorierte, wie sehr ihre Hände schmerzten, und konzentrierte sich auf die Suche nach einer Öffnung, die ihr den Knockout bescheren würde.

Die Bewegungen des Drachenmanns wurden unsicher und willkürlich. Solange er sich nicht in einen Drachen verwandelte, sollte sie in der Lage sein, ihn zu Boden zu bringen.

Er musste neue Energie gewonnen haben, denn der Mann stand mit einem Brüllen wieder auf. Es war jedoch lang genug gewesen, um ihr eine klare Chance auf einen weiteren Uppercut zu geben. Selbst im Wissen, dass es ihr die Hand brechen könnte, da sie keine Handschuhe trug, brüllte Delaney, als sie jede Kraft, die sie besaß, in ihren Schwung steckte. Ihre Hand traf sein Kinn mit einem Knacken, und der Drachenmann fiel wie ein Stein.

Delaney trat ein paar Schritte zurück, legte die Hände auf die Knie und versuchte, zu Atem zu kommen. Ihre Hand war schon geschwollen, und ihr Knie tat höllisch weh, aber sie lebte.

Schade nur, dass sie nicht fertig war. Sie musste ihn fesseln, bis sie Hilfe bekommen konnte. Und zwar bald. Denn sobald das Adrenalin nachließ, hätte sie eine Menge verdammter Schmerzen und Zeit, endlich zu verdauen, was fast passiert wäre.

Aber noch nicht. Nein, sie würde so tun, als wäre sie am Ende eines Boxkampfes und ihre Emotionen zwingen, die Kontrolle zu behalten, bis sie allein sein konnte.

Sie wollte gerade nach etwas suchen, um den Bastard auf dem Boden zu fesseln, als Idris' Stimme den Raum erfüllte. „Delaney! Geht's dir gut?"

Sie nahm ihren Blick nicht von dem Mann am Boden und antwortete zittriger, als sie beabsichtigt hatte: „Mir geht's gut, glaube ich. Ich weiß aber nicht, wie lange dieser Bastard weg sein wird."

Idris kam an ihrer Seite an. „Tut mir leid, Delaney. Er kam aus dem Nichts, aber ich hätte es sehen sollen. Ich hätte derjenige sein sollen, der dich beschützt."

Delaney warf einen Blick auf den jungen Drachenwandler. Bei der Niedergeschlagenheit in seinem Blick sagte sie: „Du konntest es ja nicht wissen. Er war eines deiner Clan-Mitglieder, und er wusste, er musste nur auf die beste Gelegenheit warten, um anzugreifen. Jetzt solltest du Rhydian und einige der anderen holen, da Rhydian während der Operation keine Anrufe entgegennimmt und ich keine Panik auslösen will, indem ich die falsche Person verständige. Aber beeil dich, denn wenn der Mann auf dem Boden zu sich kommt und versucht zu wandeln, werde ich ihn nicht mehr besiegen können."

Idris schüttelte den Kopf. „Ich bleibe und du gehst."

Sie schnaubte und tat dasselbe. „Im Moment bist du nicht in der Lage, auf ihn aufzupassen. Und ich verspreche, ihn zu fesseln und dann am Eingang zu warten. Wenn er wandelt, renne ich."

Der jüngere Drachenmann betrachtete ihren Blick ein paar Sekunden lang. „Bist du dir sicher?"

„Los, Idris. Du kannst jetzt schneller laufen als ich, wenn man bedenkt, wie mein Knie weh tut, und das ist wichtiger."

Er nickte schließlich. „Okay. Aber scheue dich nicht wegzulaufen, wenn es nötig ist."

„Das verspreche ich, und jetzt renn so schnell du kannst und finde Hilfe."

Der junge Drachenmann rannte schließlich los, und Delaney stand wieder auf. Vielleicht wäre es der einfachere Weg, jetzt wegzulaufen, aber sie wollte, dass dieser Mann vor Gericht gestellt wurde. Sie würde ihm nicht die Gelegenheit geben, zu fliehen und keine Konsequenzen tragen zu müssen.

Also eilte sie zu der Tasche mit der Ausrüstung, die sie mitgebracht hatte, und suchte nach dem besten Weg, den Bastard zu fesseln, während sie sich bemühte, ihren Kopf davon abzuhalten, den Kampf noch einmal durchzugehen und was hätte passieren können, wenn sie versagt hätte.

Rhydian erreichte endlich den großen Raum, den er Delaney als verfrühtes Paarungsgeschenk gegeben hatte, und lief die letzten Schritte hinein.

Er blieb jedoch stehen, als er vier Beschützer sah, die um den Mann standen, der auf dem Boden gefesselt lag.

Sein Drache zischte. *Es ist Bedwyr.*

Bedwyr war der Mann, nach dem sie gesucht hatten, der so versessen darauf war, Delaney zu schaden.

Überzeugt, dass der Verräter bei all den Beschützern nicht davonkommen würde, suchte er weiter, bis er Delaney in der Ecke sitzen sah. Maelon legte gerade einen Verband um ihre Hand.

Mit einem Knurren raste er hinüber. „Geht's dir gut? Hast du dir die Hand gebrochen? Soll ich dich in unsere Wohnung bringen?"

Delaney lächelte ihn an – wenngleich etwas wackelig –, und der Anblick ließ seine Anspannung sich um einen Bruchteil lösen. „Ich glaube nicht, dass sie gebrochen ist, nur geprellt oder vielleicht verstaucht. Und wenn du mir nicht glaubst, frag den Arzt."

Maelon war mit dem Verband fertig und sah ihn an. „Sie hat recht. Der, den es am schlimmsten erwischt hat, liegt da drüben auf dem Boden."

Rhydian ging hinüber und kniete nieder, damit er Delaney in die Augen sehen konnte. Er berührte sanft ihre Wange. „Bist du dir sicher, dass es dir gut geht? Du bist eine tapfere Frau, aber scheu' dich nicht, um Hilfe zu bitten, wenn du sie brauchst."

Sie verdrehte die Augen. „Dann solltest du auch deinen eigenen Rat befolgen."

„Im Moment geht's nicht um mich. Hier geht's um dich." Er berührte ihre Wange. „Erzähl mir, was passiert ist."

Als sie den Kampf beschrieb, wobei ihre Stimme ein paarmal brach, ballte Rhydian seine freie Hand zu einer Faust. Obwohl seine Frau klug, schnell und geschickt war, hörte er nicht gern, wie Bedwyr versucht hatte, sie zu erschrecken und anzugreifen.

Oder schlimmer.

Sein Drache knurrte. *Er wird bestraft werden.*

*Ja, aber wir werden sehen, ob von uns oder vom MDA.*

*Wir sollten diejenigen sein.*

*Aber wir brauchen das MDA auf unserer Seite. Ihnen den letzten anti-menschlichen Extremisten zu geben, würde viel bewirken, um ihnen deutlich zu machen, wie sehr wir menschliche Kandidatinnen hier haben wollen.*

Delaneys Stimme hinderte seinen Drachen daran zu antworten. „Rhydian? Ist alles in Ordnung?"

Er war ein Idiot. Seine Frau verdiente seine Aufmerksamkeit, nicht das Arschloch auf dem Boden. „Alles gut, Liebes." Er stand auf und half Delaney hoch. „Aber ich glaube, ich sollte dich nach Hause bringen. Nach der Erschöpfung in deinen Augen zu urteilen, denke ich, dass das Adrenalin nachlässt."

Sie sah zur Seite. „Dabei brauche ich vielleicht deine Hilfe. Ich habe mir das Knie verletzt."

Vorsichtig darauf bedacht, besagtes Knie nicht anzustoßen, hob er sie sanft in seine Arme. „Fürchte dich nie, mich um Hilfe zu bitten, Liebes. Ich bin immer da."

Sie schmolz gegen ihn, als ob das letzte bisschen Energie ihren Körper verließ, und murmelte: „Ich liebe dich, Rhydian."

„Und ich liebe dich, Delaney. Lass mich und

meinen Drachen wenigstens ein bisschen auf dich aufpassen."

Sie hob wieder den Kopf und begegnete seinem Blick. Sie sah noch erschöpfter aus, und alles, was er tun wollte, war, sie zu halten und ihr zu sagen, dass sie in Sicherheit war.

Sie hatte ihn damit aufgezogen, dass Drachen Schätze horten, und die Frau in seinen Armen war eines seiner wertvollsten Besitztümer. Sie mochte es vielleicht noch lange nicht zulassen, dass er sie verhätschelte, aber für die Gegenwart wollte er das ganz und gar tun.

Sie seufzte schließlich. „Das kann ich wohl, um deines Drachen willen."

Sein Tier grunzte. *Das bin nicht nur ich.*

Rhydian ignorierte ihn und nickte. „Natürlich." Er beugte den Kopf vor und flüsterte: „Außerdem, da die Operation mit Stonefire abgeschlossen ist, möchte ich dich so schnell wie möglich küssen und paaren. Und um das zu tun, musst du gesund und in der Lage sein, mit mir und meinem Drachen umzugehen."

Hitze blitzte in ihren Augen auf. „Morgen geht's mir wieder gut, oder vielleicht wäre es am Tag drauf besser. Nicht, dass ich dich nicht so schnell wie möglich paaren will, aber ein zusätzlicher Tag wird uns Zeit geben, zuerst mit Rian zu reden."

Sie hatten die Paarung und das darauf folgende Kind noch nicht angesprochen. Beide wollten so viel Zeit wie möglich damit verbringen, sich ausschließlich auf Rian zu konzentrieren, und ihn wissen lassen, dass auch er ihr Kind war.

Er nickte. „Deine Hand muss auch heilen."

Delaney schüttelte den Kopf. „Keine Sorge, ich werde okay sein. Meine Hand wird schlimmer aussehen, als sie wirklich ist. Außerdem, wenn etwas weh tut, sage ich es dir. Ehrlichkeit, erinnerst du dich?"

Er sagte schnell zu seinem Drachen: *Wenn der Rausch beginnt, solltest du besser zuhören und einen Weg finden, dich zurückzuhalten, falls nötig.*

*Natürlich. Ich würde unserer Gefährtin niemals wehtun. Es könnte mich fast umbringen, aufzuhören oder mich zurückzuhalten, aber ich werde es für sie tun.*

Rhydian nickte. „Immer Ehrlichkeit, Liebes. Immer."

Er erinnerte sich kaum daran, den Beschützern Befehle entgegengebellt zu haben, Bedwyr einzusperren, bevor er Delaney aus dem Raum und in ihre Wohnung brachte. Da die Operation beendet, der letzte antimenschliche Unruhestifter gefunden war und Rians Drache sich normal verhielt, stand Rhydian kurz davor, das friedliche, liebevolle Leben zu haben, von dem er immer geträumt, aber nie gedacht hatte, dass er es haben könnte.

# Kapitel Vierzehn

Delaney wünschte sich, sie könnte den violetten Farbton, der den Großteil ihrer rechten Hand überzog, beseitigen und sich stattdessen auf die bevorstehende Paarungszeremonie konzentrieren. Er kollidierte mit der knallroten Farbe ihres Kleides, und sie konnte nicht anders als eine Grimasse ziehen.

Es war die offizielle Farbe von Snowridge – ähnlich dem Rot auf der walisischen Flagge – und sie hatte sie tragen wollen. Schließlich wäre der Clan von jetzt an ihr neues Zuhause. Trotzdem wollte ein kleiner Teil von ihr, dass der Tag perfekt wurde. In weniger als zehn Minuten sollte sie mit Rhydian gepaart werden und begann offiziell ihr neues Leben. Sie müsste nur ihre Hand für etwaige Fotos verstecken. Das sollte eine gute Geschichte für Rian und ihre anderen Kinder sein, wenn sie älter waren.

Ja, sie würde auch bald ein Kind bekommen. Ein

Gefährtenrausch führte schließlich immer zu einer Schwangerschaft. Und Delaney hatte bereits Pläne, Rian an die Vorstellung zu gewöhnen, abgesehen von dem Gespräch, das sie und Rhydian am Tag zuvor mit ihm geführt hatten. Sie wollte ihn so sehr lieben, wie sie konnte, und ihn wissen lassen, dass er jetzt auch ihr Kind war, und sie wusste, er werde der beste große Bruder sein, den ein Kind nur haben kann.

Holly Anderson betrat den Nebenraum, der als Delaneys Vorbereitungsbereich diente, und lächelte sie an. Delaney bemerkte kaum das blaue Kleid, das Holly in Lochguards Farben trug, bevor sie ihre Freundin fragte: „Ist es Zeit?"

„Gleich. Obwohl ich nicht die Gefährtin des Clanführers bin, wollte Lochguard dir ein kleines Geschenk geben, um unser Bündnis zu festigen."

Holly hielt ihr eine Schachtel entgegen, und Delaney nahm sie. Nachdem sie sie geöffnet hatte, keuchte sie. Darin lag eine wunderschöne silberne Brosche, geformt mit einem Drachen und den Worten Snowridge.

Es war eine vereinfachte Version von Snowridges Wappen.

Obwohl sie hübsch war, zeigte sie auch, dass der Lochguard-Anführer sie als Teil des walisischen Clans betrachtete.

Sie begegnete Hollys Blick erneut und bemühte sich, nicht in Tränen auszubrechen. „Danke und sag deinem Clanführer, wie sehr ich sie schätzen werde."

Holly winkte das mit einer Hand ab. „Och, kein

Grund, so förmlich bei Finn zu sein. Das Ego des Mannes muss nicht noch größer werden."

Sie runzelte die Stirn. „Warte, was? Ist er nicht dein Clanführer?"

Holly lächelte. „Natürlich und auch Familie." Sie zwinkerte. „Deswegen komme ich damit durch."

Sie musste unwillkürlich schmunzeln. „Du klingst heute sehr nach deinem Gefährten."

Holly seufzte. „Erinnere mich nicht daran. Ich schwöre, dass dieser Schurke auf mich abfärbt. Wenn er so weitermacht, werden unsere Töchter kleine Hooligans sein, die den Clan mit ihren Mätzchen terrorisieren."

Auch wenn die Worte an der Oberfläche ein Tadel waren, waren sie voller Liebe.

Sie nahm eine von Hollys Händen. „Ich bin froh, dass du hier bist. Es wäre noch besser, wenn du hier eine Weile wohnen könntest, aber ich weiß, dass das nicht möglich ist."

Die andere Frau drückte ihre Hand. „Keine Sorge, wir werden zu Besuch kommen. Schließlich möchte ich, dass meine Töchter alle Clans in Großbritannien kennen, und vielleicht sogar Irland eines Tages. Nur für den Fall, dass die lächerliche Legende wahr ist, weißt du?"

Delaney lachte. „Du klingst resigniert demgegenüber."

Holly verdrehte die Augen. „Nicht ganz, aber es hilft, um meinen Gefährten ein wenig bei Laune zu halten."

Eine andere Frau trat ein – Melanie. Sie lächelte beide an und sagte: „Es ist Zeit, anzufangen. Wenn du also irgendwelche letzten Fragen an mich hast, ist jetzt der Zeitpunkt, sie zu stellen."

Sowohl Holly als auch Melanie waren etwas früher an diesem Tag angekommen, um ein wenig davon zu erzählen, wie die inneren Drachen während eines Gefährtenrauschs funktionierten. Während es nützlich war, darüber zu lesen oder zu hören, wusste Delaney nur, dass Rhydian ihr nicht wehtun würde. Sein inneres Tier war vielleicht etwas grob – seine Drachenhälfte war schließlich tierischer –, aber er würde ihr nie wehtun.

Sie schüttelte den Kopf. „Nein, ich bin bereit zu gehen. Aber wenn du gelegentlich während des Versammlungsteils des Abends zu mir kämest, hätte ich nichts dagegen. Ich bin mir immer noch nicht sicher, wie einige Mitglieder des Clans darauf reagieren werden, dass ich mich mit Rhydian paare."

Melanie antwortete: „Mach dir nicht zu viele Sorgen. Tristan hat mit Kai geredet, und ziemlich viele sind beeindruckt davon, wie du Bedwyr ganz allein mit bloßen Händen erledigt hast. Das hat die Leute definitiv dazu gebracht, sich zweimal zu überlegen, ob sie dir das Leben schwer machen wollen."

Die Geschichte hatte sich wie ein Lauffeuer ausgebreitet, laut Rhydian. Und da ein paar Fremde ihr am Vortag im Vorbeigehen zugenickt hatten, spürte Delaney, dass die Widrigkeit zwei Tage zuvor ihrem Fall auf lange Sicht geholfen hatte. „Dennoch, ein paar Minuten mit anderen Menschen, um Notizen über Drachenwandler zu vergleichen, wäre brillant."

Holly nickte. „Natürlich. Wenigstens habe ich Gina, Kiyana und ein paar andere in Lochguard, mit denen ich mich unterhalten und gelegentlich unser Leid austauschen kann. Aber ich war auch der erste Mensch seit langer Zeit dort, also verstehe ich es. Doch ich wette, bald werdet ihr andere Menschen in Snowridge haben, die andere Drachen paaren."

Melanie fügte hinzu: „Und du wirst immer auch uns zum Reden haben. Evie wäre auch hier, wenn sie nicht schwanger wäre. Und das Gleiche gilt für Gina und Kiyana in Lochguard."

Sie sah zwischen den beiden Frauen hin und her. „Heißt das also, wenn der Rausch vorbei ist, werde ich neun Monate lang nirgendwo hingehen können?"

„Nicht unbedingt, solange du gesund bist." Holly beugte sich vor. „Und wenn du es bist, finden wir Ausreden, damit Rhydian dich zu Besuch kommen lässt. Er will schließlich die Beziehungen zwischen den Clans stärken, aye? Außerdem, wenn wir andeuten, dass du uns einige Selbstverteidigungsmoves beibringst, sollte das unsere Gefährten motivieren, es zuzulassen."

Jemand klopfte an die Tür, und Frasers Stimme kam hindurch. „Ist alles in Ordnung? Sie sind bereit für dich, Delaney."

Holly antwortete ihrem Gefährten: „Sie wird

gleich draußen sein." Sie sah zurück zu Delaney. „Jetzt wollen wir dich mit dem walisischen Führer verbinden. Denn je eher du es tust, desto eher kannst du deinen Mann in ein paar Stunden endlich küssen."

Als die beiden Frauen Delaney aus dem Vorbereitungsraum führten, lächelte sie vor sich hin. Sie konnte es kaum erwarten, Rhydian später endlich für sich allein zu haben.

Rhydian zappelte nicht oft, aber während er darauf wartete, dass Delaney auf der anderen Seite ankam, klopfte er doch mit der Hand gegen seinen Oberschenkel.

Sein Drache meldete sich zu Wort. *Wenn man bedenkt, dass sie erst vor zwei Tagen in einem Kampf auf Leben oder Tod war, verdient sie all die Zeit, die sie braucht.*

*Toll, erwähne das, und ich mache mir Sorgen, dass sie einen Rückzieher macht.*

*Wird sie nicht. Delaney ist stark, und das weißt du. Wenn du diese Paarung mit Zweifeln beginnst, wird es nicht gut gehen.*

*Ich zweifele nicht wirklich an ihr. Ich bin nur nervös. Der Clan scheint sie mehr zu akzeptieren, besonders nach dem, was mit Bedwyr passiert ist, aber ich fürchte immer noch, dass jemand versucht, sie heute Abend zu verletzen.*

*Nicht nur, dass die Lochguard-Beschützer noch hier sind, auch unsere eigenen Beschützer sind zurückgekommen. Sie wird gut bewacht sein.*

Bevor Rhydian antworten konnte, erschien Delaney auf der anderen Seite des Podests. Ihr dunkles Haar gegen die leuchtend rote Farbe ihres Kleides ließ seinen Mund offenstehen.

Sie wäre immer schön für ihn, aber er musste sie unbedingt davon überzeugen, häufiger Rot zu tragen. Vielleicht nur, wenn sie allein waren, damit keiner der anderen Männer sie anstarrte.

Delaney begegnete seinem Blick, lächelte und nickte. Sie war bereit.

Da er Clanführer war, war es an Rhydian, die Zeremonie zu leiten und die Führung zu übernehmen.

Er ging in die Mitte, und Delaney folgte ihm. Als er dort ankam, blieb er neben einem hohen Gestell stehen, auf dem zwei silberne Armreife lagen.

Er nahm den kleineren der beiden und sagte: „Delaney Murphy, du bist nicht nur meine Liebe, sondern du bist auch mutig, stur und bereit, es mit der Welt aufzunehmen. Nicht einmal der einzige Mensch in einem Clan von Drachenwandlern zu sein, ficht dich an. Hinzu kommt deine fürsorgliche Natur, deine Bereitschaft, deinen Neffen wie deinen eigenen Sohn großzuziehen, und deine Fähigkeit, gegen alle Widrigkeiten zu bestehen, und ich kann mir keine bessere Frau als meine Gefährtin vorstellen. Ich liebe dich, Delaney. Wirst du meinen Gefährtenanspruch akzeptieren?"

Sie nickte, und er schob langsam den silbernen Reif an ihren oberen Bizeps. Bevor er seine Hand zurücknahm, fuhr er leicht seinen Namen in der alten Sprache nach. Der Anblick beruhigte seine primitive Drachenseite und ließ sein Tier summen.

Er konnte es kaum erwarten, dass sie den Armreif trug und sonst nichts. Nun, vielleicht noch rote High Heels.

Sobald er seine Hand entfernte, nahm Delaney den größeren Armreif und hielt ihn in die Luft. „Rhydian Griffiths, du sorgst dich sehr für dein Volk und hast so viel von deinem Leben seinem Wohlergehen gewidmet. Ich respektiere und bewundere dich dafür, aber ich liebe es auch, wie sanft, verspielt und leichtfüßig du sein kannst, wenn du es willst. Ich hoffe, wir werden zusammen tanzen, bis wir zu alt sind, um das zu tun. Und selbst dann finden wir manchmal einen Weg, uns als Einheit zu bewegen. Ich liebe dich, Rhydian. Wirst du meinen Gefährtenanspruch akzeptieren?"

Er gab sein Bestes, die Emotionen zu ignorieren, die ihm die Kehle zuschnürten – Rhydian hatte nicht gedacht, dass er jemals hier sein würde und mit einer Gefährtin das Gelübde austauschte – und nickte. „Das tue ich."

Sie schob den Armreif um den Bizeps ohne Tattoo. Genau wie er fuhr sie die Buchstaben in der alten Sprache nach, die ihren Namen bildeten. Er hatte ihr vorhin die Symbole beigebracht, und nach dem Glück in ihrem Blick zu urteilen, stimmte sie der Tradition zu.

Er sprach weiter. „Ich erkläre uns vor dem ganzen Clan als gepaart. Und obwohl ich nichts lieber täte, als dich vor allen zu küssen, um den Anspruch klarzustellen, würde ich lieber nicht jedem eine kostenlose Show bieten."

Delaney murmelte „Rhydian!" in einem mahnenden Ton, als ein paar Leute in der Menge kicherten.

Er tat sein Bestes, um nicht zu lachen, zog sie an sich und schmiegte sich an ihre Wange. „Ich liebe dich."

„Und manchmal frage ich mich, warum, aber ich liebe dich auch."

Er küsste ihre Wange und dann ihren Hals.

Für den Bruchteil einer Sekunde wünschte er sich, er könnte sich seiner Clan-Pflichten entziehen und mit Delaney in ihre Wohnung stürzen.

Aber sie mussten nicht nur nach Rian sehen, um sicherzustellen, dass es ihm gut ging, sondern es war auch für Delaney von entscheidender Bedeutung, sich unter den Clan zu mischen.

Und so zog er sich mit großer Anstrengung zurück, nahm ihre gesunde Hand und führte sie die Stufen hinunter zum Parkett.

# Kapitel Fünfzehn

Mehrere Stunden später schmerzte Delaneys Gesicht vom vielen Lächeln.

Schon, sie war dankbar, dass jetzt mehr Mitglieder des Clans mit ihr sprachen. Nicht nur hatte Nerys versucht, nett zu sein und eine Verabredung zwischen ihrer Tochter und Rian zu vereinbaren, sondern andere Clanmitglieder hatten sie sogar umarmt und Ratschläge zur Kindererziehung oder zum Umgang mit einem Drachenmann angeboten.

Es war ihr zudem gelungen, einige der anderen Eltern von der Schule dazu zu bringen, mit Holly und Melanie zu reden. Sie alle hatten Kinder, was ihnen eine gemeinsame Grundlage gab, unabhängig von Akzenten oder Clan-Zugehörigkeiten. Sie hatten alle schnell vergessen, dass einige Menschen und andere Drachenwandler waren.

Aber so sehr es ihr gefiel, sich akzeptierter zu

fühlen und zu sehen, wie die verschiedenen Clans miteinander auskamen, fiel ihr Blick während jeder Minute, die verging, immer wieder auf Rhydian.

Ihren Gefährten.

Sie beobachtete, wie er mit Kai aus Stonefire sprach. Zweifellos redete Rhydian immer noch über die Ergebnisse der Operation von zwei Tagen zuvor und was gefunden worden war. Er war ein Clan-führer durch und durch.

Aber sie liebte ihn dafür. Und wenn man bedachte, dass sie für die nächsten Wochen allein sein würden, konnte sie ihn wenigstens die letzten Details regeln lassen, bevor er die Führung vorübergehend an Wren und Carys übergab.

Holly, die in der Nähe stand, flüsterte: „Wenn ich du wäre, würde ich zu ihm gehen und sagen, dass du etwas müde bist."

Sie seufzte. „Abgesehen davon, dass meine Gesichtsmuskeln vom Lächeln müde sind, bin ich am weitesten davon entfernt."

In Wahrheit stellte sie sich immer wieder vor, wie Rhydian sie küsste und wie der Rausch verlaufen würde. Nicht aus Angst, sondern eher in Vorfreude. Es war höchste Zeit für sie, endlich ihren verdammten Mann zu küssen.

Holly antwortete: „Trotzdem, ihm das zu sagen, sollte gut genug andeuten, dass du gehen willst. Du verdienst etwas Zeit allein mit deinem Drachen-mann, und niemand hier würde das leugnen."

Lily Owens, die ebenfalls in der Nähe war, fügte

hinzu: „Geh, Liebes. Viele von uns werden während des Rauschs über den Clan wachen. Du und Rhydian verdient etwas Zeit miteinander. Und nicht nur, weil es mir auch noch ein weiteres Baby beschert, das ich verwöhnen kann."

Obwohl Lily nur entfernt über ihren Gefährten mit Rhydian verwandt war, hatte sie entschieden, dass auch sie alle zur Familie gehörten. Und auf den Rat von Kai und seiner Schwester Delia hin hatte Delaney beschlossen, einfach mitzumachen.

Delaney nickte. „Okay." Sie sah jede Frau nacheinander an. „Danke, besonders dir, Lily, dass du auf Rian aufpasst, während wir beschäftigt sind."

Lily lächelte nur. „Keine Sorge. Aber vielleicht solltest du dich von dem Jungen verabschieden, bevor du Rhydian sagst, dass du müde bist."

„Guter Punkt." Sie schmunzelte. „Ich bin mir sicher, dass wir in ein oder zwei Wochen mehr zu besprechen haben."

Holly hob die Brauen. „Du rufst mich besser kurz danach an und erzählst mir, wie es gelaufen ist."

„Natürlich, und nicht nur, weil du Rhydian versprochen hast, mich während meiner Schwangerschaft im Auge zu behalten."

Hollys Ausdruck wurde weicher. „Dir wird es gut gehen, Mädel. Stell nur unbedingt sicher, dass dir, sobald du den Rausch beendet hast, das Blut deines Drachen injiziert wird, und ich bin sicher, dass es dir gut gehen wird."

Delaney hoffte das. Und wenn man bedachte,

wie zuversichtlich Holly war, war es schwer, an ihr zu zweifeln.

Sie umarmte zuerst Holly und dann Lily. „Ich spreche bald mit euch."

Lily schnaubte. „Aber nicht zu bald, hoffe ich."

Sie versuchte, ihre blassen Wangen dazu zu bringen, nicht rot anzulaufen, drehte sich um und machte sich auf den Weg zur Ecke des Raums, die hauptsächlich als Kinderspielplatz genutzt wurde.

Rian war an der einen Seite und baute etwas aus Plastiksteinen mit seinem Freund Osian.

Schon der Anblick von Rian mit seinem Freund wärmte ihr Herz. Sie hasste es, so lange von Rian getrennt zu sein, aber mit Lily, Osian und den anderen, die geschworen hatten, sich um ihn zu kümmern, wäre er gut aufgehoben.

Ganz zu schweigen davon, dass sie und Rhydian am Tag zuvor über die Paarung gesprochen hatten, und Rian war begeistert von der Idee.

Sie ging zu ihm, und Rian blickte auf und setzte ein Schmunzeln auf. „Sieh mal, Tante Laney, das ist der Haupteingang nach Snowridge!"

Delaney tat ihr Bestes, um an den bunten Ziegeln vorbeizuschauen und sich den Berg vorzustellen. Es sah eher aus wie ein riesiger Würfel mit einer willkürlich aussehenden Spitze obendrauf, aber dann nahm er den obersten Abschnitt ab, und sie keuchte.

Im Inneren war die große Halle, kleine Tische aus Bausteinen, kleinere, die Essen repräsentierten, und dann waren viele kleine Leute verteilt. Er zeigte auf ein Paar vorn, auf einer erhöhten Bühne. „Siehst du, das sind du und Rhydian. Es gab keine Figuren in Drachenwandler-Kleidung, aber ich finde immer noch, dass es ein bisschen wie du aussieht."

Sie kauerte sich hin, um besser sehen zu können. Die Frau hatte dunkle Haare und ein rotes Kleid. „Das ist umwerfend, Rian!"

„Osian hat geholfen. Wir wollen noch mehr Teile von Snowridge machen, als Überraschung, wenn du und Rhydian zurückkommt."

Osian war der stillere Junge von den beiden, aber er meldete sich endlich zu Wort. „Das sollte doch eine Überraschung sein, Rian!"

„Ups!"

Delaney lachte. „Keine Sorge, es wird immer noch größtenteils eine Überraschung sein. Ich kann es kaum erwarten zu sehen, was ihr zwei euch einfallen lasst." Sie strich ein paar Haare aus Rians Stirn. „Bist du sicher, dass meine und Rhydians Flitterwochen für dich in Ordnung sind?"

Rian nickte. „Mit Tante Lilys Süßigkeiten und Osians Mutter, die uns beibringt, Shepherds Pie zu machen, werde ich viel zu tun haben. Das wird Spaß machen."

Sie sah ihm in die Augen. „Und vergiss nicht, mit deinem Drachen zu teilen, wie du es versprochen hast."

Rians Pupillen blitzten. „Das werde ich. Er mag

aber nicht alle Leute hier. Also ist es okay, dass ich das Sagen habe."

„Gut." Obwohl es für den Jungen wahrscheinlich peinlich war, beugte sie sich zu ihm vor und küsste ihn auf die Wange. „Ich hab dich lieb, Rian."

„Ich hab dich auch lieb, Tante Laney."

Rian hatte die Worte schon oft gesagt, seit sein Drache herausgekommen war, aber ihr traten immer noch die Tränen in die Augen. Sie würde ihre Schwester nie ersetzen, aber sie hoffte, eines Tages würde er sie als seine zweite Mutter sehen.

Nach ein paar weiteren Sekunden, um sich selbst zu fassen, stand sie auf, verabschiedete sich und machte sich auf den Weg zu Rhydian. Sie freute sich nicht nur auf den Rausch, sondern, je früher sie losging, desto eher konnte sie Rian auch wieder sehen.

Rhydian sah Delaney aus seinem Augenwinkel herannahen und entschied, dass sie sich lange genug unter die Leute gemischt hatten.

Besonders als ihr Duft stärker wurde und sein Drache knurrte, gelang es Rhydian, sich von seinem letzten Gespräch zu lösen und die Distanz zwischen ihnen zu überwinden.

Er küsste die Seite ihres Gesichtes und murmelte: „Wir gehen jetzt."

Sie schnaubte. „Da ist aber jemand ungeduldig."

Als er ihren unteren Rücken streichelte, wurde der Duft ihrer Erregung stärker. „Er sagte selbstgefällig: „Und ich bin nicht der Einzige."

Ihre Hand streichelte sanft seinen Rücken, jeder Durchgang ließ seinen Körper wärmer und seinen Drachen aufgeregter werden.

Sein Tier brüllte. *Dann verlass diesen Raum und bring sie nach Hause! Ich will sie. Ich brauche sie. Ich habe lange genug gewartet.*

Er verschwendete keine Zeit mehr und manövrierte sich so, dass er Delaneys gute Hand nehmen und sie aus der Halle ziehen konnte.

Jeder musste wissen, wohin sie gingen, und glücklicherweise versuchte niemand, sie aufzuhalten.

Sein Tier zischte. *Wenn jemand versucht, uns aufzuhalten, werde ich ihn bewusstlos schlagen. Jetzt bin ich dran, unsere Frau zu beanspruchen.*

Rhydian ignorierte seinen Drachen und sparte seine Energie für das erste Mal, dass sie Delaney beanspruchen würden.

Weil Rhydian die Kontrolle hätte, wenn es passierte.

Einige seiner Gedanken mussten durchgesickert sein, weil sein Drache knurrte. Bevor er jedoch etwas erwidern konnte, sagte Rhydian, *Nein. Sie hat sich gut mit dem Clan arrangiert und damit, unter Drachenwandlern zu leben, aber es während eines Gefährtenrauschs mit einem Drachen zu tun zu haben sollte nicht ihre erste Erinnerung an uns sein.*

*Ich kann sie so vorbereiten, dass du sie nach Belieben nehmen kannst.*

Drachenhälften nahmen Frauen im Allgemeinen härter und schneller, wovon er erwartete, dass Delaney es Spaß machen würde. Er wollte jedoch sicherstellen, dass sie sich daran gewöhnte, Rhydian in sich zu haben, bevor irgendein gröberes Spiel begann.

Sein Tier zischte. *Nur einmal. Dann bin ich dran!*

*Solange du teilst.*

*Vielleicht. Wenn sie nach dir fragt.*

Rhydian musste nur sicherstellen, dass Delaney wusste, dass diese Anfrage möglich war.

Sie gingen um die Ecke und näherten sich schließlich ihrer Wohnung. Nachdem er die Tür geöffnet hatte, hob er Delaney auf die Arme. Sie quietschte, aber ihre gesunde Hand legte sich sofort um seinen Nacken und spielte mit den kurzen Haaren dort, während sie die andere auf seine Brust legte. Selbst dass ihre Finger nur über seine Haut tanzten, ließ seinen Schwanz härter werden.

Er schaffte es, sie auf das Bett zu legen, und zog dann seine Sachen aus.

Als seine Frau seinen nackten Körper begutachtete und an seinem Schwanz Halt machte, war ihr Blick so gut wie eine Berührung, und ein Tropfen Vorsamen trat aus.

*Verdammt!* Beim ersten Mal würde er nicht

lange durchhalten. Rhydian müsste einfach härter dafür arbeiten, dass Delaney zuerst kam.

Er widerstand dem Drang, ihr Kleid zu zerfetzen, um ihren nackten Körper freizulegen, und kroch stattdessen langsam über sie, bis ihre Gesichter nur Zentimeter voneinander getrennt waren. Er murmelte „Ich liebe dich, Delaney."

Für ihre Antwort zog sie seinen Kopf hinunter und presste ihre Lippen auf seine. Als ihr Mund sich öffnete und er das Innere mit seiner Zunge streichelte, schrie sein Tier, *Meine, unsere, wir brauchen sie! Jetzt! Kein Warten mehr! Wir müssen sie ficken, sie beanspruchen, dafür sorgen, dass sie unser Kind trägt.*

*Bald. Sie braucht diesen Kuss. Später wirst du merken, dass* wir *diesen Kuss auch brauchen.*

Rhydian ignorierte den Wutanfall seines Drachen und konzentrierte sich darauf, jedes bisschen Liebe, das er hatte, in seinen ersten Kuss mit Delaney zu stecken. Nach so langer Zeit wollte er, dass es so perfekt wie möglich war.

Als sich ihre Nägel in seine Kopfhaut gruben, stöhnte er. Sein Drache forderte weiter, dass sie sie fickten, und mit jeder Sekunde wurde es für ihn immer schwieriger, gegen sein Tier zu kämpfen.

Schließlich unterbrach er den Kuss – den besten seines Lebens, legte seine Hand auf Delaneys und sagte: „Ich möchte Stunden damit verbringen, deinen Mund zu küssen, um jedes Geheimnis und jeden Geschmack kennenzulernen. Aber mein

Drache steht kurz davor, die Kontrolle zu übernehmen, und ich will derjenige sein, der dich zuerst beansprucht."

Delaney zog und wand sich, um ihren Rock nach oben zu bekommen, und murmelte: „Worauf wartest du dann noch?"

Er drückte seinen Mund gegen ihren, während sich seine Hand zwischen ihre Schenkel bewegte. Seine Frau war verdammt perfekt und zögerte nicht, ihm zu geben, was Mann und Tier brauchten.

Als seine Finger ertasteten, dass sie nicht nur nackt, sondern feucht und geschwollen war, stöhnte er. Sie war den ganzen Abend in der großen Halle herumgelaufen, ohne etwas darunter zu tragen.

Sein Drache brüllte. *Warum wartest du dann? Ich will sie. Jetzt. Sie muss unser Kind tragen. Nur dann bleiben die anderen Männer fern.*

Er ignorierte seinen Drachen und konzentrierte sich darauf, ihre Klitoris und Pussy zu streicheln, zu necken und zu reiben. Je mehr Delaney sich wand und stöhnte, desto mehr verstärkte er seine Bewegungen.

Als sie endlich in seinen Mund schrie, schrie sein Drache, *Jetzt! Nimm sie jetzt! Mach sie zu der unseren!*

Rhydian positionierte seinen Schwanz und glitt sanft in sie hinein, fing das Ende ihres Orgasmus ein, sodass sie seinen Schwanz rhythmisch packte und wieder losließ. Jede Kontraktion brachte ihn zum Stöhnen, ganz zu schweigen davon, dass es so viel schwieriger wurde, sich nicht in sie zu ergießen, ohne auch nur einmal zugestoßen zu haben.

Als er schließlich bis zum Anschlag in ihr war, unterbrach er den Kuss und sah seiner Gefährtin in die Augen. „Ich werde diesmal nicht lange durchhalten, Liebes. Und sobald ich einmal komme, wird mein Drache nicht weit zurück sein. Bist du bereit?"

Sie schlang ein Bein um seine Taille und neigte ihre Hüfte um einen Bruchteil nach oben. „Nimm mich, Rhydian. Und dann teile mich mit deinem Drachen!"

Mit einem Brüllen – einer Kombination aus Mensch und Drache – bewegte Rhydian seine Hüften. Er bewegte sich mit jedem Stoß schneller, und es gefiel ihm, wie Delaney sich mit ihm bewegte, was es für beide besser machte.

Wie er gedacht hatte, wären sie in allen Dingen ein tolles Team.

Als sich jedoch der Druck an der Basis seiner Wirbelsäule erhöhte, vergaß Rhydian alles außer seiner Gefährtin unter sich und wie sehr er seinen Samen in sie ergießen wollte.

Als er schließlich innehielt und die süße Pussy seiner Frau füllte, sie mit seinem Duft brandmarkte und ihr einen weiteren Orgasmus bescherte, hielt er sie an sich und brach schließlich auf ihr zusammen, wobei er darauf achtete, ihr nicht wehzutun.

Er war kaum runtergekommen, als sein Drache sagte, *Ich bin dran!*

Und bevor Rhydian Delaney warnen konnte,

drängte sich sein Tier nach vorn und warf Rhydian in den Hinterkopf, was bedeutete, dass sein Drache jetzt die Kontrolle hatte.

Es war endlich an der Zeit zu sehen, wie seine Gefährtin mit seinem Drachen umgehen würde. Und Rhydian hoffte verdammt nochmal, dass es so gut war, wie wenn sie mit ihm zusammen war.

Delaney schwebte auf einer Art Hoch und fragte sich, ob Drachenwandler ihre Gefährten auch knochenlos machten, wenn sie kamen. Nicht, dass ihr das was machte. Rhydians schweres Gewicht auf ihr beruhigte sie, ganz zu schweigen von einem Gefühl der Sicherheit und Zugehörigkeit.

Sie war jetzt endlich in jeder Hinsicht die seine. Bald schon würde sie dafür sorgen, dass er auch ihr gehörte.

Bevor sie jedoch ein Wort sagen konnte, zuckte Rhydians Kopf hoch, seine Pupillen wurden zu Schlitzen, und sie hatte kaum mehr Zeit zu schlussfolgern, dass sein Drache jetzt die Kontrolle hatte, als Rhydians tiefere, drachengesteuerte Stimme die Luft erfüllte. „Jetzt bin ich dran. Jetzt. Du musst unsere Jungen tragen. Nur dann bleiben die anderen Männer fern."

Sie konnte verstehen, dass manche Leute Angst vor der gestelzten Sprache und dem hitzigen Blick haben konnten, aber Holly und Melanie hatten sie vor dem gewarnt, was kommen würde. Und da sie alles an Rhydian liebte, hatte sie keine Angst. „Dann nimm mich, Drache. Ich bin bereit."

Mit einem Knurren zog er sich heraus, drehte sie sanft auf ihre Knie, ohne ihre Hand zu verletzen, und positionierte seinen Schwanz an ihrem Eingang. Vielleicht wären einige Frauen über die plötzlichen Bewegungen verärgert, aber als er schnell hinein-stieß, stöhnte Delaney und bog sich ihm entgegen, liebte die andere Art von Fülle in dieser Position.

Rhydians Drache begann, sich zurückzuziehen, und stieß hart hinein. „Meine." Und wieder. „Immer meine." Und dann, mit einem zusätzlichen Wirbel, brachte er sie zum Schreien. „Die Welt muss es wissen."

Als er weiterhin seinen Besitzanspruch murmelte, vergaß Delaney bald alles außer seinen harten, schnellen Bewegungen und dann fanden seine Finger schließlich ihre Klitoris.

Selbst in der Hitze eines Rausches, neckte und rieb Rhydians Drache sie genau richtig.

Sie war sich ziemlich sicher, dass sie sich wand, als er brüllte und in ihr kam.

Lust rauschte durch ihren Körper, als ihre Pussy Rhydian und sein Tier mit allem, was es hatte, melkte. Die Intensität grenzte an Lust und Schmerz, und sie hatte nie sowas gespürt.

Aber es war verdammt erstaunlich.

Sie war kaum fertig, als sich Rhydians Tier raus-zog, sie auf den Rücken warf und dann vorsichtig ihre Hände über ihren Kopf hielt. Er knurrte. „Noch einmal! Noch viele Male, immer und immer wieder, bis du unseren Duft trägst."

Obwohl sie ihre Hüften heben und Rhydians Drache sie so oft wie möglich nehmen lassen wollte, musste sie einige Regeln aufstellen. Sonst würde sie keine Zeit mit beiden Hälften ihres Gefährten verbringen können. „Noch einmal, und dann ist Rian wieder dran."

Er positionierte seinen Schwanz. „Wir sind eins. Das spielt keine Rolle."

Delaney zog ihre Hüften zurück. „Doch, tut es. Versprich, dass Rhydian die nächste Runde bekommt."

Die geschlitzten Augen des Drachen starrten sie an, und sie schwor, dass sie ein paarmal rund blitzten. Nach ein paar weiteren Sekunden grunzte er resigniert. „Okay. Aber ich komme später wieder raus. Du bist unsere Frau, unser beider. Wir teilen."

„Aye, ihr teilt." Sie bewegte ihre Hüften zurück. „Also beanspruche mich noch einmal."

Sein Drache verschwendete keine Zeit, sondern füllte sie erneut und bewegte seine Hüften noch schneller und härter als zuvor. Sie war sich vage bewusst, dass sich das Bett unter ihr bewegte, aber als Rhydians Tier seinen Winkel änderte, schrie sie. „Da, ja, da!"

„Meine. Für immer meine."

„Ja, eure. Ich gehöre euch beiden."

Er hielt schließlich inne, und sein Orgasmus

schickte Delaney in ihren eigenen. Mehr Lust explodierte durch ihren Körper und verwandelte sie in einen Haufen Gelee.

Wie sie das mindestens eine Woche durchhalten sollte, hatte sie keine Ahnung.

Irgendwann erreichte Rhydians normale Stimme ihr Ohr. „Geht's dir gut, Liebes?" Brauchst du eine Pause?"

Sie begegnete seinem Blick und lächelte seine runden Pupillen an. „Mir geht's gut, obwohl ein paar Minuten, um zu Atem zu kommen, gut wären."

Rhydian legte sich neben sie. Er zeichnete ihren Nippel durch den Stoff ihres Kleides nach. „Wenn du Schmerzen hast oder mein Drache zu viel für dich ist, sag es mir. Es gibt Möglichkeiten, ihn dazu zu bringen, sich für kurze Zeit zu benehmen."

Ihre Lippen bogen sich nach oben. „Nur für kurze Zeit?"

Delaney sah ihm in die Augen und fühlte sich schuldig wegen der Bedenken, die sich dort widerspiegelten. Also fügte sie schnell hinzu: „Mir geht's gut, Rhydian. Versprochen. Solange du und dein Drache teilt und euch abwechselt, wird es mir gut gehen. Ich meine, viele Frauen würden viel Geld bezahlen, um so viele Orgasmen in so kurzer Zeit zu haben. Und dann auch noch von einem echten Mann, nicht von einem Vibrator."

Er knurrte und legte eine besitzergreifende Hand auf ihre Brust. „Bei mir wirst du nie einen brauchen."

Sie lächelte. „So arrogant."

„Dann denke ich, es ist an der Zeit, dass du mit mir kommst, nur mit meinem Mund. Aber zuerst muss ich deinen ganzen schönen Körper sehen."

Der Drang, ihn zu necken, ließ nach, als Rhydian langsam den Verschluss an ihrer Schulter öffnete und ihr Oberteil herunterzog. Ihre Nippel verwandelten sich in Granit, als er sie anstarrte und seine Lippen leckte. „Ich habe von deinen schönen Nippeln geträumt, seit ich sie zum ersten Mal gesehen habe, aber sie sind im echten Leben immer besser."

Sie wollte ihn schon wegen seiner Übertreibung zurechtweisen, aber Rhydian senkte den Kopf und saugte sanft eine ihrer harten Knospen zwischen seine Zähne, und die Worte starben auf ihren Lippen. Mit jedem Ziehen, Zupfen und Knabbern kam sie einem weiteren Orgasmus immer näher.

Und Rhydian tat, was er versprochen hatte, und ließ sie nur mit seinem Mund kommen, bevor sein Drache herauskam und ihr zeigte, wie sehr sie sowohl die langsame, neckende Seite des Menschen als auch die harte Seite des Tieres genoss.

# Kapitel Sechzehn

Rhydian verlor den Überblick über die Tage. Sein Schlafzimmer hatte aus Sicherheitsgründen kein Fenster, und einer der größten Nachteile, in einem Berg zu leben, war der Mangel an Sonnenschein oder Mondlicht, um die Tageszeit einzuschätzen.

Als er die Augen blinzelnd öffnete, nachdem sein Drache das letzte Nickerchen erlaubt hatte, erwartete er, dass sein Tier brüllen und mehr Sex verlangen würde. Sein Verstand war jedoch unheimlich still.

Er überprüfte es kurz und fand sein Tier zu einer Kugel zusammengerollt und mit einem leisen Schnarchen schlafend.

Er nutzte die Stille aus, drehte sich auf die Seite und schmiegte sich an Delaneys Hals. Er hatte kaum seine Nase an ihre Haut gelegt, als er innehielt.

Es war mehr als nur ihr Geruch – auch seiner war mit ihrem verwoben.

Sein Drache öffnete ein Auge. *Ja. Sie trägt unser Kind.*

Das Glück rauschte durch seinen Körper, und es brauchte jede Menge Zurückhaltung, um seine Gefährtin nicht zu wecken und ihr die Neuigkeiten zu erzählen.

Aber da sie erschöpft sein musste, wollte er sie schlafen lassen. Also blieb er in ihrer Nähe und starrte auf den Bereich unter der Decke, der ihr Bauch war.

Er hatte es so lange geleugnet, aber Rhydian wollte insgeheim eine eigene Familie haben. Und nicht nur sich, Rian und eine Gefährtin, sondern eine große, voller Kinder.

Es würde die große Familie, die er vor Jahren verloren hatte, nicht ersetzen, aber er konnte ihre Erinnerungen auf so viele Weise ehren, indem er die Traditionen seiner Familie beibrachte und ihren eigenen Kindern ihre Geschichten erzählte.

Und jetzt hatte er wenigstens einen Anfang. Denn bald schon hätte er zwei Kinder, die er seine eigenen nennen konnte. Und wenn die Blutinjektionen des Drachen Delaney helfen würden, die Schwangerschaft zu überleben, dann würde er sehen müssen, ob sie mehr wollte.

Delaneys Stimme, rau und noch ganz verschlafen, erfüllte den Raum. „Du bist ja wach. Und still. Stimmt was nicht?"

Jessie Donovan

Er machte schnell das Licht an und kehrte dann zu seiner Gefährtin zurück. Als er ihre Wange streichelte, missfielen ihm die Ringe unter ihren Augen. Aber selbst zerzaust und erschöpft war sie für ihn immer noch die schönste Frau der Welt. „Nein, Liebes, ich wollte dich nur schlafen lassen."

Sie sah ihm in die Augen. „Das sind viele Wörter, die eigentlich nichts aussagen."

Er lächelte. „Du wirst es mir nie leicht machen, oder?"

Sie hob eine Augenbraue. „Kennst du mich überhaupt?"

Er lachte und drehte ihren Kopf mehr zu sich. „Ändere dich nie, Delaney. Ich liebe dich so, wie du bist."

Sie hob eine Hand an sein Kinn und rieb ihren Finger über die Stoppeln dort. Wenn sein Drache vollkommen wach gewesen wäre, hätte er bei der Berührung gesummt. Sie sagte: „Erzähl mir, was los ist, Rhydian. Dein Drache hätte wach sein und mehr Sex verlangen sollen."

„Genau genommen hätte er gesagt, dass er dich ficken muss." Sie kniff die Augen zusammen, und er lächelte, als er hinzufügte: „Aber ja, du hast recht, Liebes." Er berührte ihre Wange und bewegte seine Lippen näher an ihre. „Er ist still, weil der Rausch vorbei ist. In etwa neun Monaten werden wir Eltern sein."

Delaney blieb eine Sekunde still, bevor sie schmunzelte. „Wirklich?"

„Du scheinst dich ja ziemlich darauf zu freuen, Windeln zu wechseln und keinen Schlaf zu bekommen", murmelte er in einem neckenden Ton.

Sie hob die Brauen. „Du wirst da sein, um zu helfen, also bin ich nicht allein. Ich hoffe nur, dass unser Baby nicht anfängt zu wandeln, bis es älter ist, wie die meisten anderen. Denn wenn er oder sie am Ende so ist wie das Mädchen in Lochguard, das sich mit weniger als einem Jahr schon wandelt, dann werde ich mir vielleicht ein bisschen Sorgen machen."

Er schmunzelte. „Ich denke, es wäre lustig, einen winzigen Drachen zu haben."

Sie verdrehte die Augen. „Genau, bis er aus dem Berg entwischt und nahe an den Rand einer Klippe krabbelt."

„Guter Punkt."

Sie starrten einander ein paar Sekunden lang an, bevor Rhydian hinunterschaute, die Decke wegschlug und seine Hand über ihren Bauch legte. „Und unsere Familie wächst wieder."

Sie legte eine Hand über seine. „Aye, und vielleicht sogar um mehr als nur ein Kind."

Sein Blick schoss angesichts der Bemerkung zu ihrem. „Kannst du Gedanken lesen? Denn wenn ja, muss ich vorsichtiger sein."

Sie schnaubte. „Nein, ich kann deine Gedanken nicht lesen. Aber du hast mir von deiner Familie erzählt, und es war klar, dass ihr einander nahegestanden habt. So wie ich meinen Eltern und meiner

Schwester nahestand. Ich glaube, wir beide wollen diese Lücken füllen. Nicht, um sie zu ersetzen, sondern um unseren Kindern begreiflich zu machen, wer wir sind – sowohl in der Vergangenheit als auch in der Gegenwart."

Er beugte sich vor und küsste sie sanft, bevor er murmelte: „Ich liebe dich so sehr, dass es verdammt weh tut."

„Na, wenn ich dich dazu bringen kann, über die Liebe zu fluchen, dann muss ich wohl einen guten Job machen."

Er nahm ihre Unterlippe zwischen die Zähne und zog leicht, bevor er sie losließ. „Du frecher Mensch."

Sie zwinkerte. „Natürlich."

Mit einem Lachen küsste er sie erneut und nahm sich Zeit, ihren Mund zu erkunden. Als er endlich fertig war, sagte er: „Es ist verdammt erstaunlich, dich küssen zu können, wann immer ich will."

„Das sagst du jetzt, aber ich bin sicher, dass Rian Bemerkungen darüber machen wird, dass es eklig ist oder so, weil er in genau diesem Alter ist."

*Rian.* Eine plötzliche Sehnsucht, seinen Sohn zu sehen, strömte durch seinen Körper. „Glaubst du, er ist ohne uns gut zurechtgekommen?"

„Es wird ihm gut gehen. Aber nach dem Blick in deinen Augen zu urteilen, hast du ihn genauso vermisst wie ich. Wir machen uns fertig und sehen ihn bald."

„Bald?"

Sie drehte ihn auf den Rücken und setzte sich rittlings auf seine Taille. „Endlich bin ich dran, dich so zu nehmen, wie ich will."

Er wollte gerade schon sagen, dass sie doch wahrscheinlich zu wund wäre, aber Delaney hatte schon seinen verräterisch harten Schwanz in ihrem sanften Griff. Er konnte nur stöhnen, als sie ihn positionierte und langsam hinabsank.

Und die nächste Weile über vergaß Rhydian alles außer der Frau, die er mehr liebte als das Leben selbst, und wie sie ihn ritt, war besser als alles andere auf der Welt.

Er hatte seine wahre Liebe, seine Partnerin und seine Gefährtin gefunden. Und er würde es nie für selbstverständlich halten, und so viel wie nötig kämpfen, um das zu beschützen, was ihm am wertvollsten war.

# Epilog

*Jahre später*

Delaney sah zu, wie Rian seinen beiden Brüdern Snowridges neuestes Kinderbuch vorlas, und wünschte sich für eine Sekunde, ihre zwei Monate alte Tochter wäre nicht so unruhig. Der Moment sollte wirklich auf einem Foto festgehalten werden, das sie zu ihrer ständig wachsenden Wand von Familienerinnerungen hinzufügen könnten.

Aber dann sah sie auf ihr jüngstes Kind hinunter und rutschte ihre Decken zurecht. Lorraine wäre nur für kurze Zeit so klein, also kuschelte Delaney ihre Tochter ein wenig näher und begnügte sich damit, Rian beim Vorlesen zuzuhören. Es stimmte, sie hatte geholfen, das Buch zu schreiben, das von Snowridge veröffentlicht worden war, und Delaney kannte die Worte auswendig, aber sie würde es nie leid werden, dass er die Geschichte seinen zwei jüngeren Brüdern vorlas.

Rhydian kam schließlich zur Tür ihrer Wohnung herein, und die drei Jungs eilten auf ihn zu. Obwohl Rian in einer Phase war, in der es nicht cool war, seinen Dad zu umarmen, wärmte es ihr Herz, ihn, Damien und Morgan zu sehen, die alle so glücklich waren, ihren Vater zu Hause zu haben. Das war ein weiteres Foto, das sie gern machen wollte, aber sie gab sich damit zufrieden, die Erinnerung für sich zu behalten.

Nachdem ihr Gefährte ihre drei Söhne geküsst hatte, kam er zu ihr, küsste die Stirn ihrer einzigen Tochter und dann vorsichtig Delaneys Lippen. „Tut mir leid, dass ich so spät komme, Liebes. Die Stone-fire- und Lochguard-Anführer sind bei der Planung der Dinge gründlicher als sonst."

Als Lorraine sich rührte, wiegte Delaney ihre Tochter sanft, bis sie sich beruhigte. Sie sagte gedehnt: „Es ist ja auch nur das wichtigste Ereignis in der Geschichte der Drachenwandler seit Hunderten von Jahren. Wer hätte gedacht, dass es so viel Planung erfordern würde?"

Er stupste sie an. „Freche Gefährtin."

Sie schmunzelte. „Natürlich." Sie neigte den Kopf ein wenig. „Aber alles ist bereit?"

Rhydian nickte. „Ich werde in ein paar Tagen zu dem besonderen Treffen aufbrechen. Ich kann nicht sagen, dass ich mich darauf freue, mit Drachenwandlern aus über fünfzig Ländern zu reden – das ist eine Menge Smalltalk –, aber ich werde es tun und noch mehr, um die Zukunft unserer Kinder zu sichern."

„Ich wünschte, ich könnte gehen." Rhydian öffnete den Mund, doch sie kam ihm zuvor. „Ich weiß, ich weiß, diesmal nur Anführer. Aber denk doch nur mal: Ich könnte ein globales Trainingsprogramm für alle Menschenfrauen einrichten, die sich mit Drachenwandlern aus der ganzen Welt verpaart haben!"

Er lachte leise. „Und ich bin mir sicher, dass du das eines Tages auch tun wirst. Aber lass uns zuerst die Anführer dazu bringen, dem Vertrag zuzustimmen. Dann kannst du daran arbeiten, die Menschen auf deine Seite zu bringen, und dein Trainingsprogramm umsetzen."

Delaney hatte ihr Selbstverteidigungsprogramm im Laufe der Jahre verfeinert – obwohl sie so viele Kinder in so kurzer Zeit bekommen hatte – und wie erwartet hatten alle überfürsorglichen Drachenmänner, sobald sie die Ergebnisse präsentiert hatte, darauf bestanden, dass ihre Gefährtinnen auch ausgebildet wurden.

Trotzdem hoffte sie, alle menschlichen Gefährtinnen mit der Zeit gleichberechtigter zu machen. Der Vertrag war ein großer Schritt in Richtung Frieden, aber sie war nicht blind für die Tatsache, dass einige menschliche Gefährten noch gezwungen wurden, obwohl es das einundzwanzigste Jahrhundert war. Und Delaney wollte jedem menschlichen Gefährten – männlich oder weiblich – die Chance geben, die Kontrolle über sein eigenes Leben zu haben.

Rhydian beugte sich zu ihrem Ohr vor und flüsterte: „Jetzt lass uns diese Schurken füttern und ins Bett schicken, damit ich mich richtig von dir verabschieden kann."

Selbst nach jahrelanger Ehe erhitzte sich ihr Körper sofort bei Rhydians Worten.

Wenn sie so weitermachten, könnten sie und Rhydian einen modernen Rekord für die Anzahl ihrer Kinder brechen. Glücklicherweise hatten die Drachenblutinjektionen bei Delaney gut gewirkt, also hatte sie keine Angst, noch ein paar mehr zu versuchen.

Lorraine rührte sich und machte Bewegungen mit ihrem Mund, was signalisierte, dass sie hungrig war. „Du machst das Essen fertig, während ich sie füttere. Das wird alles beschleunigen."

„Dann also Pizza."

Sie wollte gerade schon sagen, Rian könnte ihm helfen, etwas Gesünderes zuzubereiten, aber Rian und der nächstälteste – Damien – sprangen auf und jubelten. „Pizza, Pizza, Pizza!"

„Siehst du, was du getan hast?", murmelte sie.

Rhydian schmunzelte und zwinkerte dann. „Sie können heute Abend verwöhnt werden. Es ist schließlich ein besonderer Anlass."

Bei der Belustigung, die in seinen Augen tanzte,

konnte sie nicht anders als zu lachen. „Schön. Aber du solltest mir besser welche aufheben. Ich komme um vor Hunger, und wenn ich Lorraine füttere und fürs Bett fertig mache, werde ich nicht wie normal für mich selbst sorgen können. Ich hoffe, das nächste ist auch ein Mädchen. Ich brauche jemanden, der die Zahlen ausgleicht."

Rhydian zwinkerte nur noch einmal – wahrscheinlich, um sie daran zu erinnern, dass Drachenwandler dazu neigten, mehr männliche als weibliche Kinder zu zeugen – und trieb die Jungen zusammen, bevor er sie in die Küche führte.

Als Delaney sich in einem Sessel mit Blick auf die Küche niederließ, legte sie ihre Tochter schnell an und ließ sie essen. Sie beobachtete ihre vier Jungs, wie sie über Pizzabeläge stritten, und lächelte. Wer hätte gedacht, dass es Delaney vor all den Jahren ihr Happy End bescheren würde, in eine Gefängniszelle geworfen und eingesperrt zu werden.

# Das Streben des Drachen

## Lochguard Highland Drachen #7

Als Dr. Layla MacFie bemerkt, dass jemand dringend benötigte medizinische Vorräte stiehlt, weiß sie nicht, wem sie auf ihrer Krankenstation noch vertrauen soll. Entschlossen, den Täter selbst zu finden, wendet sie sich an Lochguards Elektriker Chase, den jüngeren Mann, der sie seit Monaten zu umwerben versucht. Da es sonst niemanden gibt, der bei der Installation der Überwachungskameras helfen kann, kann sie ihm nicht mehr aus dem Weg gehen und ist am Ende öfter allein mit ihm, als ihr lieb ist. Wenn nur das Leben einer Drachenwandler-ärztin nicht so kompliziert wäre, dann wäre sie in Versuchung, nachzugeben und mit dem Mann zu schlafen.

Chase McFarland weiß seit zwei Jahren, seit dem Tag nach seinem zwanzigsten Geburtstag, dass Layla seine wahre Gefährtin ist. Auch wenn er versucht hat, dem Drängen seines Drachen zu widerstehen, dauert es nicht lange, bis er erkennt, wie erstaunlich Layla ist und dass er sich um sie kümmern und sie für sich beanspruchen will. Seine anfänglichen Versuche, sie zu gewinnen, scheitern, aber als sie um seine Hilfe bei einem geheimen Projekt bittet, beschließt er, die Taktik zu ändern und zu beweisen, dass er ein würdiger Mann ist. Je mehr Zeit sie zusammen verbringen, desto mehr gibt Layla nach, bis er bereit ist, ihr die Wahrheit zu sagen und sich den Konsequenzen zu stellen.

Während die beiden umeinander tanzen und die Geheimnisse des anderen entdecken, finden sie heraus, wer der Dieb ist, und müssen entscheiden, was zu tun ist. Wird Chase endlich beweisen können, dass er reif genug für die viel ältere Layla ist, oder wird sie für immer an ihre Arbeit gekettet sein und verweigern, was sie und ihr Drache sich ersehnen?

# Bücher von Jessie Donovan

## Die Stonefire-Drachen

## Lochguard Highland Drachen

*Das Streben des Drachen* - erscheint demnächst

## **<u>Stonefire Drachen Universum</u>**

*Skyhunter gewinnen*

*Snowridge Verwandeln*

## **<u>Die Gefährten der Tahoe-Drachen</u>**

*Die Wahl des Drachen* - erscheint demnächst

*Das Bedürfnis der Drachenfrau* - erscheint demnächst

# Über die Autorin

Jessie Donovan hat mehr als eine halbe Million Bücher verkauft, Hunderttausende weitere kostenlos an ihre Leser*Innen verschenkt und es sogar auf die Bestsellerlisten der *NY Times* und *USA Today* geschafft. Sie ist vor allem für ihre Drachenwandler-Serie bekannt, schreibt aber auch über Elfenhexen, Vampire, Alien-Krieger und hat sogar eine verrückt-komische Liebesromanreihe aufgelegt, die in Schottland spielt. Wenn sie nicht gerade ein Buch liest, auf ihrem Laufband joggt oder mit nur wenigen Groschen in der Tasche durch ein fremdes Land reist, findet man sie oft auf Facebook oder TikTok, wo sie mit ihren Lesern interagiert. Sie lebt in der Nähe von Seattle. Dort regnet es zwar oft, doch der Regen macht auch alles grün.

Besuchen Sie ihre Website unter: www.JessieDonovan.com